Versprich, dass ich es behalten darf

Ludgera Vogt, Jahrgang 1958, ist gebürtige Paderbornerin. Wie der ostwestfälische Menschenschlag – bekanntermaßen trocken und freiweg – so ihr Schreibstil.

Nebenberuflich beginnt sie das Schreiben 2009 mit einer kleinen Kinderbuchreihe. Die Sophie-Bände zieren noch immer ihren Schreibtisch. Doch mittlerweile ist sie im Krimi-Genre angekommen. Nach *Libori-Lüge* (Emons Verlag, 2017) stellt sie mit

VERSPRICH, DASS ICH ES BEHALTEN DARF

ihr zweites Werk vor. Ein Roman, der das Schicksal zweier Familien auf tragische Weise miteinander verknüpft.

LUDGERA VOGT

VERSPRICH, DASS ICH ES BEHALTEN DARF

ROMAN

**Bibliografische Information der Deutschen
Nationalbibliothek**
Die Deutsche Nationalbibliothek verzeichnet diese Publika-
tion in der Deutschen Nationalbibliografie;
Detaillierte bibliografische Daten sind im Internet über
http://dnb.d-nb.de abrufbar

© 2018 Ludgera Vogt
www.ludgera-vogt.de
Cover/Illustration Pixabay
Herstellung und Verlag
BoD – Books on Demand, Norderstedt
ISBN 9783748131533

Für meine Schwestern, in Liebe

Prolog

Ein Luftzug huscht über seinen Nacken. Irritiert wischt er den Schaum von den Lidern.

«Ach, du bist es. Hast du etwas vergessen?» Er sinkt ins Schaumbad zurück. «Wir müssen vorsichtig sein. Das darfst du nie vergessen. Oder sollen wir noch mal ...?» Er grinst und streicht über ihre nackte Wade.

«Heute nicht mehr. Ich sollte mir nur schnell die Haare in Ordnung bringen. Die Bruckner hat beim letzten Mal schon gefragt, wo ich mich herumgetrieben habe.» Sie lässt Wasser aus dem Kran über die Finger laufen und verteilt es in ihrem Pony.

«Die Bruckner, die verwelkte alte Schnapsdrossel.» Er zieht eine Tube aus der Halterung und spritzt einen Kringel Shampoo auf die Handfläche. «Die ist nur neidisch. Ich wette, sie hat noch nie einen nackten Mann gesehen.»

Sie tastet mit zittrigen Fingern nach dem Föhn. Wild wirbeln ihre Haare auf.

Er fragt sich, wie sie unbemerkt in seine Wohnung zurückgelangt ist. Er hatte die Tür fest verschlossen. Mit einer dunklen Vorahnung hebt er den Kopf. Der Föhn schwebt über ihm.

Er hat keine Chance. Sie lässt den Haartrockner ins Wasser fallen, bevor er aus der halbliegenden Position hochschnellen kann. Hart schlagen seine Knochen gegen die Wannenkeramik. Wasser schwappt über den Rand. Sein Herz, das vor einer halben Stunde mit kräftigen, wolllüstigen Schlägen das Blut durch den Körper pumpte, versagt ihm den Dienst.

Sie tritt einen Schritt zurück, will während seines Todeskampfs nicht nass werden. Als es still ist, streift sie mit dem Fußrücken den Schaum von der Wade und verlässt die Wohnung.

Heute

Kapitel 1

«Wenn ich das Programm noch zehn Minuten länger schauen muss, werde ich zum Amokläufer. Möchtest du das verantworten?»

Ich schrecke auf. «Entschuldige, natürlich nicht.» Träge taste ich unter der Decke nach der Fernbedienung und reiche sie Daniel, meinem Mitbewohner. Sein Blick sagt mir, dass dies nicht die erste Aufforderung nach der Fernsteuerung war. Irgendwo im Hinterkopf höre ich noch seine Stimme. *Sollen wir uns den Mist wirklich antun? Ich kann dir das Ende voraussagen. Mithilfe irgendwelcher suspekten Finanzquellen wird er das Märchenschloss retten und die Prinzessinnen werden ihm die Bude einrennen – allesamt vollbusig und blond. Und wenn sie nicht gestorben sind, nerven sie noch heute.*

Ich versuche, wieder ins Filmgeschehen zu kommen, aber die Gesichter auf dem Bildschirm sind mir fremd. «Ich war mit den Gedanken woanders.»

«Was du nicht sagst.» Daniel nimmt die Fernsteuerung und schaltet den Fernseher aus.

Ich zwinkere erstaunt. «Hattest du nicht gesagt, dass dich der Vorbericht über den Boxkampf interessiert?»

«Stimmt, das habe ich. Aber mehr noch als der Boxkampf interessiert mich der Kampf, den *du* gerade ausfechtest. Was ist los mit dir? Ich weiß, dass du im Moment keine Bäume ausreißen kannst. Aber deine geistige Abwesenheit erinnert mich stark an meine Oma nach ihrem zweiten Schlaganfall. Muss ich mir Sorgen machen?»

«So ein kleiner Wurm ist anstrengend. Das ist alles. Kein Grund zur Besorgnis.» Ich gähne demonstrativ und massiere meinen schmerzenden Nacken.

«Ja, ein vier Wochen alter Säugling ist anstrengend. Da stimme ich vollkommen mit dir überein. Nachts tigerst du mit der Kleinen umher. Und tagsüber wirbelst du durch das Haus, als hätten wir uns für Schöner Wohnen beworben. Dieser Wechsel zwischen Putzwut und komatösen Phasen ist beängstigend.»

«Jetzt übertreibst du aber. Komatöse Phasen …, tsss. Komatös war gestern *dein* Zustand, als du Mias Pampers wechseln musstest. Aber wenn es dich beruhigt, werde ich in Zukunft kürzer treten.» Ich hoffe, dass sich Daniel mit meinem halbherzigen Versprechen zufrieden gibt. Aber mittlerweile kenne ich ihn gut genug, um zu wissen, dass er nicht zur Tagesordnung übergehen wird, ohne dem wahren Übel auf den Grund gegangen zu sein. In der Beziehung hat er was von Colombo – nur ohne Silberblick und Zigarre.

«Du bist aber nicht nur erschöpft, Luca», fährt er prompt fort. «Dann nämlich würdest du hier liegen und schnarchen.» Ich ziehe verschämt die Decke über den Kopf. Eine schnarchende Frau vor dem Fernseher ist sicher nicht der Traum eines Mannes, auch wenn wir kein Paar sind und uns eine Verzweiflungstat in einen gemeinsamen Haushalt geführt hat.

Als ich schweige, greift er nach meiner Hand und zupft am kleinen Finger. «Was ist also los?»

«Ach, es ist albern», wehre ich mit erzwungen unbekümmerter Miene ab.

«Und warum lachst du dann nicht, wenn es albern ist? Oder kicherst zumindest?»

Daniel hätte Staatsanwalt werden sollen und zwar einer von der Sorte, der mit nervender Penetranz auf seinen Fragen herumreitet bis sich der Angeklagte für Dinge schuldig bekennt, die er gar nicht begangen hat. Ich seufze. Ob er meinen Zustand verstehen würde? Wahrscheinlich nicht, ich bin ja selbst irritiert von dem plötzlichen Gefühlschaos in mir. «Das ist schwer zu erklären. Ich glaube, es hat etwas damit zu tun, dass ich Mutter geworden bin.»

«Dann sollte ich genau der richtige Ansprechpartner sein. Schließlich habe ich deine Wehwehchen während der Schwangerschaft auch therapiert.» Daniel deutet mit beiden Daumen auf seine Brust.

«Du hast sie stoisch ertragen», berichtige ich ihn. «Unter Therapie verstehe ich etwas anderes. Eine wohltuende Fußmassage, zum Beispiel.»

«Ach so. Und wer war dabei, als in der Pizzeria deine Fruchtblase platzte? Just in dem Moment, als meine Pizza Diabolo serviert wurde? Wer war da an vorderster Front?»

Wir lächeln uns an. Es ist der gleiche magische Moment wie vor knapp vier Wochen, als ich erschöpft im Kreißsaal lag, meine kleine Mia im Arm. Daniel hatte mich im halsbrecherischen Tempo zur Landesfrauenklinik gefahren und anschließend vier Stunden lang das Pflegepersonal verrückt gemacht. Als er endlich zu mir gelassen wurde, war er augenscheinlich erschöpfter als ich.

«Was also bedrückt dich?», holt er mich in die Gegenwart zurück. «Du hast allen Grund, glücklich zu sein. Du hast ein gesundes Kind zur Welt gebracht, das süßeste Baby auf der Welt. Und du hast den coolsten Untermieter, zumindest von Paderborn.»

«Du weißt aber schon, dass du Daniel Rothehus heißt und nicht Daniel Craig?» Ich lache amüsiert.

«Nicht ablenken.» Daniel wackelt mit dem Zeigefinger. «Dies ist gerade das erste echte Lachen, das ich seit Tagen an dir sehe. Wo ist die Frau geblieben, die sich über Kleinigkeiten scheckig lacht und den ganzen Tag putzige Kinderlieder vor sich hin summt, einschließlich übermotiviert beherzter Tierstimmen? Was ist aus Old McDonald's Farm geworden?

Halten die Tiere Winterschlaf? Ich kenne dich im Moment nicht wieder, Luca.»

Ich werde ernst. Stumm starren wir auf die schwarze Mattscheibe, als würde das Programm jeden Moment starten und uns Aufschluss darüber geben, wo diese Frau geblieben ist.

«Weißt du, was morgen für ein Tag ist?», frage ich leise. Der Ansatz war falsch. Denn ohne ihn anzusehen, weiß ich, dass er erschrocken über einen ihm entfallenen Geburtstag grübelt. «Ich meine, weißt du, wie alt Mia morgen wird?», verbessere ich mich.

Verblüfft zuckt sein Kopf zurück. «Vier Wochen», antwortet er und sein Tonfall an sich ist schon Frage genug. «Wird neuerdings in monatlichen Abständen Geburtstag gefeiert?»

«Nein. Es ist nur … Ich muss immer daran denken, was damals meiner kleinen Schwester im Alter von vier Wochen passiert ist. Sie war so winzig und hilflos.»

«Gewiss, das war furchtbar, Luca. Aber es gibt absolut keinen Grund, sich deshalb um die Kleine zu sorgen. Sie ist besser behütet als der Thronfolger Englands.»

«Das meine ich nicht. Ich weiß, dass Mia in Sicherheit ist. Aber musste ich erst selbst Mutter werden, um endlich um meine Schwester trauern zu können? Und vor allem, um nachempfinden zu können, wie sehr meine Mutter damals gelitten hat», ich drehe mich zu ihm um, «und es noch immer tut? Wie kann es sein, dass ich diese Tragödie mein Leben lang verdrängte? Nicht nur das, ich tat alles, um es meinen Eltern möglichst schwer zu machen. Ich war ein fürchterliches Scheusal. Ich mag gar nicht darüber nachdenken. Je intensiver ich es tue, umso mehr schäme ich mich.» Bekümmert ziehe ich die Decke bis zum Kinn.

Daniel kann mir nicht folgen. Ich sehe es in seinen Augen. Aber wie soll er auch? Er hat die Luca von damals nie kennengelernt. Die kindliche Luca, die tagtäglich mit der Trauer der Eltern konfrontiert war. Und später der Teenager Luca, der sich durch die übermäßige Vorsicht der Erwachsenen eingeschränkt fühlte und zu einer aufmüpfigen Jugendlichen heranwuchs.

Daniel kennt mich nur als die Frau, die eine unschöne Scheidung hinter sich hat und die er an jenem Tag kennenlernte, an dem sie neben den Scheidungspapieren einen Mutterpass ausgehändigt bekam.

Ich sehe mich im Café Ostermann sitzen, als wäre es gestern gewesen. In der einen Hand den Bescheid vom Scheidungsanwalt, in der anderen den Mutterpass von meinem Frauenarzt. Die Scheidungspapiere waren nicht unerwartet gekommen. Schließlich hatte ich selbst die Scheidung eingereicht – schweren Herzens. Konstantin war meine große Liebe gewesen. Aber leider war ich nicht seine, oder zumindest nicht seine einzige. Fünf Jahre hatte ich die Eskapaden meines liebestollen Gatten ertragen und ihm immer und immer wieder verziehen. Jeder anderen Frau hätte ich einen Vogel gezeigt und sie gefragt, wie man sich so vorführen lassen kann. Mir selbst gegenüber war ich großmütig gewesen, frei nach dem Motto: Die Hoffnung stirbt zuletzt. Als Konstantin eine Schwesternschülerin aus seiner OP-Abteilung geschwängert hat, habe ich die Reißleine gezogen und die Scheidung eingereicht. Er ist daraufhin in die Entwicklungshilfe nach Afrika gegangen. Ich weiß nicht, welcher Teufel mich damals geritten hat, als wir beim Abschied ein letztes Mal im Bett gelandet sind. Heute sehe ich es als eine Art Abschiedsgeschenk an – meine kleine Mia. Sie ist mein Sonnenschein. Konstantin weiß nichts von ihr. Soll er im Kongo glücklich werden. Soweit ich informiert bin, dürfen die Männer dort neben einer Hauptfrau gleich mehrere Nebenfrauen halten. Und das ganz ohne Notoperationen, Massenunfällen und anderen vorgeschobenen Alibis. Keine nörgelt an ihm herum, keine zweifelt seine Ausflüchte an. Alle lächeln ihm zu und lecken ihm die Füße. Die ideale Lebensform für ihn – wenn er sich dabei nichts einfängt.

Elf Wochen nachdem er abgereist war, hatte ich einen Termin bei meinem Gynäkologen. Es war höchste Zeit; die Spirale hätte schon längst erneuert werden müssen. Ich hatte überlegt, ob ich überhaupt noch eine brauche. Das Thema Männer war für mich gelaufen. In meiner Enttäuschung über die gescheiterte Ehe wähnte ich meine Zukunft ohne männliche Begleitung ruhiger und zufriedener. Noch während mein Gynäkologe mich untersuchte und wir über eine weitere Empfängnisverhütung diskutierten, sagte er: «Frau Baumann, da hat sich etwas getan. Wir müssen die Entscheidung über eine neue Spirale auf ein deutlich späteres Datum verschieben. Jetzt gratuliere ich Ihnen erst mal.»

Ich prustete los und unterstellte ihm, ein echter Scherzbold zu sein. Er lächelte milde und tippte auf einen winzigen pulsierenden Punkt auf dem Bildschirm.

Ich kann mich kaum erinnern, wie ich mich angezogen und die Praxis verlassen habe. Eine Angestellte machte mich auf meine falsch zugeknöpfte Bluse aufmerksam und eine andere führte mich – in der Annahme, vor dem Ausgang zu stehen – sanft von einer verschlossenen Toilettentür weg. Die erste richtige Erinnerung setzte ein, als ich im Café saß, eine Tasse Kaffee vor mir, obwohl ich mir sicher war, einen Cognac bestellt zu haben. Aber wahrscheinlich hatte damals mein Verstand über das Gefühlschaos in mir gesiegt. Eine Automatik, die elf Wochen zuvor kläglich versagt hatte.

Am Tisch gegenüber saß Daniel. Er sprach wütend in sein Handy und blätterte dabei in der Tageszeitung. Sein Aussehen kam mir bekannt vor. Er ähnelte dem Typen auf einem Werbeplakat. Ein durchtrainierter Mann mit nacktem Oberkörper, dem nach einer sportlichen Höchstleistung – ich

14

tippte auf Triathlon oder die Bezwingung eines Achttausenders – nach einer Flasche Sportaktiv dürstet. Während er trinkt, rinnen Schweißperlen über seine feuchtglänzende Brust. Ein Bild von einem Mann.

Es hätte mich damals nicht gewundert, wenn draußen auf dem Marienplatz gerade ein Set für ihn aufgebaut worden wäre. Vielleicht für Aufnahmen im Sportmodebereich. Er hätte in jeder Art von Bekleidung eine gute Figur gemacht, von Blümchenunterwäsche bis hin zu Wintermänteln mit Pelzbesatz – ganz im Gegensatz zu mir. Solange ich mich zurückerinnern kann, kämpfe ich mit Figurproblemen. Nicht, dass ich übermäßig dick bin, aber wie viele Frauen hadere auch ich mit den Proportionen. Im Moment kann ich mich keinesfalls über zu kleine Brüste beschweren. Ich schätze, ich befinde mich eine knappe Körbchengröße unter Daniels vollbusigen Prinzessinnen. Mit den Schwangerschaftsstreifen am Bauch habe ich mich abgefunden; dagegen kann ich nicht mehr ancremen. Sie stören mich auch nicht mehr sonderlich, da ich mich sowieso für ein Leben ohne Mann entschieden habe. Einzig meinen Po hätte ich gerne eine Konfektionsgröße kleiner. An guten Tagen rede ich mir ein, mit Jennifer Lopez gleichziehen zu können. Neben meinem Laptop liegt eine CD, deren Titel meine Problemzonen auf den Punkt bringt: Bauch, Beine, Po. Aber solange ich es nicht einmal schaffe, die CD aus ihrer Cellophanfolie zu wickeln, werden figurtechnisch die schlechten Tage überwiegen.

Jedenfalls war Daniel, wie sich später herausstellte, kein männliches Mannequin, für das draußen ein Set aufgebaut wurde. Er war frisch zugezogener Neupaderborner und kämpfte gerade mit seinen eigenen Problemen. Dabei agierte er allerdings deutlich emotionaler als ich in meiner Schockstarre. Er warf sein Handy auf den Tisch und faltete die Zeitung geräuschvoll darüber zusammen. Unsere Blicke trafen sich.

«In diesem gottverdammten Kaff ist es einfach nicht möglich, eine Wohnung zu finden», nörgelte er.

Ich nahm ihm das Kaff nicht übel. Es war seinem Unmut über die Wohnungsknappheit geschuldet. Er würde zu gegebener Zeit schon merken, in welchem Kleinod er gelandet war. Ich weiß nicht, ob er zu mir gesprochen oder seiner Wut in einem Selbstgespräch freien Lauf gelassen hatte. «Wenn das Ihre einzige Sorge ist», sagte ich und hatte eigentlich auch mehr zu mir gesprochen.

Er sah erstaunt auf. «Wie meinen Sie das? Finden Sie es lustig, kein Dach über dem Kopf zu haben?»

«Es gibt Schlimmeres.»

Seine Augen huschten über die Umschläge in meinen Händen. «Links eine Vorladung vor Gericht wegen Unfallflucht und rechts am Arbeitsplatz rausgeflogen?», schlug er vor.

Ich verneinte. «Komplett daneben.»

«Links beim Examen durchgefallen und rechts der Entzug des Führerscheins wegen Alkohol am Steuer.»

Ich schnalzte tadelnd mit der Zunge. «Auch nicht. Einen Versuch haben Sie noch. Wenn Sie dann richtig liegen …»

«… haben Sie eine Wohnung für mich?»

Ich hob die Umschläge an, als müsste ich ihr Gewicht prüfen. So etwas Verrücktes würde er nicht erraten. «Okay.»

Nachdenklich beugte er sich vor und faltete die Hände wie zum Gebet. Er ließ sich Zeit, sah mir zwischendurch in die Augen, als könne er dort lesen, welches Geheimnis sich in den Umschlägen verbarg. «Sie sind schwanger», sagte er plötzlich mit einer solchen Gewissheit, dass ich zurückzuckte und mit offenem Mund nickte.

Er lächelte siegessicher, als wäre Umschlag Nummer Zwei jetzt ein Kinderspiel. Wieder ließ er sich Zeit. «Ihrem Verhalten nach zu urteilen würde ich sagen, Sie wissen nicht, wer der Vater ist.» Er überlegte mit einem zugekniffenen Auge. «Aber das würde in keinem offiziellen Schreiben stehen. Hm, Ihre Eltern könnten Sie enterbt haben, weil der Kindsvater ein Hallodri ist.»

Langsam wurde mir mulmig. Er kam verdammt nah. Meine Eltern hatten mich zwar nicht enterbt, aber der Hallodri saß bereits im Kongo. Ich ließ ihn weiter mutmaßen. Seine nächste Überlegung brachte mich zu der Überzeugung, dass es tatsächlich Schlimmeres als mein derzeitiges Schicksal gab. «Ihre Schwiegermutter will bei Ihnen einziehen.» Er hob abwehrend die Hände. «Auch nicht. Die stünde wahrscheinlich gleich mit Sack und Pack vor der Tür und würde es erst nicht schriftlich ankündigen. Ich nehme es zurück.»

Er war jetzt doch auf dem falschen Dampfer, biss sich an der Schwangerschaft fest. Ich kam erleichtert wieder vor. «Der nächste Schuss sollte sitzen», drohte ich grinsend.

Er setzte sein Glas an den Mund – ich bin mir sicher, dass es Sportaktiv war – und trank es aus, ohne mich aus den Augen zu lassen. «Sie haben Ihr gesamtes Erspartes bei dubiosen Aktiengeschäften verloren.»

«Himmel! Sie verstehen es, Untergangsszenarien zu kreieren. Zum Glück auch falsch!»

Er ließ sich in gespielter Enttäuschung zurücksinken. «Schade. Immerhin habe ich es geschafft, Ihnen ein kleines Lächeln abzutrotzen.» Er winkte nach der Kellnerin und verlangte die Rechnung.

Es stimmte. Ich saß da mit meinen zwei Umschlägen und grinste vor mich hin.

Als er bezahlt hatte, trat er an meinen Tisch. «Ein Kind kann keine wirklich schlechte Nachricht sein, oder?» Er reichte mir die Hand. «Ich wünsche Ihnen viel Glück, egal, was das andere Schreiben beinhaltet.»

«Danke. Ihnen viel Erfolg bei der Wohnungssuche.»

Er nickte resigniert und wandte sich zum Gehen.

Ich trank meinen Kaffee und bezahlte ebenfalls. Im Parkhaus der Libori-Galerie irrte ich an den parkenden Autos entlang. Nachdem ich zweimal in der Runde gelaufen war, fiel mir ein, dass ich wegen der nervigen Parkplatzsuche den Bus in die Innenstadt genommen hatte.

Das Gespräch im Café hatte mich noch konfuser gemacht, als ich schon war. Ich griff mir an die Stirn und schloss für einen Moment die Augen. Verdammt, Luca, jetzt reiß dich zusammen. Wie immer, wenn ich mich sortieren muss, zählte ich im Kopf langsam von zehn runter. Die Taktik hatte sich in den meisten Fällen bewährt. Nur als Konstantin mir die Folge seines Fehltritts beichtete, hatte sie versagt. Bei Vier klatschte die Terrine mit heißer Rinderkraftbrühe gegen seine Stirn. Aber ich fand meine Reaktion auf sein Geständnis, eine Krankenschwesternschülerin geschwängert zu haben – während einer kurzen Verschnaufpause zwischen einem Kaiserschnitt und einer Uterusresektion – durchaus angemessen.

An der Bushaltestelle sah ich meinen Sportaktiv-Trinker wieder. Er studierte die Fahrpläne, fuhr mit dem Zeigefinger über die Spalten der Abfahrtszeiten und sah auf die Uhr.

Ich zählte noch einmal von zehn runter. «Linie 68 müssen Sie nehmen.»

Er schreckte auf. «Was?»

«Linie 68 fährt in zwei Minuten zur Schönen Aussicht», erklärte ich.

«Und was soll ich da, an der Schönen Aussicht?»

«Ich denke, Sie suchen eine Bleibe.»

Er drehte sich herum. «Also haben Sie sich doch im Aktienhandel verspekuliert?»

«Nein, das hätte in meiner Sammlung selbstverschuldeter Katastrophen noch gefehlt. Aber Sie haben mit Ihrer fünfundsiebzigprozentigen Trefferquote einen Bonus verdient.

Ich kann Ihnen keine richtige Wohnung anbieten. Mein Haus ist nicht für zwei Parteien konzipiert. Aber wenn Ihnen ein Zimmer mit Bad reicht, können Sie vorerst bei mir einziehen. Die Küche müssen wir uns teilen.»

Ich hatte einen Fremden in mein Haus gelassen, von dem ich nichts wusste, außer, dass er einen positiven Schwangerschaftstest nicht als schlechte Nachricht empfand. Ich wusste noch nicht einmal, ob er in der Lage sein würde, die Miete zu zahlen, welchen Beruf er ausübte oder ob er nach einiger Zeit seine fünfköpfige Familie nachholen würde, einschließlich Meerschweinchenkäfig.

Diese Entscheidung würde bei meinen Arbeitskollegen als komplette Wahnsinnstat durchgehen. Sie hielten mich schon immer für ziemlich durchgeknallt. Josy würde mir unter düsteren Prophezeiungen einen gewaltsamen Tod voraussagen. Seit sie ihre Liebe zu bluttriefenden Psychothrillern entdeckt hatte, erspähte sie ständig Hinweise auf potentielle Killer. Angeblich war es die Augenstellung, neuerdings sogar die Frisur oder der Haaransatz. Bernd würde mir heimlich die Visitenkarte seines Bruders – ein Psychiater – zustecken. Das hatte er übrigens auch schon bei meiner Hochzeit mit Konstantin getan. Vielleicht hätte ich damals einen Termin ausmachen sollen. Und meine Chefin würde, wie so oft, die Hände über den Kopf zusammenschlagen und «Kindchen, Kindchen, was denken Sie sich nur immer?», ausrufen. «Wer weiß, wen oder was der Kerl Ihnen ins Haus schleppt!»

Gute Frage. Was hatte ich mir dabei gedacht? Ich hatte vorschnell gehandelt. Ich hätte bei einer höheren Zahl mit dem Runterzählen beginnen sollen, einer deutlich höheren.

«Sie können sich das Zimmer erst mal ansehen. Vielleicht gefällt es Ihnen gar nicht», schlug ich vor, in der Hoffnung, beim kleinsten Missfallen, das er äußern würde, einen Rückzieher machen zu können.

Wir saßen nebeneinander im Bus. Er sah auf meine Finger, die ich nervös ineinander verknetete bis sie knackten. «Sicher. Es sollte schon passen», beruhigte er mich. «Darf ich fragen, wie Sie heißen?»

Das war eine Frage, die ich erst seit dem Erwachsenenalter mit einer gewissen Gelassenheit beantworten konnte. Zu viele dumme Sprüche hatte ich mir in der Kindheit und Jugend zu meinem Namen anhören müssen. Auch heute schwang noch immer eine Portion Trotz mit, wenn ich ihn aussprach, so, als wappne ich mich gegen die Beleidigungen, die unweigerlich kommen würden.

«Ludowika», sagte ich und sah ihn herausfordernd an.

«Ludowika», wiederholte er bedächtig, als könnte er über einen Zungenbrecher stolpern. Wenn er jetzt was Falsches gesagt hätte, er hätte sich das Zimmer abschminken können.

«Das hört sich an, als ob Ihre Eltern fest mit einem Jungen gerechnet hätten und den Namen nicht aufgeben wollten. Ludowika … Das ist für ein Kind sicher eine Herausforderung, aber irgendwie individuell – finde ich gut.»

Mit der Herausforderung hatte er den Nagel auf den Kopf getroffen. Aber immerhin, eine solche Wertschätzung hatte ich noch nicht gehört. Die häufigsten, zumeist männlichen Kommentare ersetzten das W durch ein F und gingen dann in die Richtung *Oh, eine giftige Variante des Luders,* begleitet von brüllenden Schenkelklopfern. Diesen wahnsinnig lustigen Abwandlungen war meistens ein hoher Alkoholkonsum vorausgegangen war; zu Libori oder auf dem Schützenfest. Aber es ist dennoch kein Freifahrtschein für hohle Witze – und schon gar nicht auf meine Kosten.

«Sie liegen richtig. Ich bin tatsächlich nach meinem Großvater Ludwig väterlicherseits benannt worden», erklärte ich nicht ohne Stolz. «Wenn Sie es einmal eilig haben sollten, dürfen Sie aber gerne Luca zu mir sagen.»

Er reichte mir zum zweiten Mal an diesem Tag die Hand. «Daniel.»

Wir hatten die Schöne Aussicht erreicht und stiegen aus. Bis zu meinem Haus waren es nur wenige Meter. Ich deutete auf den terracottafarbenen Bungalow. «Das Zimmer ganz links wäre Ihr Domizil.»

Daniel pfiff leise durch die Zähne. «Von außen schon mal nicht schlecht. Ich bin beeindruckt. Es ist nicht weit zur Uni, oder?»

«Ein Katzensprung. Studieren Sie etwa noch?» Das hätte mich gewundert. Für mich war er noch immer ein Hochleistungssportler, der die Hälfte des Jahres zu Wettkämpfen unterwegs war, Trophäen sammelte und nur zum Wäschewaschen nach Hause kam.

«Nein, ich bin wissenschaftlicher Mitarbeiter bei Professor Gahlmann.»

«Professor Gahlmann? Muss ich den kennen?»

«Sportwissenschaften», erklärte er und streifte kurz meine Figur, als würde ich alles, was im Entferntesten mit Sport zu tun haben könnte, für eine Geschlechtskrankheit halten. *Das bildest du dir ein,* höre ich meine Freundin Steffi sagen. *Du mit deinen Komplexen. Ich wäre froh, wenn ich deine Figur hätte. Er hat dich bewundernd angeschaut.* Schon klar, Steffi. «Dann lassen Sie uns mal drinnen nachschauen, ob es passt. Das Zimmer ist nicht besonders groß. Für sportliche Aktivitäten könnte es eng werden.»

«Sie schätzen mich falsch ein. Außer ein paar Joggingrunden in der Woche und etwas Handballtraining bin ich ein ziemlich fauler Hund geworden.» Er klopfte auf seinen Waschbrettbauch, als wüchsen dort bereits ersten Anzeichen eines ausschweifenden Lebens. Ich hob die Augenbraue. Von mir würde er kein *Ich bitte Sie, da gibt's doch nichts zu mäkeln* hören. Babette, unsere Praktikantin in der Apotheke, nervt auch ständig mit Kritik an ihrer Figur. Dabei könnte sie – wäre sie ein Stückchen kleiner – die Klamotten meiner alten Barbie tragen.

Meine gertenschlanke Nachbarin zur Linken trat vor die Tür und erschnupperte die Wetterlage. Den Bikini-Minizipfel hätte sie sich sparen können – ein Hauch von Nichts. Auf hochhackigen Sandaletten stakelte sie zur Sonnenliege und drehte uns ihr Hinterteil zu, als sie das Handtuch auf der Liege glatt strich.

Wenn mir jemand am Tag mächtig die Laune verderben kann, dann ist sie es. Ich kann es nicht beweisen, aber ich bin mir sicher, dass Konstantin auch mit ihr etwas hatte. Einen solchen Anblick hätte er nie und nimmer verstreichen lassen, ohne einen Notfall daraus zu basteln. Dies, und die Tatsache, dass sie mir ständig vor Augen führt, wie ein perfekt geformter Frauenkörper aussehen kann, wenn man sich unter Kontrolle hat, bringt mich jedes Mal zur Weißglut. Egal zu welcher Jahreszeit, ob im flauschigem Rollkragenpullover und hautengen Jeans oder wie jetzt in einem dreieckigen Häkeltopflappen, ich fühle mich von ihr provoziert.

Normalerweise nickt sie mir nur hochmütig zu, wenn wir uns begegnen. An jenem Tag war plötzlich alles anders. Ich war in männlicher Begleitung, in attraktiver männlicher Begleitung. Da ging man auch schon mal auf die Sonnenliege, wenn sich der Himmel mit Gewitterwolken zuzog und ein böiger Wind immer wieder das Handtuch wegfegte. «Hallo, Ludowika!», zwitscherte sie und entblößte beim Winken ihre Brust.

«Hallo», brummte ich zurück und suchte verzweifelt nach meinem Haustürschlüssel.

«Wo steckt eigentlich dein Mann? Ich habe ihn seit Ewigkeiten nicht mehr gesehen.»

Typisch, gerade jetzt nach meinem Mann zu fragen. Dabei

war sie gewiss eins der ersten Betthasen gewesen, von denen er sich ausgiebig verabschiedet hatte. Endlich hatte ich meinen Schlüssel gefunden. «Ihm sind die Frauen in Mitteleuropa zu langweilig geworden!», rief ich zurück. «Er schaut sich jetzt in Afrika um. Sie sollen dort gelenkiger sein.» Ich drückte die Tür auf und schob Daniel grob in den Hausflur.

«Was war das denn?», fragte er und ging vorsichtshalber auf Abstand zu mir.

«Eine Bedingung stelle ich Ihnen, wenn Sie das Zimmer haben wollen», presste ich hervor.

«Und die wäre?»

«Sie lassen die Finger von der Frau.» Ich zuckte mit dem Kopf in ihre Richtung. «Sie können tun und lassen, was Sie wollen. Aber wenn ich mitkriege, dass Sie mit der Schnepfe was anfangen, fliegen Sie hochkantig raus.»

«Mit dem Strohhalm dort drüben? Ich bitte Sie.» Er tat beleidigt und folgte mir den Flur hinunter. «Dürfte ich auch eine Bitte äußern?» Er schnupperte und warf einen kritischen Blick in die Küche.

«Ja?»

«Ich kenne Ihre Kochgewohnheiten nicht. Wenn Sie vorhaben sollten, Linsensuppe zu kochen, sagen Sie mir bitte vorher Bescheid. Ich bekomme allein vom Geruch einen unstillbaren Brechreiz.»

«Wenn Sie mit der dort drüben was anfangen, werde ich Linsensuppe kochen und Sie in der Küche einsperren.»

Er sah lächelnd auf mich herab. «Ich bin ja nicht lebensmüde.»

Kaum zu glauben, dass es erst gute zehn Monate her ist. Wir haben uns an unsere Abmachungen gehalten. Nachdem wir uns den Zweck einer reinen Vernunftgemeinschaft zugesichert hatten, waren die emotionalen Fronten abgesteckt.

Heute denke ich manchmal, ich hätte mich nicht so single-betont geben sollen. Zum einen war er gewiss an keiner Frau interessiert, deren Umfang stündlich expandierte, und zum anderen stellte ein Adonis wie er ganz andere Ansprüche an ein weibliches Wesen. Ansprüche, die ich auch mit persönlichem Fitnesstrainer für Bauch-Beine-Po nicht hätte erfüllen können. Ich unterdrücke den Versuch, mich für ihn in sexueller Hinsicht interessant zu machen. Denn der Korb, den ich mir einfangen würde, hätte keine guten Auswirkungen auf unsere traute Zweisamkeit. Ich rede mir ein, dass er ein fantasieloser Langweiler im Bett ist, oder Mundgeruch hat, Nagelpilz im fortgeschrittenen Stadium. Am besten alles. Aber es hilft nicht. Ich hoffe, dass ich mich irgendwann damit abfinden werde.

Eigentlich könnte ich ganz entspannt und zufrieden die Entwicklung meiner kleinen Maus genießen. Ich habe ein gesundes Baby, einen netten und hilfsbereiten Untermieter, keine Geldsorgen und muss mir auch keine Gedanken mehr um die Eskapaden meines Gatten machen. Es könnte so schön sein. Warum nur kreuzen jetzt, wo alles gut läuft, die Schatten der Vergangenheit auf und nagen an mir wie eine unheilbare Krankheit? Unterschwellig sind sie schon länger da. Sie blitzten bereits während der Schwangerschaft auf, aber seit zwei Wochen sind sie meine ständigen Begleiter. Wenn ich Mia anschaue, sehe ich meine Schwester – obwohl ich Hanne nie kennengelernt habe. Ich bin zwei Jahre nach ihr geboren. Drei Jahrzehnte konnte ich das Andenken an sie erfolgreich verdrängen. Ich musste tatsächlich selbst erst Mutter werden, um ein Gefühl für die Nöte und Ängste eines Elternpaares zu entwickeln, wenn es sein Kind verliert. Schlimmer noch. Die Ungewissheit über ein schreckliches Ende oder ein womöglich leidvolles Weiterleben eines kleinen, hilflosen Kindes ist unerträglich. Heute kann ich meine Mutter verstehen. Heute weiß ich, wie sie sich fühlt. Ich frage nicht mehr gereizt, warum sie nur am Fenster sitzt. Warum sie noch immer Jahr für Jahr am Tag des Verschwindens den damals ermittelnden Kommissar anruft. Und warum sie sich solange geweigert hat, aus dem Haus in Frankfurt auszuziehen. Sie hat die Hoffnung nie aufgegeben. Die Zuversicht, eines Tages aus dem Fenster zu schauen und ihre Tochter auf sich zukommen zu sehen, sie würde alles für die Erfüllung dieses Wunsches tun. Es tut weh, sie so am Fenster sitzen zu sehen. Tag für Tag, Stunde um Stunde.

«Weißt du eigentlich, nach welchem Kriterium meine Mutter einen Platz im Seniorenheim gesucht hat?», frage ich Daniel.

«Wenn du mich so fragst, wird sie kaum auf die Qualität des Essens geschaut haben, oder den Härtegrad der Matratzen.»

«Essen und Schlafen interessieren sie nicht sonderlich. Sie suchte solange, bis sie ein Zimmer fand, von dem aus sie die Straße und den Eingang des Hauses beobachten kann. Der Ausblick auf einen Park oder auf die Pader reizt sie nicht. Sie wartet auf ein Wunder. Und das würde die Straße heraufkommen. Ich bin froh, dass sie trotz ihrer Auswahlkriterien ein schönes Heim gefunden hat.»

«Warum ist sie eigentlich in einem Pflegeheim? Sie kann doch noch gar nicht so alt sein.»

«Sie ist nicht alt. Aber sie hat eine schlimme Arthrose. An manchen Tagen geht es ihr so schlecht, dass sie kaum aufstehen kann, geschweige denn sich selbst versorgen. Als Konstantin damals den Oberarztposten in Paderborn bekam, habe ich mit Engelszungen auf sie eingeredet, dass sie zu uns zieht. Ich hätte Platz gehabt und hätte mich auch um ihre Versorgung kümmern können. Aber sie wollte Frankfurt nicht verlassen. Sie wollte da sein, wenn Hanne nach Hause kommt. Den Gedanken, ihr Kind könnte heimkehren und vor fremden

Leuten stehen, konnte sie nicht ertragen. Dass ein Mensch, der im Säuglingsalter geraubt wird, sich nicht an seine Eltern, geschweige denn an ein Haus erinnern kann, kommt ihr nicht in den Sinn. Ihr Kopfkino kennt nur diesen einen Film. Erst als ihre Arthrose so schlimm wurde, dass sie nicht mehr allein bleiben konnte, hat sie ihre Zelte in Frankfurt abgebrochen. Die neuen Hausbesitzer mussten ihr allerdings das Versprechen geben, die Augen aufzuhalten und sich zu melden, wenn plötzlich eine junge Frau vor der Tür steht. Wir haben zusammen sämtliche Seniorenheime in Paderborn abgeklappert, bis ihr ein Zimmer mit passendem Ausblick zusagte. Und nun sitzt sie dort, in der Husener Straße, und wartet.»

«Das alles ist schlimm, Luca. Aber du musst jetzt an deine Tochter denken. Es nutzt ihr nichts, wenn du wie ein Trauerkloß über der Wiege hängst und keinen Papp sagst.»

«Das tue ich gar nicht.»

«Oh doch. Seit drei Tagen sind alle Tiere im Haus verstummt.»

«Ach.» Ich schaue ihn ungläubig an.

«Um deiner Tochter Willen solltest du etwas gegen den Trübsinn unternehmen. Ganz davon abgesehen, dass auch ich die Luca mit dem perfekt imitierten Entenwatschelgang grandios finde.»

Er hatte mich beim Watschelgang beobachtet. Wie peinlich. «Der Trübsinn lässt sich nicht einfach so abschalten.» Ich schnippe mit den Fingern in der Luft. «Ich könnte dir den Watschelgang beibringen, dann kannst du mich vertreten, bis ich wieder in der Spur bin.»

Er gluckst amüsiert. «Ich glaube nicht, dass ich diese gebückte Drehung in den Hüften hinkriege. Das schaffen nur Frauen. Es wäre schön, wenn du den Bauernhof wieder zum Leben erweckst.»

«Ich werde mir Mühe geben. Vielleicht wird es besser, wenn

erst morgen vorbei ist. Der Besuch bei meiner Mutter liegt mir im Magen.»

«Du besuchst sie doch jeden Tag.»

«Ja, aber wie gesagt, morgen wird Mia vier Wochen alt. Ich glaube nicht, dass meine Mutter diesen Termin vergessen wird. Und ich kriege die Sache auch nicht aus dem Kopf.»

Das Babyfon gibt erste knisternde Geräusche von sich. Mia wird wach. Nicht mehr lange, und es werden ohrenbetäubende Hungersignale aus dem Gerät schallen. Schlüsselreize, auf die meine Brust in Windeseile mit Milchfluss reagiert. Schnell stehe ich auf, denn so freundschaftlich unsere Beziehung auch ist, für diesen Anblick fühle ich mich mit Daniel nicht vertraut genug, egal, wie normal es ist. Meine Hebamme wurde nicht müde, uns im Vorbereitungskurs einen natürlichen Umgang mit der Geburt und dem Stillen zu vermitteln. Aber mich erreichte sie damit nicht vollständig. Für mich gibt es Grenzen, die ich auch bei aller Offenheit nicht überschreiten möchte. Und dazu gehören der Rückzug zum Stillen und eine Kleidung, der man nicht gleich ansieht, dass man Milch im Überfluss hat. In diesem Kurs gab es Mütter, die sich für die Niederkunft und Aufzucht ihrer Kinder besser in eine Steinzeithöhle hätten zurückziehen sollen. Solche Ansichten sind nichts für mich. Sollten sie doch die Augen verdrehen, wenn ich kundtat, mein Kind in einem ganz normalen Kreißsaal zur Welt bringen zu wollen.

Im Aufstehen schlage ich die Strickjacke über die Brust.

«Nach dem Stillen werde ich gleich schlafen gehen. Du kannst gern hier weiter fernsehen», biete ich ihm an. Ich spüre seinen Blick im Rücken.

«Gute Nacht, Daniel.»

«Gute Nacht, Luca. Schlaf gut.»

Während ich Mia stille, summe ich leise ein Lied. Es war mir nicht bewusst gewesen, dass meine Aussetzer so eklatant sind. Das muss aufhören. Ich muss mich zusammenreißen. Aber während ich Mia sacht über das Köpfchen mit dem ersten dünnen Flaum streiche, wandern meine Gedanken schon wieder in die Vergangenheit.

Kapitel 2

Seit ich denken kann, umgibt meine Familie eine melancholische Aura. Meine Eltern hatten ein Trauma erlitten: Sie haben ein Kind verloren. Die daraus entstandene Sorge um mich, ihre jüngere Tochter, beraubte mich aller Freiheiten. Als Kindergartenkind und junges Schulkind hatte ich es noch cool gefunden, eine ständige Begleitperson um mich zu haben. Ich wurde mit dem Auto gefahren, während sich die anderen Kinder mit schweren Schultaschen entweder zu Fuß auf den Heimweh machten oder in überfüllte Busse quetschen mussten.

Aber dieses behütete Leben machte auch einsam. Kaum eingeschult merkte ich, dass ich zum Außenseiter zu werden drohte. Die Gemeinschaft der anderen Kinder schloss mich aus. Das Königskind, das keinen Schritt unbewacht tun durfte, es passte nicht zu ihnen. Ständig hatte ich meine Mutter im Schlepptau. Spontane Einladungen von Freunden konnte ich nicht annehmen. Es musste immer erst alles durchorganisiert werden. Unser Haus glich einer Festung. Beim Herumtollen im Garten löste ich wenigstens zwei Mal pro Woche Alarm aus, weil alles verkabelt und gesichert war. Ich hasste diesen Zustand je älter ich wurde.

Hannes Verschwinden hatte meine Kindheit und Jugend zu sehr eingeschränkt, als dass ich unter ihrem Verlust sehr gelitten hätte. Außerdem war es für mich schwierig, einen Menschen zu lieben, von dem es nur ein Ultraschallbild gab und das Foto einer Sofortbildkamera, das ein schreiendes, rotgesichtiges Neugeborenes zeigte.

Es gab Tage, an denen ich meine Schwester verfluchte. Besonders schlimm war es in der Adventszeit. Während andere Familien ihre Fenster schmückten und Weihnachtslieder aus den Räumen hallten, legte sich eine bleierne Stille über unser

Haus. Der Duft frisch gebackener Vanillekipferl, ich lernte ihn erst kennen, als meine Tante Francis dem Trauerspuk ein Ende setzte und mich zu sich holte. Bei ihr verbrachte ich zehn Jahre hintereinander Heilig Abend. Meine Mutter lehnte die Einladungen ab. Ich glaube, sie war froh, sich in diesen Tagen ganz ihrer Trauer hingeben zu können, ohne Rücksicht auf mich nehmen zu müssen.

Meine Kindheit drohte zu einem Desaster zu werden. Mein Vater war der Nachsichtigere, der Verständnisvollere. Ich dachte immer, er hätte das Trauma besser verarbeitet als meine Mutter. Leider war es ein Trugschluss – er bezahlte es gar mit seinem Leben.

Höhepunkt und Wende in meinem jugendlichen Dilemma war ein Samstag im Herbst. Meine Mutter hatte mir wieder einmal verboten, zu einer Party zu gehen. Erbost hatte ich ihr entgegengeschrien, dass ich mir wünschte, ebenfalls vom Erdboden zu verschwinden, so wie meine Schwester – ungeachtet dessen, dass Hanne als vier Wochen alter Säugling sicherlich nicht freiwillig aus unserem Leben geschieden war.

Meine Mutter erlitt einen Nervenzusammenbruch und wurde in die Psychiatrie eingewiesen. Nach einem zehnwöchigen Klinikaufenthalt verbesserte sich unsere Mutter-Tochter-Beziehung. Unter psychologischer Anleitung lernte sie, ihre Ängste um mich unter Kontrolle zu halten und mir Freiräume zu lassen, sodass ich meine pubertär aufsässigen Phasen allmählich ablegte. Aber es war eine verdammt harte Zeit.

Heute schäme ich mich für mein bockiges Verhalten. Ich hatte ihnen das Leben unnötig schwer gemacht. Und nachempfinden, diesen vernichtenden Schmerz wirklich nachempfinden, kann ich erst jetzt, wo ich selbst ein hilfloses Würmchen im Arm halte. Rückgängig kann ich nichts machen, aber gäbe es eine winzige Aussicht auf ein gutes Ende, ich könnte viel wieder gutmachen.

***

Kurz bevor ich mit dem Kinderwagen um die Ecke des Seniorenheims biege, bleibe ich stehen und verharre einen Moment. Ich atme tief durch. Es ist jeden Morgen dasselbe Bild. Ich sehe meine Mutter am Fenster, die Gardine ein wenig zur Seite geschoben, ihr Blick sehnsüchtig auf die Straße gerichtet. Sie hebt die Hand und winkt mir zu. Ich winke zurück.

Sie freut sich, mich zu sehen. Und ich streite ihr die Liebe nicht ab, die sie bei meinem Anblick empfindet. Aber letztendlich bin nicht ich es, auf die sie wartet. Wenn ich nach einer Stunde weg bin, wird sie weiter aus dem Fenster schauen.

Manchmal gelingt es dem Pflegepersonal, sie ein wenig abzulenken und zu Aktivitäten mit anderen Heimbewohnern zu motivieren. Wenn sie gut zurecht ist, geht sie mit Mia und mir ein paar Schritte durch den Park – die Hand fest am Kinderwagen, als könne er sich jeden Moment in Luft auflösen.

Ich habe es aufgegeben, sie vom Fenster wegzulocken und ihr die gemütliche Sofaecke schmackhaft zu machen. «Von dort kann ich die Straße nicht einsehen, Luca», erklärt sie mir jedes Mal mit Engelsgeduld. Über mein vorwurfsvolles Seufzen sieht sie hinweg. «Ich spüre, dass sie wiederkommen wird. Eine Mutter spürt das.» Seit Mias Geburt fügt sie noch den Satz an, dass ich dieses Gefühl doch nun als Mutter verstehen müsse. Ich verstehe ihren Wunsch danach. Heute mehr denn je. Aber kann man fühlen, dass ein Kind noch lebt und wiederkommen wird? Nach drei Jahrzehnten? Ich höre keine Hoffnung heraus, wenn sie mit dem Kommissar einmal jährlich telefoniert; nur Trost und Bedauern. Geht es um dieses Thema, habe ich meine Bedenken, dass sie aus dem ewigen Kreisel noch mal herauskommen wird. Es ist festgebrannt in ihrem Herzen. Carsten, der Mann meiner Freundin

31

und Nachbar zur anderen Seite, hat es als Informatiker recht passend formuliert: «Sie kriegt es nicht von ihrer Festplatte gelöscht.»

Es gibt zum Glück aber auch Tage, an denen ich mich mit ihr über Gott und die Welt unterhalten kann. Diese Momente genieße ich. Dann nämlich blitzt ihr Humor auf und ich erkenne die Frau und Mutter, die sie eigentlich ist, wäre ihr Leben nicht an jenem Tag im Dezember 1987, kurz vor Weihnachten, jäh zerstört worden.

Heute wird ein solcher Tag nicht sein. Aber ich habe mir vorgenommen, mich nicht wieder in diese Melancholie hinabreißen zu lassen. Im Gegenteil, eigentlich ist der Zeitpunkt gut, um die Fesseln ein wenig zu lockern. Meine Mutter wird zum ersten Mal ihren jährlichen Ritualen zum Tag des Verschwindens nicht nachkommen können. Sie wird Kommissar Gruber, den damals ermittelnden Beamten, nicht wie in den vergangenen drei Jahrzehnten anrufen und nach einem neuen Erkenntnisstand fragen können. Der Mann hat kurz nach seiner Pensionierung einen Schlaganfall erlitten und ist seitdem kränklich. Seine Frau hat meine Mutter am Telefon zwar höflich, aber in bestimmtem Ton gebeten, von weiteren jährlichen Nachfragen abzusehen. Ihr Gatte hatte all seine Kraft in die Ermittlung gelegt, um das Wohl eines kleinen Kindes und seiner Familie zum Guten zu wenden. An manchen Tagen hatte die Frau befürchtet, er würde selbst daran zerbrechen. So sehr sie meine Mutter verstehe, aber es sei sinnlos, ihn weiter zu bedrängen.

Auch eine andere Tradition wird sie in diesem Jahr nicht fortsetzen können. Sie wird keine Rose auf die Fensterbank der alten Bäckerei legen. Dafür ist Frankfurt zu weit weg und sie ist auch nicht mehr in der Lage, das alte Stolperpflaster in der Schustergasse zu bewältigen, bei Schnee und Eis schon gar nicht.

Einmal hatte ich sie zu diesem Ritual begleitet, kurz nachdem sie aus der Klinik entlassen worden war. Ich hatte meinen guten Willen zeigen wollen. Es war ein seltsames Gefühl gewesen. Als stünden wir vor einem unsichtbaren Grab. Schneeflocken hatten in der Luft getanzt. Die Hände tief in den Manteltaschen vergraben, hatte ich zum Himmel aufgeschaut. Ich hatte mich gefragt, ob Hanne uns wohl sehen kann und – falls ja – um ein Zeichen gebeten, damit meine Mutter endlich die Sinnlosigkeit des Wartens einsieht.

Jahr für Jahr standen meine Eltern vor diesem Fenster. Später, als mein Vater tot war, setzte meine Mutter allein das Ritual fort. Hier war es geschehen, hier durchlebte sie die letzten gemeinsamen Minuten mit ihrer Tochter.

Das kleine Geschäft gibt es schon lange nicht mehr. Nur ein verwittertes Schild über dem Eingang weist darauf hin, dass sich hinter dem Schaufenster einmal herrlich duftende Backwaren in den Auslagen befunden haben. Heute kauft man Brot und Kuchen draußen auf der grünen Wiese, zwischen Aldi und Lidl. Aber das Haus steht noch. Und ich bin sicher, dass manch alter Anwohner im Vorübergehen auf die Stelle deutet, an der der Kinderwagen stand, und seinem Enkel vom schlimmsten Tag in der Geschichte Neudorfs erzählt.

Die Bewohner des kleinen Vororts von Frankfurt hatten großen Anteil am Leid unserer Familie, besonders die Menschen in der Schustergasse. Direkt unterhalb ihrer Fenster hatte ein Fremder die Hand nach dem schlummernden Kind ausgestreckt. Dass es ein Fremder gewesen sein musste, war für sie so sicher wie das Amen in der Kirche. Niemand aus ihrer Mitte wäre zu solch einer Tat fähig, auch wenn die Polizei zunächst jeden, der in unmittelbarer Nähe der Bäckerei wohnte, genau unter die Lupe nahm.

Kommissar Gruber hatte mit einer Lösegeldforderung gerechnet. Da meine Mutter seit zwei Wochen zur selben Zeit den Kinderwagen vor der Bäckerei abstellte, war er davon ausgegangen, dass sie dabei beobachtet worden war.

Es war ein Samstagmorgen. Wochenende, die Menschen hatten ausschlafen können. Anstatt hinaus in die trübe Nebelbrühe zu starren und sich enttäuscht die Augen zu reiben, hatten sie sich noch mal umgedreht. Wer ahnte denn, dass sich ein schreckliches Verbrechen in ihrem friedlichen Örtchen abspielen würde? Der Wetterbericht hatte spaßeshalber geraten, sich mit ausreichend Nahrungsmitteln einzudecken; nach einer Nebelfront würde der Winter über das Land hereinbrechen, der zwar eine weiße Weihnacht bescheren sollte, aber auch zu erschwerten Straßenverhältnissen führen würde.

Man hatte leider kaum sachdienliche Hinweise zur Aufklärung geben können. Auch wenn die Autobahnauffahrten sofort gesperrt worden waren, so war die Möglichkeit doch sehr groß, dass der Entführer auf diesem Weg entkommen war. Neudorf hatte schon damals direkte Anbindung in alle Richtungen. Er hatte die freie Wahl und sie anscheinend gut genutzt. Krankenhäuser, Psychiatrien und Kinderkliniken in und weiträumig um Frankfurt herum wurden kontaktiert. Es musste ausgeschlossen werden, dass sich eine Frau mit unerfülltem Kinderwunsch zu einer kriminellen Tat hatte hinreißen lassen. Die Menschen wurden aufgerufen, die Augen aufzuhalten, falls plötzlich ein Säugling auftaucht, ohne dass eine Schwangerschaft der Mutter bekannt gewesen wäre.

Mein Vater führte ein gutgehendes Familienunternehmen. Aber eigentlich gab es betuchtere Eltern mit Kleinkindern. Warum wir – die Baumanns? Mein Vater musste Firmeninterna offenlegen. Kündigungen, die in den letzten Jahren ausgesprochen worden waren oder Beförderungen, die Unmut und Neid hervorgerufen haben könnten. Arbeitsunfälle mit schwerwiegenden Folgen, alles wurde akribisch untersucht. Kommissar Gruber schien in dieser Zeit kaum zu schlafen.

Überall, wo auch nur der Hauch einer Hoffnung auf Aufklärung bestand, war er zugegen.

Monatelang hatte die Polizei unser Haus belagert und vernetzt, wie ein Kontrollzentrum. Als sie ihre Suche nach dem Säugling aufgab, stand in und um Neudorf herum kein Stein mehr auf dem anderen. Alles Mögliche war zum Vorschein gekommen: gestohlene Fahrräder, abgelegte Autoreifen, ein verrosteter Kühlschrank, das Tierskelett eines entlaufenen Hündchens, selbst ein geheimes Waffenlager war entdeckt worden. Nur meine Schwester war und blieb bis zum heutigen Tag unauffindbar.

Regionale und überregionale Zeitungen riefen zu erhöhter Wachsamkeit auf. Meine Eltern richteten im Fernsehen eine Bitte an den oder die Entführer. Ihr Flehen, die kleine Hanne unbeschadet wiederzubekommen, ging vielen Fernsehzuschauern sehr nah. Das Gemüt der Kidnapper hatte es jedoch kalt gelassen.

Die Beamten zogen nach langer Zeit ab, einer nach dem anderen, nur der Notfallseelsorger blieb – und eine unendliche Trauer.

«Guten Morgen, Mama.» Ich beuge mich zu meiner Mutter und gebe ihr einen Kuss auf die Schläfe. «Hast du gut geschlafen?»

«Guten Morgen, Luca.» Sie tätschelt mir die Wange. «Wenn mein Zimmernachbar nicht immer die Nacht zum Tag machen würde, hätte ich eine bessere Chance.»

«Warum benutzt du nicht Ohropax? Die sollen gut abdichten.»

«Auf keinen Fall, dann würde ich gar nichts mitkriegen.» Sie reckt den Hals zum Kinderwagen. «Wie geht's unserem Püppchen?»

«Mia geht es gut. Sie schläft jetzt schon vier Stunden am

Stück.» Ich nehme die Kleine aus dem Wagen und lege sie ihr in den Arm. Sofort lehnt sie sich mit einem stummen Seufzen zurück, wiegt sie an der Brust und summt ein Lied.

«Du musst heute gut auf sie aufpassen», sagt sie unvermittelt.

Ich verkneife mir, dass ich immer gut auf sie aufpasse. «Ja, mache ich. Sollen wir ein Stück mit ihr durch den Park gehen?»

«Heute besser nicht, Luca. Heute ist es zu gefährlich.» Sie kommt kurz vor, hält Mias Köpfchen behutsam mit einer Hand und wirft einen Blick aus dem Fenster. Dann lehnt sie sich wieder zurück.

Ich kann ein leises Stöhnen nicht unterdrücken. «Mama, was soll hier passieren?»

«Ja, das habe ich mir damals auch gedacht. Was soll schon am frühen Morgen im nebeligen, verschlafenen Neudorf passieren?»

Wir waren wieder mittendrin im Kreisel. Dabei hatte ich ihn heute möglichst umschiffen wollen. Meine Mutter nimmt ihren Summgesang wieder auf. Dieses Singen muss ich von ihr haben, nur, dass ich die monotone Moll-Tonlage durch ein fröhliches Dur ersetze und mit munteren Tierstimmen garniere – das Bauernhofspektakel, wie Daniel es so schön ausdrückt.

«Luca, es tut mir leid», nimmt sie noch mal den Faden auf. «Aber ich kann einfach nicht abschließen, solange ich nicht weiß, was aus Hanne geworden ist. Ich würde so gerne einen Schlussstrich ziehen. Weißt du, wie oft ich damals versucht habe, Hannes Zimmer in ein Gästezimmer umzufunktionieren? Unzählige Male habe ich den Telefonhörer in der Hand gehabt, um die Kindersachen von einer wohltätigen Organisation abholen zu lassen. Aber es ging nicht. Solange ich nicht weiß, was damals geschehen ist und wo Hanne ist – tot oder lebendig – werde ich damit nicht fertig.»

Diese Kindersachen, von denen meine Mutter spricht, liegen fein säuberlich in Kartons verpackt in meinem Keller. Strampler, selbstgestrickte Jäckchen und Kleidchen, Mützen, Krabbeldecken; ich hätte eine Kinderboutique damit eröffnen können. Und Kuscheltiere, vom kleinen Vogel Piep bis zum Bernhardiner in Originalgröße. Ich bin gut sortiert.

«Wegen der Kuscheltiere wollte ich sowieso mit dir reden», antworte ich, um einen möglichst harmlosen Tonfall bemüht. «Was hältst du davon, wenn ich ein paar Teile in die Kita bei uns um die Ecke gebe? Nach dem Wasserschaden, den sie neulich hatten, mussten sie alle Spielsachen aus Stoff wegwerfen. Sie würden sich bestimmt sehr freuen. Und Mia hat auch noch etwas davon, wenn sie in ein paar Jahren dort hingehen wird.»

«Du kannst sie ihr doch zum Spielen geben.»

«Es sind zu viele, Mama. Ich bin von Freunden und Kollegen überschüttet worden. Ein paar Sachen kann ich sicher behalten, aber den Rest würde ich gerne verschenken. Und die Stricksachen können jetzt, wo es so viele Flüchtlinge gibt, auch woanders gut genutzt werden.»

Meine Mutter wiegt Mia mit sanften Schaukelbewegungen – hin und her. In regelmäßigen Abständen kommt sie vor und wirft einen Blick nach draußen.

«Du brauchst dich um nichts kümmern», rede ich auf sie ein.

«Wenn Hanne wirklich wiederkommt ...» Falscher Ansatz, ich fange noch mal an. «Wenn Hanne wiederkommt, ist sie kein Kind mehr. Dann ist sie eine junge Frau und kann mit den Spielsachen nichts mehr anfangen. Dann müssen wir andere Sachen besorgen.»

Meine Mutter senkt den Blick. Ich sehe die Kuscheltierparade an ihrem inneren Auge vorbeiziehen, begleitet von einem Trauermarsch-Gesumm. Schließlich nickt sie. «Würdest

37

du mir den Dackel, der damals im Kinderwagen lag, herbringen? Den möchte ich gerne behalten.»

«Natürlich.»

«Dann such ein paar Teile für Mia aus. Den Rest gib in die Kita.» Sie deutet auf ein Buch. «Das da will ich aber behalten.»

Ich unterdrücke ein Augenrollen. Als würde ich ihr alles nehmen wollen, was im Entferntesten mit Hanne zu tun hat – in diesem Fall ihr Fotoalbum. Es liegt immer griffbereit auf dem Beistelltischchen und enthält zwei Bilder: ein Ultraschallbild und ein Foto von einem wenige Stunden alten Säugling auf einem Wickeltisch. Sein Umschlag ähnelt meinem Album. Nur mit dem Unterschied, dass Hanne einen putzigen Hund auf dem Deckblatt hat und ich ein stämmiges Pferdchen – als hätte das Schwergewicht schon damals synonym für meine Figur gestanden.

Meines ist vollbeklebt bis zur letzten Seite. Luca in allen Lebenslagen: mit verschmierter Schnute hinter dem Spaghetti-Teller, beim Auspusten einer Geburtstagskerze oder mit stolzer Miene auf einem Pferderücken.

Obwohl es nur zwei Fotos beinhaltet, fällt Hannes Album fast auseinander, als ich es heranziehe. Das ständige Blättern über all die Jahre hat seinen Tribut gefordert. Die Seiten lösen sich.

«Warum sollte ich das Album wegtun? Es bleibt natürlich hier. Aber die Seiten müssen geklebt werden. Wenn du nichts dagegen hast, nehme ich es bis morgen mit nach Hause.»

Eine kleine Visitenkarte rutscht aus den Seiten. «Burkhard Gruber», lese ich. «Kriminalhauptkommissar, Frankfurt.» Ich schaue auf die Rückseite und finde die Privatnummer des Mannes, handschriftlich notiert. «Die brauchst du jetzt aber wirklich nicht mehr, Mama. Seine Frau möchte nicht, dass du ihn weiter anrufst.»

Meine Mutter legt schnell ihre Hand auf meine Finger. «Bitte wirf sie nicht weg. Ich werde ihn nicht mehr anrufen, aber ...»

Ich schaue sie fragend an. «Aber?»

«Der Mann muss doch wissen, wenn Hanne wieder da ist.»

Zwei Schritte vor, einen zurück. «Okay», sage ich, ohne ihren Einwand weiter zu kommentieren. Ich lege die Karte auf den Tisch. Das Fotoalbum packe ich vorsichtig in den Beutel zu Mias Ersatzpampers und stecke es ins Netz des Kinderwagens.

Nach einer weiteren Stunde, in der ich mich mehr oder weniger erfolgreich um Ablenkung bemühe, gehe ich nach Hause. Ich hatte mehr erreicht, als ich zu hoffen gewagt habe. Ob es meiner Mutter wirklich hilft, wenn ich die Kindersachen weggebe, weiß ich nicht. Aber allein ihre Bereitschaft dazu ist ein Zeichen. Wenn ich ihr schon nicht helfen kann, indem ich Hanne finde, dann vielleicht, indem ich den Andenkenberg ein wenig abbaue. Dass sie die Visitenkarte nicht hergeben will, zeigt mir allerdings, dass es noch ein weiter Weg sein wird.

Als ich in unsere Straße einbiege, kriegt meine gute Laune einen Dämpfer. Meine Nachbarin bläst zum Sturm. Nachdem sie den Sommer über vergeblich jeden Morgen leicht bekleidet ihre Yoga-Übungen zum Besten gegeben hat, scheint sie nun Daniels Sportart, das Joggen, für sich entdeckt zu haben und dehnt sich an der Laterne vor meinem Haus.

Konstantin hatte sich den Anblick ihrer Yogaübungen im String-Bikini nie entgehen lassen. Der Hund, von ihr mit besonderer Hingabe zelebriert, war seine Lieblingsfigur. In dieser Zeit erfreute sich unser Rasen besonderer Pflege. Ich bin sicher, der Greenkeeper von Wimbledon wäre beim Anblick unserer Grünfläche vor Neid erblasst. Und mit unserer Hecke hätten wir garantiert einen Preis für besondere Originalität im

Schnittmuster gewonnen.

Nachdem all ihre Verrenkungen bei Daniel nicht gefruchtet haben, hat sie sich jetzt für die gewinnbringendere Variante entschieden, nämlich seine Sportart zu teilen. Wenn sie zusammen joggen, oder auch nur – wie durch ein Wunder – unterwegs aufeinandertreffen, habe ich keine Kontrolle mehr. Diese Entwicklung stimmt mich nicht gerade heiter. Schon geistern Bilder vom schnellen, ungestümen Sex im Unterholz des Monte Scherbelino durch meinen Kopf.

«Hallo Ludowika», begrüßt sie mich überschwänglich und stemmt sich mit beiden Händen gegen die Straßenlaterne.

«Hallo Clarissa. Hat dir die Laterne was getan? Oder warum willst du sie wegschieben?»

Sie lächelt mitfühlend. Ihr Blick scannt meine Figur, runter und wieder hoch. «Ich tue etwas für meinen Körper. Du weißt doch, wer rastet, der rostet.»

«Nicht, wenn man aus Edelstahl ist», kontere ich und schiebe den Kinderwagen an ihr vorbei. Beim Blick in die Garage stelle ich erleichtert fest, dass Daniels Fahrrad weg ist. Er hat die Aufwärmphase nicht mitbekommen, aber ab jetzt bin ich gewarnt. Und ich kann ihr dieses Gezappel vor meinem Haus noch nicht einmal verbieten. Theoretisch kann sie die Straßenlampe zum Poledance benutzen. Irgendwann werden sie zusammen loslaufen. Ich spüre es. Die ruhigen Zeiten mit Daniel sind vorbei.

40

Kapitel 3

Daniel kommt spät nach Hause. Ich sitze mit Mia inmitten einer Schar Stofftiere und bemerke ihn erst, als er am Türrahmen lehnt und mit der Zunge schnalzt. «Wow, Luca. Du hast Old McDonald's Farm aufgekauft? So war meine Bitte eigentlich nicht gemeint.»

Ich werfe ihm lachend ein rosa Schweinchen vor die Brust. «Das sind alles Hannes Sachen. Ich darf sie endlich an eine Kita weitergeben und schaue nach ein paar Teilen, die ich für Mia zurückbehalte. Möchtest du auch etwas haben? Vielleicht den schielenden Affen? Oder Miss Piggy? Das Schaf ist auch ganz flauschig.»

«Danke, weder noch. Ich stehe auf weniger behaarte Wesen in meinem Bett.»

Ich erröte und sortiere hektisch die Tiere in zwei Kartons.

Daniel kitzelt Mia mit dem Schweineschwänzchen an der Nase. Die Kleine zappelt unkontrolliert mit Ärmchen und Beinchen. «Dann waren deine Bedenken zum heutigen Datum umsonst?»

«Es hätte schlimmer kommen können.» Ich ziehe mir den Dackel heran – das einzige Stofftier, das meine Mutter behalten möchte. «Der hier lag damals im Kinderwagen. Wenn er erzählen könnte … Es war damals sogar die Möglichkeit diskutiert worden, ob ein Tier nach Hanne geschnappt haben könnte, ein Hund oder ein Greifvogel. Aber welches Tier wäre in der Lage, eine Decke vollkommen glatt und scheinbar unberührt zurückzulassen?»

Daniel macht sich lang und angelt nach dem Fotoalbum. Er blättert in den leeren Seiten. «Nur zwei Bilder?»

«Ursprünglich sind es einige mehr gewesen. Meine Mutter hat sie während eines Nervenzusammenbruchs zerrissen. Sie wusste nicht wohin mit ihrer Verzweiflung. Die zerrissenen Bilder waren ein Spiegelbild ihres Herzens, sagte der Psychologe. Diese beiden hat mein Vater retten können. Wie Hanne wohl heute aussehen mag – wenn sie noch lebt?»

Daniel beugt sich über die Fotos. «Was ist das direkt über ihrem Bauchnabel?»

«Ein Muttermal. Die Hebamme sagte damals, dass es wahrscheinlich mitwachsen und noch etwas größer werden würde.»

«Das ist ein unverkennbares Merkmal. Sowas ist ganz wichtig. Habt ihr das angegeben?»

«Natürlich. Es war vergrößert worden, um eine eventuelle Tendenz im späteren Aussehen voraussagen zu können. Wahrscheinlich hat es eine leicht oval-liegende Form, ungefähr in der Größe einer Ein-Euro-Münze. Aber es hat alles nichts ergeben.»

«Damals vielleicht noch nicht.»

«Auch später nicht. Nach sieben Jahren waren meine Eltern mit diesem Kommissar Gruber bei Aktenzeichen XY. Es war alles noch mal angesprochen worden. Das Muttermal, ihre Kleidung – nichts. Meine Eltern hatten all ihre Zuversicht in die Sendung gelegt. Zwei Tage später ist mein Vater gestorben. Es war zu viel für ihn gewesen. Die Hoffnung, das Ausharren, die Enttäuschung. Er hatte einen Herzinfarkt. Es war ein Tag vor meinem fünften Geburtstag.»

«Das tut mir leid, Luca. Aber dass sich nach dieser Zeit niemand meldet, ist fast logisch. Siebenjährige Kinder gucken in aller Regel kein Aktenzeichen XY. Mein Kind dürfte es jedenfalls nicht schauen. Also kommt deine Schwester selbst schon mal nicht in Frage, die sich angesprochen fühlen könnte. Und falls der oder die Entführer die Sendung gesehen haben, werden sie den Teufel tun und sich melden.» Er tippt auf das Foto. «Und wem soll das Muttermal auffallen? Man müsste das Hemd anheben, um es zu entdecken. Das macht höchstens ein Kinderarzt. Außerdem bezweifele ich, dass ein entführtes Kind regelmäßig einem Arzt vorgestellt wird. Du musst es nochmal versuchen, Luca, jetzt, wo deine Schwester erwachsen ist.»

Ich schaue ihn zweifelnd an. «Ich weiß nicht, ob meine Mutter das noch mal durchsteht.»

«Lass deine Mutter außen vor. Du musst es allein versuchen. Mach Hannes Geschichte publik. Es könnte sein, dass sie einen Mann oder einen Freund hat. Der hört davon und sagt sich *Hey, den Fleck kenne ich doch. Den sehe ich jeden Abend und streichle drüber.*»

Soviel Fantasie kann ich im Moment nicht in Bezug auf meine Schwester aufbringen. Für mich ist sie eigentlich tot, oder es geht mir wie meiner Mutter und ich sehe sie noch immer als ein kleines, hilfloses Mädchen. Daniel hingegen hat einen anderen Menschen, gar eine zärtliche Szene vor Augen. Für ihn ist Hanne eine erwachsene Frau mit einem Partner.

Ich starre ihn an. «Wir wollten vor ein paar Jahren noch mal in die Sendung», zögere ich. «Es wurde abgelehnt.»

«Es muss ja nicht Aktenzeichen XY sein. Schreib es auf. In geschriebener Form kann man viel detaillierter schildern, Gefühle ausdrücken und die Menschen erreichen. Schreib die Zeitungen an. Liest deine Mutter Zeitung?»

«Nein, die Buchstaben sind ihr zu klein. Sie schaut nur fern.»

«Na bitte. Sie würde nichts davon mitkriegen, wenn es nichts gebracht hat.»

Ich hinke hinter Daniels Enthusiasmus her. Er stellt sich das so einfach vor. Er hat nicht mitgekriegt, wie es damals nach der Sendung war. Ich kann das Bild nicht vergessen, als sie nach Hause kamen; ihre leeren, ausgezehrten Gesichter. Und wenn man Hannes Leiche findet? Ein kindliches Skelett?

Wie soll ich das meiner Mutter beibringen? Darf ich ihr das überhaupt sagen? Mir wird schlecht bei dem Gedanken. «Viele Menschen haben ein Muttermal auf dem Bauch», diskutiere ich erhitzt. «Tausende. Ich habe auch eins.» Ich zerre meine Bluse aus dem Hosenbund und schiebe die Hose auf Blinddarmhöhe. «Da, siehst du.»

Daniels Augen wandern nach unten. Schnell stopfe ich die Bluse zurück.

«Ich kann dir auch eins zeigen.» Seine Hand zuckt auf der Gürtelschnalle.

«Wenn du das auf deiner linken Pobacke meinst, das kenne ich schon», wehre ich gelangweilt ab.

«Woher?»

«Dir ist gestern das Badetuch von den Hüften gerutscht, als du aus dem Bad kamst.»

«Das kannst du gar nicht gesehen haben. Du warst in der Küche.»

«Eine Frau, Daniel …», ich hebe oberlehrerhaft den Zeigefinger, «hat überall Augen.»

Er sieht mich an, als würde er erst jetzt spitz kriegen, dass ihm ein weibliches Wesen gegenübersitzt. Ich bin froh, dass in diesem Moment sein Handy brummt. Unwillig richtet er sich auf, kramt es hervor und schaut auf das Display. «Überleg es dir, Luca», sagt er. «Ich finde, es ist ein Versuch wert, vor allem, damit du selbst zur Ruhe kommst.» Er steht auf und winkt mir zu, zum Zeichen, dass er sich für heute zurückziehen wird. Im Hinausgehen nimmt er das Gespräch an. Ich kann seinem Tonfall nicht entnehmen, ob er mit seinem Vater, einem Kumpel oder einer Freundin spricht.

Langsam sammele ich die Stofftiere ein. Miss Piggy und Kermit, den Frosch, behalte ich für Mia. Die restlichen Sachen werde ich Steffi und der Kita bringen.

Ein Zeitungsbericht – es klingt verlockend. Ich versuche,

mir die Augen meiner Mutter vorzustellen, wenn ich mit Hanne an der Hand die Straße heraufkomme. Aber so richtig klar will das Bild nicht werden.

***

Dienstags muss Daniel erst spät zur Uni. Es ist zur netten Gewohnheit geworden, dass er Brötchen holt und wir zusammen frühstücken.

Ich spüle den letzten Bissen mit Kaffee runter. Über dem Tassenrand bemerke ich vor dem Haus eine Bewegung. Mir wird augenblicklich übel. Der Albtraum geht los – in Form einer lebensgroßen Barbiepuppe im bauchfreien rosa Outfit am Laternenpfahl.

Daniel folgt meinem Blick. «Hoppla. Was wird das denn?»

«Eine Animation – nur für dich. Ist das nicht toll?», frage ich bissig.

«Nur für mich? Wozu will sie mich animieren?»

«Daniel, bitte. Warum seid ihr Männer immer so begriffsstutzig? Sie hat gesehen, dass du läufst. Sie macht sich warm, um mitzulaufen. Ist doch logisch.»

«Aber nicht mit vier Brötchen im Bauch.»

«Falsche Antwort.»

Erschrocken sieht er mich an, schaut hinaus und wieder zu mir. «Aber nicht mit der Frau», korrigiert er sich.

Ich nicke und fühle mich bereits jetzt als Verliererin. Stumm trinken wir unsere Tassen leer. Daniel bemüht sich um Gelassenheit. Er hält seinen Kopf, als habe er einen steifen Nacken, der ihm eine Drehung nach rechts unmöglich macht. So sauer ich auch bin, ich muss lachen. «Wie soll das nur enden, Daniel? Ich habe einfach keinen Bock auf diesen Stress.»

«Du machst dir vollkommen unnötige Sorgen, Luca. Was soll denn passieren? Wenn sie mit mir laufen will, wird sie schon sehen, wo sie bleibt. Sie hat doch gar keine Kondition, jedenfalls nicht von den paar Verrenkungen auf dem Rasen.»

«Was soll denn passieren?», wiederhole ich gereizt. «Bist du wirklich so naiv? Die Frau hat sich in den Kopf gesetzt, dich zu verführen. Und die Waffen dazu hat sie.»

Wieder schaut er hinaus. «Eigentlich kann sich die Frau nichts in den Kopf setzen. Der ist schon komplett mit Stroh ausgefüllt. Und da traust du mir nicht zu, standhaft zu sein?»

Ich schüttele den Kopf. «Sorry. Aber da stimme ich mit meinem Lieblingsphilosophen Konfuzius überein.»

«Der da sagt?»

«Essen und Beischlaf sind die beiden großen Begierden des Mannes.»

Daniel schlägt amüsiert die Arme untereinander. «Der gute Mann wird wissen, wovon er spricht. Im Gegensatz zu damals wägt der zivilisierte Mann heute allerdings ab, welche Köstlichkeit er sich schmecken lässt oder welche Schönheit sein Bett teilt. Er zerrt nicht irgendein Weib am Haar in seine Höhle, in der anderen Hand eine Wildschweinkeule schwingend.»

«Das macht die Aussage nicht erträglicher, du alter Macho.»

«Der zivilisierte Mann hat außerdem gelernt, seine Begierden zu zähmen», doziert Daniel weiter. «Ich jedenfalls fühle mich dem täglichen Kampf gewachsen.»

«Was du nicht sagst. Ich kann schließlich nicht beweisen, ob ihr es im Unterholz getrieben habt.»

«Du musst mir schon vertrauen.»

«Siehst du. Da haben wir das Problem. Dieser Spruch war Hauptbestandteil in Konstantins Wortschatz. Als hätte er eine Schallplatte mit Sprung im Hirn. *Du musst mir schon vertrauen, darling.* Tut mir leid, aber diese Gabe ist mir abhandengekommen.»

Wir beobachten Barbie. Sie hüpft munter auf der Stelle. Ihr

Pferdeschwanz wippt im Takt.

«Kannst du dir nicht endlich eine Freundin anschaffen, damit dieses Schaulaufen draußen ein Ende hat?», schlage ich ihm vor.

«Wer sagt dir, dass ich keine Freundin habe?»

Ich zucke mit den Schultern. «Weibliche Intuition. Ist aber auch nicht schwer. Du bist zu selten und über Nacht fort, als dass sich eine Frau an einer Beziehung mit dir erfreuen könnte.»

Daniel nickt anerkennend. «Im Moment freue ich mich auch so des Lebens. Es könnte gar nicht besser sein.»

«Da kommen ja rosige Zeiten auf mich zu.» Ich tippe mit dem Finger die Sonnenblumenkerne vom Tisch. «Ich hatte dir damals gesagt, dass du in deinem Zimmer tun und lassen kannst, was du willst. Von mir aus auch einen flotten Dreier veranstalten oder eine Swinger-Party. Aber ich möchte keinerlei Sympathiekundgebungen, egal welcher Art, zu dieser Frau.» Ich zucke mit dem Brötchenmesser zum Laternenpfahl.

«Für eine Swinger-Party ist mein Zimmer nun wirklich zu klein.»

«Du weißt, wie ich das meine.»

«Okay, Luca. Ich werde mir alle erdenkliche Mühe geben, den geistigen Auswüchsen deines Konfuzius Paroli zu bieten. Und ich denke, das schaffe ich auch ohne Freundin oder andere Hilfsmittel.»

Ich nicke brummig und räume den Tisch ab. Daniel verzieht sich in sein Zimmer. Kurz darauf kommt er mit seinem Laptop zurück. «Ich habe gestern Abend noch ein wenig recherchiert und telefoniert», sagt er, während er den Computer hochfährt. «Ein Kumpel von mir arbeitet bei der FAZ. Die Zeitung ist überregional. Ein Artikel über Hanne könnte eine große Leserschaft erreichen.» Er öffnet ein paar Dateien und schiebt mir den Bildschirm zu.

Ich habe ein schlechtes Gewissen, ihn gerade so hart angefasst zu haben. Er hat sich Gedanken gemacht, wie er mir helfen kann, und ich nörgele an ihm herum. Schuldbewusst ziehe ich den Laptop heran und lese. «Zwischen Vergessen und Hoffen. Ungeklärte Vermisstenfälle.» Ich überfliege die Zeilen. Sie klingen wie aus einem Lied von Udo Jürgens. Ein Mann, der sich am Abend noch schnell Zigaretten holen will und nicht wiederkommt. *Ich war noch niemals in New York.* Aber David Hentze war schon mal in New York, schon einige Male, und er fand die Stadt viel zu laut und hektisch. Er hatte definitiv nur Zigaretten holen wollen. Geld, Personalausweis, Scheckkarte, seine lebensnotwendigen Medikamente – es lag alles zu Hause in der obersten Schublade des Sekretärs. Seit zwanzig Jahren war er unauffindbar. Oder die Wanderin, die den Neckarsteig bei Heidelberg erwandern wollte und auf ihrer dritten Etappe spurlos verschwand.

Jeden Samstag wird ein alter Fall vorgestellt. Vor drei Jahren war schon einmal eine ähnliche Serie gelaufen. Damals hatte man tatsächlich mithilfe eines aufmerksamen Lesers eine angebliche Entführung rekonstruieren können. Zwar verlor sich die Spur noch immer im Ausland, aber immerhin war den Angehörigen klar geworden, dass sich ihre Tochter damals aus freiwilligen Stücken einer Sekte angeschlossen hatte. Davon kann bei einem vier Wochen alten Säugling wie in Hannes Fall wohl kaum die Rede sein.

Meine Augen fliegen über den Artikel. Nächste Woche würde es um eine alte Frau gehen, die vom Kaffeekränzchen nicht heimgekehrt war. Die Serie sollte Ende August auslaufen.

«Ende August», sage ich enttäuscht. «Das ist schon in ein paar Tagen. Die Geschichte um diese alte Frau ist die letzte aus der Reihe. Da komme ich nicht mehr rein.»

«Ich habe mit meinem Kumpel telefoniert. Für die Serie ist es zu spät, das stimmt. Aber es gibt eine monatlich erscheinende Rubrik, die an eine wichtige Begebenheit aus der Vergangenheit erinnert. Sie lautet je nach Datum: heute vor dreißig Jahren in Frankfurt, oder heute vor vierzig Jahren in Frankfurt. Im Mai ging es zum Beispiel um den Banküberfall mit Geiselnahme vor fünfzehn Jahren. Mein Kumpel sagt, bis zum November seien die Themen schon verplant. Da die Entführung deiner Schwester im Dezember war, hättest du noch eine Chance auf diese Rubrik. Du solltest dich aber bald entscheiden.» Er schiebt mir einen Zettel zu. «Hier ist seine Mail-Adresse. Es ist wirklich eine gute Möglichkeit. Du kriegst eine ganze Seite mit Fotos und mit einem Anreißer auf der Startseite.»

Ich bin begeistert und sprachlos zugleich. Ein kleinlautes «Danke» kriege ich noch heraus, bevor Daniel seine Jacke nimmt, mich noch einmal aufmunternd am kleinen Finger zupft und geht. Ich krümme meinen Finger. Dieses Zupfen, manchmal denke ich, es ist eine Ersatzhandlung von ihm, um mir körperlich nicht zu nah zu kommen. Schließlich haben wir eine Abmachung, eine blödsinnige, wie ich mir immer öfter eingestehen muss. Nur einmal hat er sie überschritten. Das war am Neujahrsmorgen – also ein Ausnahmezustand. Er war reichlich betrunken von einer Silvesterparty nach Hause gekommen, hatte mich in den Arm genommen, ein Gutes Neues Jahr ins Ohr gelallt und war für die nächsten vierundzwanzig Stunden in seinem Zimmer verschwunden.

Ich starre auf den Bildschirm. Die Buchstaben und Wörter verschwimmen ineinander. Ich soll einen Artikel schreiben. Himmel, wie stelle ich das denn an? Auch wenn der Redakteur es noch redigieren wird, so sollte mein Text schon Hand und Fuß haben. Nicht, dass ich nicht um die Fakten wüsste. Die sind fest im Kopf verankert. Und falls mir etwas entfallen sein sollte, im Keller stehen drei Aktenordner voller Berichte. Aber so ein Text erfordert mehr als nur Fakten und Zeitangaben. Ich muss den Leser aufrütteln können. Er muss das Geschehene in sich aufsaugen, miterleben. Er muss den Willen entwickeln, sich an etwas Wichtiges erinnern zu wollen, oder ein vielleicht unwichtiges Detail genau überdenken zu wollen.

Ich beiße mir auf die Unterlippe. Es wird nur glücken, wenn ich mich in die Lage meiner Mutter versetzen kann, der Frau, die am meisten leidet. Und die am nächsten dran war, es aus unmittelbarer Nähe erlebt hat. Die mit einem Kind hinausgegangen und mit leeren Händen nach Hause gekommen war. Sie würde sagen, dass ich dazu nun in der Lage sein müsste und ja, ich denke, das bin ich.

Das Handy surrt. Ich schaue aufs Display. Es ist Steffi. Sie ist in zehn Minuten für unseren gemeinsamen Morgenspaziergang mit den Kindern bereit. Ich muss Mia anziehen. Schnell logge ich mich auf Daniels Laptop ein und schicke dem Redakteur eine Nachricht. Er möge mir unbedingt den Termin im Dezember reservieren.

Kapitel 4

Letztlich habe ich zwei Wochen gebraucht, um diesen Artikel zu verfassen. Anfangs dachte ich noch, ich könne mich konzentrieren, wenn Mia dabei ist und munter vor sich hin brabbelt. Oder wenn Daniel in der Sofaecke sitzt. Aber beides ist schier unmöglich. Bei Mia ist mein linker Zeigefinger von ihrer kleinen Faust umklammert, sodass ich nur mühsam mit einer Hand tippen kann. Und wenn Daniel vor dem Fernseher sitzt, muss ich über seine Kommentare lachen. Er vergibt Sternchen für Filme mit Nervfaktor, sortiert nach Kitsch und Vorhersehbarkeit.

Nachdem Steffi die Kleine für ein paar Stunden übernommen hat, sitze ich heute vor meinem fertigen Text. Noch knappe vier Monate bis zum Erscheinungsdatum, dem 19. Dezember. Ich lese ihn ein letztes Mal. Dann taste ich nach der Maus und schicke ihn ab.

Dienstag, 19. Dezember 2017 – Frankfurt vor dreißig Jahren

Es ist der letzte Samstag vor Weihnachten. Die Menschen im kleinen Örtchen Neudorf bei Frankfurt sind voller Vorfreude auf das bevorstehende Fest. Für Familie Baumann wird es das erste sein, das sie zu dritt verbringen. Sie können nicht wissen, welche Katastrophe der Tag für sie bereit hält ...

6:30 Uhr. Claire Baumann, 39, schiebt die Gardine beiseite und späht in die Dunkelheit. Ist die Lampe vor dem Haus defekt? Oder ist die Nebelwand so dicht, dass kein Licht sie zu durchdringen vermag?

Der Wetterbericht hatte die Autofahrer vor gefährlichen Nebelbänken im Raum Frankfurt gewarnt. Wie gut, dass sie nicht auf das Auto angewiesen ist. Eigentlich hätte sie gar nicht zu dieser unchristlichen Zeit und bei diesen Wetterbedingungen das Haus verlassen müssen. Sie könnte die kleine Hanne im Haus herumtragen, bis sie wieder eingeschlafen ist. Allerdings waren bisherige Versuche selten von Erfolg gekrönt gewesen.

So hatte sie es sich zur Angewohnheit gemacht, morgens gleich nach dem Füttern mit dem Kinderwagen einen Spaziergang zum Bäcker zu machen, auch wenn die Welt wie heute in einem Nebelkessel zu versinken droht. Sie kann zwei Fliegen mit einer Klappe schlagen, drei sogar. Die Kleine schläft wieder fest ein, ihr Mann findet noch etwas Ruhe – er war heute erst in den frühen Morgenstunden von einer Geschäftsreise heimgekommen – und sie kann frische Brötchen für den Frühstückstisch holen. Es hatte sich in den letzten zwei Wochen so eingependelt und für alle Beteiligten als gewinnbringend erwiesen.

Heute bereitet ihr der Blick nach draußen allerdings Unbehagen. Sie sieht auf die Uhr, um sicher zu gehen, dass sie sich nicht vielleicht um eine Stunde vertan hat. Aber die alte Standuhr im Wohnzimmer bleibt dabei. Es ist kurz nach halb sieben. In dreißig Minuten wird der Bäcker seinen Laden öffnen und die Kunden mit warmem, duftendem Gebäck verwöhnen. Dass es um diese Jahreszeit noch dunkel ist, ängstigt sie nicht. Sie hat immer eine Taschenlampe dabei. Es ist der Nebel, der ihr Sorgen bereitet. Sie muss wenigstens den Gehsteig erkennen können.

Das Bündel in ihrem Arm bewegt sich und gibt erste Unmutsäußerungen von sich. Keine fünf Minuten mehr, und es würde sich lautstark beschweren, dass es nicht losgeht.

Sie küsst ihre Tochter auf die Stirn. «Ist ja gut, Hannchen. Wir gehen gleich. Bei dem Wetter musst du allerdings etwas Warmes anziehen.» Sie öffnet die Kommode, in der sich die

Strickstrampler in allen Farben und Formen stapeln.

Um das Kind nicht zu gefährden, hatte Claire Baumann die letzten Monate ihrer Schwangerschaft liegend verbringen müssen. Es war ihr und ihrem Mann Ulrich wie ein Wunder erschienen, dass sich nach zehn langen Jahren des Hoffens tatsächlich noch der ersehnte Nachwuchs angesagt hatte. Kein Risiko hatte sie bis zur Niederkunft eingehen wollen und brav die Bettruhe eingehalten. Sie hatte die Zeit mit Stricken totgeschlagen. Schlafsäcke, Krabbeldecken, Strümpfe, Mützen – mit und ohne Bommel – die Schränke waren prall gefüllt.

Trotz aller Vorsicht war Hanne Baumann vier Wochen zu früh geboren. Zunächst hatte man sich besorgt über ihr geringes Geburtsgewicht gezeigt. Aber nach ein paar Tagen im Brutkasten hatte sie gut aufgeholt. Die Schwestern der Säuglingsstation hatten sich mit einem lachenden und einem weinenden Auge von ihr verabschiedet. Hanne war zwar ein niedlicher Winzling, hatte aber mit ihrem Geschrei für viel Unruhe im Säuglingszimmer gesorgt.

6:45 Uhr. Noch einmal schiebt Claire Baumann die Gardine beiseite. Sie zögert. Doch dann stopft sie das Kissen an den Seiten fest, stülpt sich die Kapuze ihres Wintermantels über und zieht leise die Haustür hinter sich ins Schloss.

Die Gassen des Dörfchens liegen an diesem Morgen verlassen. Man hat bereits einen Gang heruntergeschaltet und will den Tag gemächlich beginnen, zumal das Wetter keine Einladung zum Aufstehen bietet. Als sie in die Schustergasse einbiegt und im Nebel die Leuchtreklame der Bäckerei milchig schimmern sieht, atmet sie erleichtert auf. Sie ist an diesem Morgen nicht allein auf der Welt. Noch jemand teilt ihr Los und ist bereits emsig: Bäcker Vornholz und seine Frau.

7:02 Uhr. Der Treppenaufgang zur alten Bäckerei ist zu steil und zu eng, um den Kinderwagen mitzunehmen. Sie stellt ihn wie immer vor das große Schaufenster. Von hier ist er in ihrem Blickfeld. Von hier kann sie ihr schlummerndes Kind sehen, zumindest den Kissenberg, der sich dick und flauschig aus dem Wagen wölbt. Nichts kann ihren Augen entgehen, so denkt sie.

An diesem Morgen ist alles anders. Die Bäckerin begrüßt sie überschwänglich. Sie ist in der Nacht Oma geworden und wedelt ihr das Foto ihres ersten Enkels entgegen. Es ist ein dummer Zufall, dass gerade heute eine der Leuchtstoffröhren im Laden kaputt gegangen ist. Wegen der spärlichen Beleuchtung muss sie sich mit dem Foto ein wenig vom Fenster wegdrehen.

07:04 Uhr. Sie wirft einen letzten Blick hinaus. Es sind zehn Sekunden, maximal zwölf. Eine Zeitspanne, in der man vielleicht zweimal tief Luft holt. Und doch hat sie gereicht, um das Leben der Familie Baumann zu zerstören.

07:05 Uhr. Nichts hat sich verändert, als sie wieder hinausschaut. Friedlich steht der Kinderwagen. Sie unterhalten sich noch ein wenig, schmunzeln über den Schwiegersohn der Bäckerin, der während der Geburt etwas weiß um die Nase von der Hebamme hinausgeführt worden war. Den Wagen hat sie im Blick. Schließlich bezahlt sie die Brötchen und wünscht der frischgebackenen Oma einen schönen Tag.

7:07 Uhr. Auf den Treppenstufen überkommt sie ein Unbehagen. Sie war kurz unaufmerksam gewesen, hatte sich abwenden müssen. Was wäre wenn ...

Sie beschleunigt den Schritt, stolpert die letzten Stufen. Panik macht sich in ihr breit. Das Herz hämmert, als wolle es den Brustkorb sprengen. Die Luft wird knapp, ihr Hals ist wie zugeschnürt. Mit zittrigen Fingern tastet sie nach dem Köpfchen ihres Kindes. Sie möchte endlich erleichtert ausatmen. Die Stelle ist noch warm.

Und doch leer.

Sie reißt Decken und Kissen heraus. Laute dringen aus ihrem Innern, die fremd und angsteinflößend anmuten. Sie steht vor einem gänzlich auseinandergerissenen Kinderwagen. Um sie herum Decken, ein Stoffdackel, das Spucktuch, die Brötchen, das Nusshörnchen für den Gatten. Sie läuft auf und ab, dreht sich im Kreis. Ihr Schreien hallt durch die dunklen Gassen.

Die Bäckersfrau eilt heraus, der Bäcker stürzt von hinten aus der Backstube. Er fängt sie auf, als sie zusammenbricht. 7:09 Uhr. Hanne ist weg. Die Welt steht still.

Hanne Baumann ist wie vom Erdboden verschluckt – seit nunmehr dreißig Jahren. Die Polizei geht zunächst von einer Entführung mit Lösegeldforderung aus. Aber als die Tage ohne eine Botschaft von den Entführern vergehen, muss man mit dem Schlimmsten rechnen. Hundertschaften der Polizei durchkämmen die Gegend. Hinweise, die aus der Bevölkerung kommen, verlaufen im Sand. Der oder die Täter haben keine Spuren hinterlassen. Der Nebel war ihr Freund.

Lebt die kleine Hanne noch? Wer hat damals die Hand nach dem friedlich schlummernden Kind ausgestreckt? Gibt es einen aufmerksamen Leser, der sich erinnert? Dem im Nachhinein etwas auffällt, was damals keinen Sinn ergab?

Hier noch einmal die Daten:
Hanne Baumann, geboren am 21. November 1987
Tag des Verschwindens: 19. Dezember 1987
Uhrzeit: zwischen 7:02 und 7:05 Uhr
Ort des Verschwindens: Neudorf bei Frankfurt, Schustergasse, ehemals Bäckerei Vornholz, heute ein Wohnhaus.
Die Kleidung, die Hanne beim Verschwinden trug: ein selbstgestrickter, türkisfarbener Strampler mit einem braunen Teddybären auf der Brust. Der Bär trägt ein Tiroler Hütchen.

Als Verschluss jeweils zwei weiße Perlmutt-Knöpfe auf den Schultern. Dazu passend eine Strickjacke, ebenfalls mit Perlmutt-Knöpfen zu verschließen und eine Strickmütze, mit braunen Sternchen bestickt.

Besonderes Kennzeichen: ein Muttermal direkt über dem Bauchnabel. Nach Angaben der damaligen Hebamme könnte das Muttermal mitgewachsen sein und heute eine relativ runde bis ovale Form in Ein-Euro-Größe haben.

Hinweise bitte an die Adresse der Redaktion. Sie werden an Familie Baumann weitergeleitet. Für Hinweise, die zur Aufklärung beitragen, hat die Familie eine Belohnung von zwanzigtausend Euro ausgesetzt.

Damals

Kapitel 5

Wütend schlug Weber die Autotür zu. So konnte es nicht weitergehen. Auf diesen Stress mit den Weibern hatte er keine Lust mehr. Er musste sich damit abfinden, allein durchs Leben zu gehen – obwohl es nicht in seinen Kopf wollte. Gab es etwas Schöneres als die Abgeschiedenheit dieses alten Forsthauses? Nein, einen idyllischeren Wohnort konnte er sich nicht vorstellen. Warum gaben die Frauen dem stillen Häuschen keine Chance? Warum musste es immer die grelle Stadt sein? Hauptsache Jubel, Trubel, Heiterkeit. Sollten sie bleiben, wo der Pfeffer wächst. Sie hätten die Idylle und stille Anmut des Tals nur entweiht.

Schwer stützte er sich am Autodach ab und schaute den Weg zurück, den er gekommen war. Nur noch einen Kilometer hätte sie durchhalten müssen. Einen verflixten Kilometer, dann hätte sich das Tal mit seinen saftigen Wiesen und dem munter dahinplätschernden Bächlein vor ihr aufgetan. Das weiß getünchte Forsthaus hätte unter dem Tannendach hervorgeblitzt wie ein verwunschenes Hexenhäuschen. Mit etwas Glück wären ein paar Hasen über die Wiese gehoppelt. Die Sonne gab ihr Bestes. Das Tal strotzte vor Schönheit.

Er hatte ihr gesagt, dass das Haus etwas einsam liegt. Aber nein, die hysterische Ziege hatte darauf bestanden, sofort umzukehren. «Einsam?», hatte sie geschrien und sich dabei mit beiden Händen am Armaturenbrett festgehalten, als säße sie auf einem Kutschbock. «Einsam ist gar kein Ausdruck. Da kann ich ja gleich zum Alm-Öhi in die Zentralalpen ziehen. Hier ist die Welt im wahrsten Sinne des Wortes zuende. Bitte dreh sofort um.»

Alles gute Zureden hatte nicht geholfen. Er hatte sie zurück in die Zivilisation gefahren, aber nur bis zur ersten Bushaltestelle. Sollte sie doch sehen, wie sie nach Hause kam.

Sie war nun schon die dritte Frau, bei der er an der Abgeschiedenheit des Forsthauses scheiterte. Die erste hatte gleich abgewinkt. «Forsthaus im Burckheimschen Forst? Wo Hase und Igel, na du weißt schon? Nein, mein Lieber, das ist nichts für mich.»

Die Zweite war immerhin nach einer längeren Kennenlernphase bereit gewesen, in sein Auto zu steigen. Nach über fünf Kilometern Fahrt durch den Wald, ohne einer Menschenseele begegnet zu sein, war ihre Miene allerdings immer düsterer geworden. Und als er bei dem verwitterten Holzschild *Zum Forsthaus Im Stillen Grund, 3 km, Sackgasse* auf den unbefestigten Wirtschaftsweg abgebogen war, hatte sie sich ängstlich umgesehen, als würde er sie für alle Ewigkeiten wegsperren wollen.

«Stiller Grund. Jetzt noch 3 Kilometer, und dann auch noch eine Sackgasse. Da kommt höchstens alle Jubeljahre jemand vorbei, wenn überhaupt. Ich glaube, das ist nichts für mich. Wir sollten umkehren.»

In der Beziehung musste Weber ihr Recht geben. Er konnte sich nicht daran erinnern, schon mal einen Wanderer oder Pilzsammler in seinem Tal gesehen zu haben. Aber genau das hatte doch seinen Reiz – diese vollkommene Abgeschiedenheit. Theoretisch könnte er im Pyjama das Holz spalten oder bei Vollmond nackt ums Haus tanzen. Es würde niemanden interessieren.

Der Graf von Burckheim verlangte nun mal von seinem Förster, dass er mitten im Forst wohnte. Ja, da wo sich Hase und Igel Gute Nacht sagen und wo das Herz des Waldes schlägt. Das war Bedingung für eine Einstellung gewesen, so wie all die Förster vor ihm dort gewohnt hatten und das war für ihn auch vollkommen in Ordnung. Er liebte das Häuschen mit seinen schiefen Wänden und dem Fachwerk im Dachgeschoss. Seine dicken Balken trotzten dem eisigen Ostwind, der im Winter den Schnee lawinenartig durch das Tal trieb. Es war klein, aber fein, hatte sowohl Strom als auch fließendes Wasser. Und wenn der Sturm nicht gerade die Leitungen zerstört hatte, funktionierte auch das Telefon. Gut, heizen musste man mit Holz, aber davon war im Burckheimschen Forst reichlich vorhanden. Um das Herbeischaffen würde er sich schon kümmern; schließlich war er der Förster. Es war gemütlich, den Flammen zuzuschauen, wie sie am Mauerwerk des Kamins hochzüngelten, während draußen die Welt unterzugehen drohte.

Die Krönung, das i-Tüpfelchen, wäre eine Frau, die am Abend neben ihm sitzt und mit einem Glas Rotwein in der Hand ins Feuer schaut. Mit der man die einzigartige Ruhe genießen kann und die sich nebenbei seinen männlichen Bedürfnissen widmet. Das war doch nicht zu viel verlangt.

Sie musste noch nicht einmal besonders hübsch aussehen. Die letzte hätte bei einer Miss-Wahl auch keinen Blumentopf gewinnen können. Egal, es wäre ihm so egal. Er selbst war schließlich auch keine Schönheit. Seine Haare hatten sich schon weit aufs Hinterhaupt zurückgezogen und seine Figur zeigte deutliche Anzeichen von zu vielen Bratkartoffeln mit Speck und von zu wenig sportlicher Betätigung.

Er würde sich einen Zweitwagen zulegen, damit sie mobil wäre, wann immer ihr danach war. Auf großartige soziale Kontakte legte er keinen Wert. Es war nicht sein Ding, in der Dorfkneipe über dem Tresen zu hängen und mit den Männern über die Bundesliga zu diskutieren oder die Körbchengröße der Kellnerin zu schätzen. Sein einziger Kontakt war der zu Doktor Hausten. Der Arzt musste ihm bisweilen die Zecken entfernen, die er sich im Wald eingefangen hatte und die sich gern an Körperstellen niederließen, die er selbst bei rekordverdächtigen Verrenkungen nicht erreichen konnte. Auch hier würde ihm eine Frau so manchen Weg ins Dorf ersparen können.

Er war kein Mann der großen Worte. Er hatte sie nie gelernt, weder große Worte, noch leise Töne. Seine Mutter war kurz vor Ende des Krieges bei einem schweren Luftangriff auf Berlin ums Leben gekommen. Er war zarte vier Tage alt gewesen. Alles, was er von seinem Vater wusste, war die Tatsache, dass er nicht der Mann seiner Mutter war. Der war nämlich bereits zwei Jahre zuvor gefallen. Eine Cousine mütterlicherseits hatte ihn notgedrungen aufgenommen und sich um ihn gekümmert. Von Kindererziehung hatte sie so viel Ahnung wie ein Ziegenbock vom Klavierspielen. Ihre fehlende Zuneigung hatte sie mit Strenge kompensiert. Das Kind hatte nur sprechen dürfen, wenn es gefragt wurde und es wurde selten gefragt. Aber sie hatte Wert auf eine gute schulische und berufliche Bildung gelegt.

Schon früh war ihm klar geworden, in welche Richtung ihn seine Berufswahl führen würde. Hinaus in die Natur, am liebsten in den Wald. Mit zwölf Jahren hatte er einen Schulausflug in den Spreewald unternommen. Zum ersten Mal hatte er das enge, staubige Berlin hinter sich gelassen. Umgeben von unzähligen Wasseradern und sattem Blattgrün hatte er tief durchgeatmet und seine Lunge mit Sauerstoff durchpustet.

Nach dem Schulabschluss hatte ihm seine Tante die Ausbildung zum Förster finanziert, wofür er ihr ewig dankbar sein würde. Von ihrer vorenthaltenen emotionalen Zuwendung hätte er sich sowieso nichts kaufen können.

Er hatte der Stadt mit ihrem Dauerlärm und engen Wohnverhältnissen keine Träne nachgeweint. Nach einigen Jahren als Forstangestellter trat er mit achtundzwanzig Jahren seine erste Stelle als Förster in der Lüneburger Heide an. Zwar fehlten ihm hier die geliebten großen Waldflächen, dafür war er aber mit dem Heidekraut und den Schafen nahezu allein auf der Welt. Der Schäfer war genauso wortkarg wie er und hatte höchstens mit seinem Schäferstab aus der Ferne gegrüßt. Es war herrlich gewesen.

Aber dann hatten immer mehr Touristen die Lüneburger Heide für sich entdeckt. Horden von Menschen waren durch die Heideflächen geschoben und hatten Berge von Unrat hinterlassen oder hinter die Wacholderbüsche geschissen. Es war für ihn unerträglich gewesen.

Da ihm sowieso die Bäume fehlten, hatte er sich bei einer erneuten Stellensuche südlicher orientiert. Er hatte schon mit dem Schwarzwald geliebäugelt, wo man auf weichen, nadelbedeckten Böden tagelang den Tannenwald durchstreifen konnte, ohne auf menschliche Exkremente zu treten. Doch dann war er auf diese Anzeige vom gräflichen Forst Burckheim in Ostwestfalen gestoßen. Sie hatte ihm einen Arbeits- und Wohnplatz in landschaftlicher Abgeschiedenheit verheißen. Er war noch am selben Tag in die Stadt gefahren und hatte sich eine Landkarte besorgt. Begeistert hatte er das riesige Waldgebiet auf der Paderborner Hochfläche mit dem Finger umrundet.

Er brauchte keine Bedenkzeit. Er hatte sofort zugeschlagen und es nie bereut. Hier konnte er alt werden. Er fürchtete schon jetzt, im Alter von einundvierzig Jahren, seine Berentung, weil er dann das Tal würde verlassen müssen, um Platz für den nächsten Förster vom Burckheimschen Forst zu machen.

Den Waldarbeitern musste er Instruktionen geben, aber da die Männer ebenfalls bei den mundfaulen Gesellen angesiedelt waren, verstand man sich mit wenigen Worten. Die Konversation beim gemeinsamen Essen nach der Jagd, dem Schüsseltreiben, übernahmen der Graf und die Gräfin. Die paar Male im Jahr kriegte er schon geregelt. Vielleicht war die Einsamkeit des Jägers damals schon ausschlaggebend für seine Berufswahl gewesen.

Da er sich seine Bürozeiten auf Gut Burckheim selbst einteilen konnte, kam er oft erst nach Dienstschluss der anderen Mitarbeiter, um seinen Schreibkram zu erledigen. Wenn er es darauf anlegte, war sein Hund Harras über Tage sein einziger Kontakt zu lebenden Wesen.

Nur einmal in der Woche, am Samstag, fuhr er in die Stadt, um im Supermarkt Lebensmittel für die ganze Woche einzukaufen. Hier gab es gleich nebendran ein kleines Café, in dem er sich bei einer Tasse Tee ein Stück Donauwelle gönnte, aber nur, wenn ein kompletter Tisch frei war. Eine Viertelstunde reichte ihm an menschlicher Nähe für den Rest der Woche. Je nachdem wie groß der Kinderanteil der Gäste war, herrschte für ihn eine grenzwertige Geräuschkulisse. Und mit dem Duft eines satten Fichtenwaldes konnte der Raum schon gar nicht mithalten. Körperliche Ausdünstungen und Zigarettenqualm ließen ihn manches Mal fluchtartig das Café verlassen, noch am letzten Bissen der Donauwelle kauend.

Damit er mitbekam, was draußen in der Welt vor sich ging, hatte er sich vor einigen Jahren einen Fernseher zugelegt. Wenn er auch nicht hautnah am Weltgeschehen teilnehmen wollte, so war er doch gewillt, sich aus der Ferne ein Bild zu machen. Schließlich wollte er nicht dumm sterben.

Sterben – das war auch so eine Sache. Wer wollte schon gern allein sein, wenn es dem Ende zuging. Immer häufiger, besonders am Wochenende, kam es vor, dass er am Morgen aufwachte und ins Grübeln geriet. Was wäre, wenn er plötzlich einen Herzinfarkt erlitt und nicht mehr bis zum Telefon kam? Wenn er im Schlaf von einem Schlaganfall oder einer Lungenembolie heimgesucht würde? Man würde ihn erst nach Tagen vermissen, in seinem Urlaub gar nicht. Er würde verrotten und sein treuer Jagdhund Harras verhungern. Wie hilfreich wäre in einem solchen Fall eine Frau im Haus? Zwar fühlte er sich nicht krank, aber seitdem er im Fernseher Einblicke in die seltsamsten Todesfälle bekam, machte er sich seine Gedanken.

Ja, und dann natürlich das körperliche Gegenstück zum Sterben: das pulsierende Leben in den Lenden. Auch gern am Wochenende in den Morgenstunden rege, könnte ihm eine Frau enorme Erleichterung verschaffen.

Ideal wäre eine Frau ohne Kinderwunsch. Maximal eine Mini-Familie mit einem Kind; aber nur, wenn unbedingt nötig und unter Vorbehalt. Daran arbeitete er nun seit über einem Jahr. Da er um seine verklemmte Art wusste, hatte er sich an ein Vermittlungsinstitut gewandt. Allerdings selektierte sich bei der Angabe seines Wohnortes schon die Spreu vom Weizen. Wie er das hasste, wenn den Frauen die Kinnlade runterfiel und sie mit weit aufgerissenen Augen «In landschaftlicher Abgeschiedenheit? Nein danke!» ausriefen.

Es kostete ihn nur Geld und Nerven. Er würde keine Frau mehr überreden, in sein Auto zu steigen, um ihr sein Tal zu zeigen. Wer das Forsthaus in seiner stillen Anmut nicht schätzte, der gehörte auch nicht hierher.

Kapitel 6

Hubertus Eschenbach begrüßte den Förster persönlich – wie immer, wenn dieser im Auftrag des Grafen die Baumschule besuchte. Der Burckheimsche Forst war einer seiner größten Kunden und Weber setzte die jahrzehntelange Geschäftstradition fort. Da nahm sich der Chef gern die Zeit, um mit ihm die langen Reihen der jungen Fichten abzuschreiten.

Meistens reichte es, wenn Weber telefonisch die Anzahl der Pflanzen durchgab. Aber heute mussten für die Umgestaltung des gräflichen Parks hochwertige Waldkiefern in Bonsaiform ausgesucht werden.

«Vielleicht interessiert sich der Graf für den Eibe-Taxus-Kegel. Er stellt wenig Anspruch an die Bodenbeschaffenheit und macht sich in großen Gartenlandschaften immer gut.» Hubertus Eschenbach deutete auf eine Ansammlung von Büschen, die, stramm in einer Reihe stehend, spitz nach oben zuliefen. Die Männer waren zum Freilandgelände hinausgefahren und inspizierten die Gewächse, die für den Grafen und seinen Park infrage kommen könnten.

«Ich fürchte, die junge Frau Gräfin wird etwas gegen die Eibe haben. Die Pflanze ist giftig und ihre Kinder toben den ganzen Tag draußen herum.» Weber fuhr mit den Fingerkuppen an den Nadeln der Jungpflanzen entlang. «Aber ich könnte mir vorstellen, dass sie am Forsthaus einen guten Windschutz abgeben. Auf dem Freisitz zieht es mächtig, wenn Ostwind herrscht. Ich muss nachfragen und melde mich bei Ihnen.»

Er sah auf seinen Jagdhund, der die Nackenhaare aufstellte und leise knurrte. «Ruhig, Harras, was ist los?»

Die Männer folgten dem Blick des Hundes. Hinter einer Zypressenreihe kamen zwei Hände zum Vorschein.

«Ach», Hubertus Eschenbach lachte. «Das ist eine Hilfskraft, die hier nach Schädlingen schauen soll. Meine Leute drücken sich immer vor dieser Aufgabe. So weit draußen arbeiten sie nicht gern. Normalerweise sind sie zu zweit im Außengelände.»

Weber sah sich um. «Und dieser Bursche befindet sich im Einzelstraflager?»

Eschenbach lachte noch lauter. «Dieser Bursche ist eine Frau. Und diese Frau weigert sich, noch jemanden mitzunehmen. Sie reißt sich darum, allein draußen zu arbeiten. Fragen Sie mich nicht nach dem Grund. Ich weiß ihn nicht.» Er drehte sich zu der Gestalt am Boden um. «Evelyn, willst du gleich mit uns zum Geschäft zurückfahren?»

Die Frau strich die Kapuze aus der Stirn und schüttelte den Kopf.

«Aber du musst deine Mittagspause machen.» Herr Eschenbach tippte auf seine Armbanduhr.

Sie griff hinter sich und hielt eine Brotdose hoch. «Mache ich hier.»

«Na gut, dann hole ich dich um 16 Uhr mit dem Wagen ab.»

«Kann zu Fuß gehen.»

Eschenbach seufzte leise. «Diese Frau ist ein einziges Rätsel.» Laut rief er: «Evelyn, meine Frau lässt fragen, ob du nachher mit den Kindern zum Spielplatz gehen kannst. Sie hat einen Arzttermin.»

Die Kapuze nickte.

«Gut, dann hole ich dich um 16 Uhr ab.»

Die Männer gingen weiter. «Trinken Sie noch eine Tasse Kaffee mit uns, bevor Sie sich auf den Heimweg machen. Ich glaube, meine Frau hat vorhin für die Kinder Waffeln gebacken. Vielleicht haben wir Glück und ergattern eine.»

Normalerweise hätte Weber freundlich abgelehnt und darauf hingewiesen, dass er noch einiges an Büroarbeit zu erledigen habe. Anders heute. Heute krabbelte die Kapuzengestalt in seinem Kopf herum. Er schaute sich um. Sie war hinter der nächsten Zypressenreihe verschwunden. «Wie sind Sie an diese Evelyn gekommen? Ist sie Landschaftsgärtnerin?»

«Nein. Evelyn hat keine abgeschlossene Berufsausbildung.» Eschenbach zog seinen Autoschlüssel aus der Hosentasche und öffnete für Harras die Ladefläche seines Autos. «Sie ist in einem Kinderheim aufgewachsen. Ich weiß nicht, was mit ihrer Familie passiert ist oder ob sie überhaupt eine Familie hat. Sie spricht nicht darüber. Als sie volljährig wurde, ist sie aus dem Kinderheim raus und gleich unter die Räder geraten. Sie ist gewiss nicht dumm. Aber sie ist vollkommen kontakt- resistent. Nachdem man sie total verwahrlost aus einem Wohnwagen gezogen hat, ist sie in eine betreute Wohnge- meinschaft bei einem paritätischen Wohlfahrtsverband unter- gebracht worden. Die haben ihr auch den Job bei mir in der Baumschule vermittelt. Ich engagiere mich in einem Projekt für Menschen ohne Berufsabschluss und biete ihnen bei mir Arbeit an, die ihrem Leistungs- und Bildungsniveau ange- passt ist. Ja, auf dem Weg ist die Evelyn zu mir gekommen. Sie ist jetzt schon über fünf Jahre hier und ich möchte nicht mehr auf sie verzichten. Sie ist fleißig und nimmt ihren je- weiligen Auftrag sehr ernst. Mittlerweile muss ich schon um sie kämpfen. Meine Frau hat nämlich herausgefunden, dass Evelyn bei Kindern ihre selbstauferlegte Stummheit ablegt und mit ihnen in ganzen Sätzen spricht. Ist das nicht erstaun- lich? Evelyn liebt unsere drei Jungs und mutiert bei ihnen zu einer Mary Poppins, wenn sie sich unbeobachtet fühlt. Haben Sie vorhin das Glitzern in ihren Augen gesehen, als ich sie bat, auf unsere Kinder aufzupassen?»

Weber nickte. Er schaute sich noch einmal um, bevor er in den Wagen stieg. Jetzt war sie wieder zu sehen. Sie hockte auf einer kleinen Anhöhe und knabberte an ihrem Brot. Der alte Parka umgab sie wie ein Zelt.

«Wie alt ist sie, äh, diese Evelyn?»

Eschenbach warf ihm einen kurzen Blick zu. Er kannte den Förster nur als sehr redeträg. Wenn sie miteinander zu tun hatten, waren die Preise von Nadel- und Laubgehölzen das vorherrschende Thema. Maximal wurde die derzeitige Wetterlage angerissen, oder ob der Waldboden im Moment zu trocken für Pflanzungen war. Um private Dinge oder gar Frauen war es noch nie gegangen. «Sie geht auf die dreißig zu. Im Mai hat sie Geburtstag. Benedikt, mein ältester, plant eine Party für sie, naja, eine Kinderparty. Ich darf es ihr nicht verraten. Benedikt liebt sie abgöttisch. Wenn er groß ist, will er sie heiraten.» Eschenbach lachte amüsiert.

Weber hielt sich nicht lange im Hause Eschenbach auf. Zwar schmeckte die Waffel lecker und er hätte auch gerne noch einen Blick auf diese Evelyn geworfen, aber unter dem Dauerbeschuss der drei Jungen, die sich auf Kriegspfad befanden, verabschiedete er sich bald. Bis 16 Uhr hätte er das Indianergeheul nicht ertragen. Und außerdem hätte er sowieso nicht gewusst, wie er mit der Frau hätte in Kontakt treten können. Kontaktresistent! Das wäre selbst für einen Partyhengst die Königsdisziplin. Vielleicht würde Eschenbach sie mitschicken, wenn sie die Pflanzen brachten? Er sollte sich Gedanken machen und an sich arbeiten, um sie möglichst unbefangen und locker ansprechen zu können. Eine Frau, die sich am liebsten in der Abgeschiedenheit der Außenanlagen aufhielt, die würde sich vielleicht auch mit seinem Tal anfreunden können. Und der eventuelle Wunsch nach eigenen Kindern? Den würde er ihr schon austreiben.

***

Eine Woche später rollte der Transport der Eibe-Taxus-Kegel für den Freisitz an. Vom Stillen Grund aus würde es zum Waldabladeplatz weitergehen, wo zweihundert jungen Fichten ihren neuen Standort finden sollten.

Weber hörte den Laster über die schmale Brücke rumpeln. Sie überspannte den Botzebach und war einzige Zufahrt zum Tal. Die Brücke erforderte für einen größeren Transporter Maßarbeit. Auch die Schlaglöcher auf dem letzten Wegstück waren sehr hinderlich. Eigentlich hätte er den Grafen darauf aufmerksam machen müssen. Aber er fürchtete, dass sich bei besseren Straßenverhältnissen der ein oder andere Naturfreund oder Fahrradfahrer einfinden könnte, und das musste vermieden werden. Ein geteerter Weg in sein Tal? Unvorstellbar. Es täte ihm in der Seele weh.

Er kannte den Weg in- und auswendig und hätte ihn mit verbundenen Augen fahren können. Er und seine Waldarbeiter wussten, wo man abbremsen musste, um die Achse des Autos zu schonen und wo es mitunter auch steil den Abhang hinunterging, wenn man die Schlaglöcher umfuhr. Bei starkem Sturm kam es vor, dass ein umgestürzter Baum oder heruntergefallene Äste den Weg versperrten. Er hatte immer eine Motorsäge im Kofferraum und war für alle Eventualitäten gerüstet. Wirkliche Schwierigkeiten bereiteten ihm nur die Schneestürme. Wenn sie mit ihren weißen Massen die enge Zufahrtschneise zum Tal verwehten, half auch keine Motorsäge mehr. Für einen solchen Fall lagen immer eine dicke Wolldecke auf dem Rücksitz und eine Bärenfellmütze, die er auf dem Dachboden des Forsthauses gefunden hatte. Die Sachen hatten ihm schon zwei Mal gute und wärmende Dienste erwiesen, bis der Schneeschieber des Grafen eingetroffen war.

Er holte seine Jacke aus dem Haus und ging dem LKW entgegen. Mit einem Ruck kam der Laster vor ihm zum Stehen.

Der Fahrer sprang aus seinem Führerhaus. Mit Daumen und Zeigefinger deutete er zwei Zentimeter an und hielt ihm die Finger unter die Nase. «Auf jeder Seite ein Zentimeter, Mann, Mann, Mann.»

«Herr Eschenbach kennt die Zufahrt. Anscheinend hat er Ihnen das Manöver zugetraut.»

Der Fahrer ließ die Rampe an der Ladefläche runter. «Ja, vielen Dank auch. Der Chef sprach von *etwas engen Straßenverhältnissen*», er malte Gänsefüßchen in die Luft. «Aber nicht davon, dass ich durch ein Nadelöhr muss. Und wo kann ich später wenden, bitteschön?»

«Im Wald, wo die Fichten abgeladen werden müssen, ist ein großer Wendeplatz. Ich werde vorausfahren und es Ihnen zeigen.»

Der Fahrer klopfte mit der Faust an die Beifahrertür. «Los, Evy, fass mit an.»

Dunkelgrüner Bundeswehrparka, Gummistiefel und Kapuze – Evelyn stieg aus.

Weber entfuhr ein leises Stöhnen. Sie war tatsächlich mitgekommen. Er versuchte, ihr Gesicht unter der Kapuze auszumachen. Konnte sie die nicht mal abnehmen? Es regnete doch gar nicht. «Hallo Evelyn», hörte er sich sagen. Seine Gedanken rasten. Er durfte sie jetzt nicht verschrecken. So weit war bisher noch keine Frau in sein Tal vorgedrungen. Jedenfalls nicht für ihn. Unbewusst trat er einen Schritt zur Seite und machte eine einladende Geste zum Haus – wie ein Gastgeber. Sie sollte sich umsehen, sollte das Tal mit allen Sinnen aufnehmen.

Sie schluckte ungläubig und hob fragend die Arme. «Wohnen Sie hier?»

«Wow, Evy, du hast gerade einen kompletten Satz gesprochen. Das ist unglaublich.» Der Fahrer kletterte auf die Ladefläche. «Unterwegs dachte ich schon, ich hätte einen Fisch neben mir sitzen. Nein, Evy, dort wohnt der Weihnachtsmann. Und in dem Stall nebendran steht sein Rentier.»

Die junge Frau reagierte nicht auf ihren Kollegen. Wortlos griff sie nach einem Ballen und hievte ihn auf die Schubkarre.

«Was reden Sie für einen Quatsch, Mann? Natürlich wohne ich da und in dem Schuppen ist Holz für das ganze Jahr gelagert.»

Der Fahrer verdrehte die Augen. «Das war ein Scherz.»

Der wundersame, zarte Bann, der sich zwischen der jungen Frau und seinem Tal gesponnen hatte, er war zerstört. Stumm verluden sie die jungen Büsche auf die Schubkarre.

Weber suchte fieberhaft nach einer Möglichkeit, ihren Aufenthalt im Tal zu verlängern. Eine solche Chance würde es in den nächsten zwanzig Jahren nicht mehr geben, da war er sich sicher.

Sie sah am Forsthaus hoch. «Haben Sie den geschossen?» Sie deutete auf ein riesiges Geweih über der Eingangstür.

Er folgte ihrem Blick. «Oh, nein. Den Elchbullen hat der Graf auf eine seiner vielen Jagdreisen in Skandinavien erlegt. Ich war noch nie im Ausland zum Jagen.» Er wollte sie fragen, ob sie sich gerne das Forsthaus von Innen ansehen möchte, aber der LKW-Fahrer startete den Motor zur Weiterfahrt.

Es war zum Verzweifeln. Da stand eine Frau vor seiner Tür, schien fasziniert von seinem Haus und seinem Tal und wurde von diesem Idioten am Steuer weggehupt. Er unterdrückte ein Fluchen. «Ich fahre mit meinem Wagen voraus.»

Während sie auf der Lichtung die jungen Fichtenstämme abluden, drehte sich all sein Gedankengut um die Frage, wie er sie noch einmal in sein Tal locken könnte? Die nächste Pflanzenbestellung wäre frühestens in zwei Jahren fällig, und ob sie dann wieder mitkäme, wäre noch fraglich. Womöglich hatte sie sich bis dahin in einer anderen Einöde niedergelassen oder hatte einen Job als Kindermädchen angenommen. Er war ein geduldiger Mann, aber diese Zeitspanne mit zudem ungewissem Ausgang war selbst für ihn unmenschlich.

Noch zehn Pflanzen, dann war alles abgeladen. Er malte sich aus, wie er mit ihr den schmalen Grat am Bockelwall hinaufwandert. Von oben würde sie einen bewundernden Blick über das weite Tal werfen. Sie würde den Arm ausstrecken und auf eine Rotte Wildschweine zeigen. Oder einfach nur vor dem Forsthaus sitzen, den Singvögeln lauschen und darauf warten, dass er heimkommt.

Noch drei Pflanzen. Sie würden abends vor dem Kamin sitzen und sich mit einem Glas Wein zuprosten. Oder sich gegenseitig eine Praline in den Mund schieben. Der Kirschlikör würde beim Zerbeißen herausfließen. Evelyn würde verführerisch über ihre Lippen lecken. Er schluckte. Er würde sich über sie beugen und …

«Fertig.» Der Fahrer schlug seine Arbeitshandschuhe aneinander. «Evy, fegst du schnell die Ladefläche ab?» Er holte den Besen hinter dem Führerhaus hervor. «Ich fürchte, wir müssen denselben Weg zurück, den wir gekommen sind? Durch dieses Nadelöhr?»

Weber schreckte auf. Er wich dem Staub von der Ladefläche aus. «Darf ich Sie auf eine Tasse Kaffee einladen, bevor Sie sich auf den Rückweg machen?», fragte er. «Oder Tee? Mineralwasser?»

Evelyn sprang vom Laster. «Ja!»

Der Fahrer schaute verblüfft auf. Einen solch euphorischen Ausruf hatte er noch nicht aus ihrem Mund vernommen. Und er kannte sie schon einige Jahre. «Sehr nett, aber ich möchte diese verfluchte Brücke gerne vor der Dämmerung hinter mich bringen. Ich wende jetzt und dann fahren wir.» Er stieg ins Führerhaus und ließ den Motor an.

Stumm standen sie nebeneinander, während der LKW auf dem Wendeplatz vor- und zurücksetzte. Weber steckte die Hände in die Hosentasche und wippte auf die Zehenspitzen. Wenn der Laster erst in Fahrtposition stand, war seine Chance vertan.

«Ähem, wenn Sie mögen, also wenn Sie Lust haben, dann kommen Sie doch am nächsten Wochenende und besuchen mich.» Er hatte es ausgesprochen. Einfach so. Er hatte sich nicht verhaspelt. Und sie bog sich auch nicht vor Lachen oder kicherte hinter vorgehaltener Hand.

«Ich habe keinen Führerschein.»

«Ich kann Sie abholen.»

Evelyn zog die Stirn kraus. «Das sind über hundert Kilometer.»

«Das macht doch nichts.»

«Hin und zurück zweihundert Kilometer. Das Ganze zwei Mal, macht vierhundert Kilometer.»

«Nun ja, ähem, es gibt ein kleines Gästezimmer. Sie können im Forsthaus übernachten und ich bringe Sie Sonntagabend zurück. Dann lohnt sich der Besuch und wir könnten auch eine kleine Wanderung über den Bockelwall unternehmen. Von dort hat man einen wunderschönen Blick auf ...»

Penetrantes Hupen unterbrach seine Schwärmerei. Evelyn stapfte zur Beifahrerseite. «Samstag um zehn Uhr am Geschäft von Herrn Eschenbach!», rief sie über die Schulter zurück. «Ich werde dort auf Sie warten.»

Kapitel 7

Ihre Zusage war für ihn wie ein Sechser im Lotto. Egal, was sich aus dem Parka herausschälen würde, sie war ein Geschenk des Himmels. An eine zierliche Elfe glaubte er sowieso nicht, aber das musste sie auch nicht sein. Robust sollte sie sein, damit sie nicht vom ersten Herbststurm weggefegt werden würde.

Sie stand vor dem Tor der Baumschule, blass und schmucklos, die Hände tief in den Taschen des Parkas. Die Haare hatte sie ungekämmt zu einem Pferdeschwanz zusammengerafft.

Er war glücklich, dass sie ihn den langen Weg nicht hatte umsonst fahren lassen. Schließlich hatte er weder ihre Telefonnummer noch ihre Adresse. Noch nicht einmal ihren Nachnamen kannte er. Und ob Eschenbach die Verbindung guthieß und ihm weiterhelfen würde, war keineswegs sicher. Evelyn, knappe dreißig Jahre alt, im Kinderheim aufgewachsen – das war alles, was er wusste. Ihm reichte es. Wen interessierte schon die Vergangenheit? Seine eigene gab schließlich auch nicht mehr her. Jetzt ging es um die Zukunft. Er musste dieses Wochenende den Grundstein legen. Er durfte es nicht vermasseln.

Die ganze Woche über hatte er sich Gedanken gemacht, wie er ihr das Tal am schönsten präsentieren könnte. Er hatte den Jägerzaun gestrichen, faule Latten ausgewechselt, die Pflastersteine vor der Haustür entmoost und war dem Schimmel im Bad zu Leibe gerückt. Das Wetter war ihm wohlgesonnen gewesen. Die Sonne hatte das Tal in ein Meer aus Schneeglöckchen verwandelt. Jeden Morgen, wenn er die Augen aufschlug, fiel ihm ein neues Malheur ein, das er bis zu ihrem Besuch beheben musste. Auf den Bodendielen rotteten sich die Wollmäuse zu Großfamilien zusammen, im Backofen klebten die Käsereste der letzten Thunfischpizza und das Bett

74

im Gästezimmer stand nur auf wackeligen drei Beinen. Gestresst hatte er sich für Donnerstag und Freitag Urlaub genommen.

Jetzt waren er und der Stille Grund bereit für eine Frau. Sie musste nicht schön sein, sie musste nicht reich sein und sie musste auch kein Ausbund an Intelligenz sein. Sie musste einfach nur passen. Und als er jetzt vor der Baumschule vorfuhr und das freudige Aufblitzen ihrer Augen sah, da wusste er, dass sie passen würde. Sie würde sich mit ihrer stillen Art in sein Tal einfügen und mit etwas Glück vielleicht auch eine erquickliche körperliche Bereicherung für ihn darstellen.

Hubertus Eschenbach hatte es nicht besonders erstaunt, dass Evelyn nach dem Wochenende bei Weber ins Forsthaus einziehen wollte. Er hatte schließlich unbewusst dazu beigetragen, als er sie zur Pflanzenanlieferung mitgeschickt hatte. Vorsichtig hatte er nachgehakt, ob sie den Förster nicht noch etwas näher kennenlernen wolle. Aber sie hatte entschieden den Kopf geschüttelt und in ihrer knappen Art erklärt, dass alles bestens passen würde. Bestens passen – nun ja, wortkarg und zugeknöpft waren sie schließlich beide. Aber der Graf hielt große Stücke auf ihn. Fachlich ein guter Mann, immer loyal, nur ein wenig verschroben. Aber absolut kein Grund zur Sorge.

Er hatte sie liebgewonnen, seine Evelyn, auch wenn sie es ihm nicht leicht gemacht hatte. Es freute ihn, dass sie in Weber einen Mann gefunden hatte, der keinen Wert auf Vorzeigequalitäten legte, denn vom weiblichen Schönheitsideal war sie weit entfernt. Auch von ihrer stoischen Ruhe hatte er sich nicht abschrecken lassen. «Was will ein Mann mit so einem Stockfisch?», hatten sich seine Arbeiter gewundert und er hatte ihnen insgeheim Recht geben müssen. Aber womöglich war es gerade ihre Art, die ihn fesselte.

Als Arbeitskraft ließ er sie ungern ziehen. Sie war stets zuverlässig gewesen und hatte sich nie von ihren männlichen Kollegen provozieren lassen. Für seine Frau Betty war Evelyns Weggang ein größeres Dilemma. Evelyn hatte ihre kleinen Monster bändigen können, ohne laut zu werden oder ständig harte Strafen aussprechen zu müssen. Betty hatte nie ein ungutes Gefühl gehabt, wenn sie die Kinder in ihrer Obhut ließ. Sie war untröstlich, zumal sie auch nicht verstand, wie es hatte passieren können, dass sich eine Frau in den eigenbrötlerischen Förster verguckt.

«Ich glaube, sie passen recht gut zueinander», hatte ihr Mann geantwortet. «Vielleicht gelangt unsere Evelyn nun sogar noch an eigene Kinder. Das wäre ihr doch zu wünschen.»

«Zum Glück kommt man dabei ohne Worte aus», hatte sie hervorgepresst.

Ob Liebe im Spiel war, konnten weder Weber noch Evelyn sagen. Sie erhoben aber auch nicht den Anspruch, dem Partner mit Haut und Haaren zu verfallen. Sie fühlten sich wohl, das war schon mehr als die halbe Miete. Das Wochenende war schön gewesen. Sie waren tatsächlich zum Bockelwall gewandert, hatten sich dort auf einen Baumstumpf gesetzt und still über das Tal geblickt. Er hatte einen Picknickkorb dabei, dessen Inhalt er wie einen Schatz vor ihr ausgebreitet hatte. Käsehäppchen, für jeden einen Berliner und eine Flasche Sekt mit zwei Gläsern. Mit einem kurzen scheuen Blick in die Augen hatten sie angestoßen. Die Flasche war ohne viele Worte flott geleert gewesen und sie waren weitergezogen.

Er hatte ihr seinen Forst gezeigt. Er hatte sogar gewagt, am alten Schandfriedhof vorbeizugehen. Er lag nur gute vierhundert Meter vom Forsthaus entfernt. Um 1810 hatte hier eine Glashütte gestanden, für deren Arbeiter und Familien ein eigener Friedhof angelegt worden war. Später, die Glashütte gab es schon lange nicht mehr, hatten die Bewohner des nächsten Ortes diesen äußerst abgelegenen Friedhof genutzt, um dort Selbstmörder und andere in ihren Augen schändlich Verstorbene in ungeweihter Erde zu verscharren, möglichst weit weg vom Dorf. Dass es ehemals ein normaler Friedhof gewesen war, war in Vergessenheit geraten. Aber als Schandfriedhof war er den Alten noch in Erinnerung und hinter vorgehaltener Hand noch immer als dämonischer Ort verschrien. Als letztes Relikt düsterer Glaubensvorstellungen hob sich das Schandkreuz gegen den Himmel. Ein paar Mauerreste ragten wie abgebrochene Zähne aus dem Erdreich und ab und zu schimmerte auch das bleiche Weiß eines Skelettteils hervor, wenn die Wildschweine auf der Suche nach Nahrung mit ihren mächtigen Hauern das Erdreich durchwühlt hatten.

Bei einer anderen Frau hätte er niemals auch nur ein Sterbenswörtchen über diesen Ort verloren. Evelyn war anders. Andächtig hatte sie am Kreuz emporgeschaut. «Man sollte ab und zu einen Strauß Blumen herbringen», hatte sie zu seiner grenzenlosen Verblüffung gesagt, ein Schneeglöckchen gepflückt und es an den Sockel des verwitterten Holzes gelegt.

Abends hatte sie gekocht. Da er zuvor selbst dafür eingekauft hatte, konnte er sich einen Reim darauf machen, was er aß. Zum Glück war er nicht anspruchsvoll. Er hatte die verbrannten Fischstäbchen als kross angebraten in den höchsten Tönen gelobt.

Viel wichtiger war ihm gewesen, dass sie nicht wie ein Störfaktor im Forsthaus wirkte. Dass sie nicht die Nase über eine fehlende Heizung rümpfte oder seinen Harras aus dem Haus verbannte, weil er sich mal wieder in stinkendem Aas gewälzt hatte. Das alles war für sie kein Thema gewesen. Selbst Boris, der geistig und körperlich behinderte Sohn einer Gutsangestellten konnte sie nicht erschrecken, als er plötzlich aus dem Dickicht brach und mit ungelenken Schritten ihren Weg kreuzte. Boris lebte dem Papier nach auf dem Gut, in Wahrheit aber war der Wald, das dichte Farn und modrige Unterholz seine Welt. Weber hatte ihn schon einige Male beim Wildern erwischt, aber wie sollte er den armen Tropf davon abhalten? Boris verstand nicht, dass es verboten war. Er war nicht gefährlich, auch wenn sein Aussehen etwas anderes suggerierte. Im Grunde genommen war Weber sogar froh, dass Boris die Wälder durchstreifte. Allein die Tatsache, dass er plötzlich aus dem Unterholz auftauchen könnte, einen toten Marder auf den Schultern, hielt so manchen Dorfbewohner davon ab, eine Wanderung durch das Burckheimsche Revier zu unternehmen.

Abends vorm Kamin war es recht still geworden. Weber war der Gesprächsstoff ausgegangen und im harmlosen Konversationsgeplänkel war er nicht geübt. Sie hatten abwechselnd den Hund gestreichelt, der die unerwarteten Streicheleinheiten mit wohligem Grunzen genossen hatte. Nach zwei Gläsern Rotwein war Evelyn mit erhitzten Wangen aufgestanden. Sie hatte eine gute Nacht gewünscht und hinzugefügt, dass sie sich auf den nächsten Tag freue, wenn sie den Botzebach entlangwandern würden.

Auch der Sonntag war bei bestem Wetter und in harmonischer Ruhe verlaufen. Nachmittags, als die Rückfahrt zur Baumschule Eschenbach näher rückte, hatte sich eine bedrückende Stille eingeschlichen. Das schöne Wochenende neigte sich dem Ende und jeder musste sich nun wieder dem trostlos erscheinenden Alltag stellen.

Kurz vor der Brücke hatte er den Wagen angehalten und ihr Gelegenheit zu einem letzten Blick ins Tal gegeben.

«Wissen Sie eigentlich, dass Sie sich sehr glücklich schätzen können?», hatte sie gefragt. «Sie leben an einem herrlichen Flecken Erde. So weit weg von allem …» Sie hatte abrupt abgebrochen und sich wieder nach vorn gedreht.

«Ich schätze mich in der Tat sehr glücklich», hatte er sofort die Chance ergriffen. «Noch schöner wäre es allerdings, wenn Sie …, also ich fand das Wochenende sehr schön. Könnten Sie sich vorstellen, für immer hier in diesem Tal zu wohnen, ähem, als meine Frau, sozusagen?»

Ihm war klar, dass die Sehnsucht in ihrem Blick nicht ihm galt. Sie galt seinem Tal. Aber das war genauso gut. Alles andere würde sich schon finden.

Als sie noch zögerte, hatte er einen weiteren, wenn auch halbherzigen, Vorstoß gewagt. «Aus dem Gästezimmer könnte man ein Kinderzimmer machen. Für ein Kind wäre sicher Platz.» Dass die Förster vor ihm auch zwei und drei Kinder in dem kleinen Häuschen untergebracht hatten, brauchte er ihr nicht auf die Nase zu binden.

Sie hatte ihm fest in die Augen geschaut und mit einem klaren «Ja» geantwortet. «Ja, das kann ich mir gut vorstellen.»

Danach war es schnell gegangen. Schon am nächsten Wochenende wollte er sie für immer in sein Tal holen. Auf die Frage, ob er sich einen Anhänger für ihre Sachen besorgen soll, hatte sie den Kopf geschüttelt. Alles, was sie mitbrachte, passte in eine alte, schäbige Ledertasche, an der eine rostige Schnalle herabbaumelte. Auf seinen fragenden Blick hin, hatte Hubertus Eschenbach erklärt, dass Evelyn alles Geld, das sie bei ihm verdient hatte, auf einem Sparbuch eingezahlt habe. Sie hatte bisher rigoros abgelehnt, sich etwas Nettes dafür zu gönnen.

«Vielleicht hast du ja nun Gelegenheit, einen Teil deines Ersparten für etwas Schönes auszugeben», hatte Eschenbach lächelnd gesagt.

Evelyn hatte sich mit gekreuzten Armen die Tasche vor die Brust gedrückt. «Ja, für ein Kinderzimmer», hatte sie geantwortet und zum ersten Mal war ein glückliches Lachen auf ihrem Gesicht erstrahlt.

Sie hatte sich zu den Kindern hinabgebeugt und ihnen einen scheuen Abschiedskuss auf die roten Wangen gehaucht. Jonas, mit zwei Jahren der Jüngste der Eschenbach-Jungs hatte die Abschiedsszene mit großen Augen beobachtet. Er war zu klein, um die Tragweite zu verstehen. Klaas hatten dicke Tränen in den Augen gestanden. Mit der einen Hand hatte er sich die schniefende Nase gewischt, mit der anderen an Evelyns Bein geklammert. Benedikt, mit neun Jahren der Älteste, hatte sich trotzig abgewandt. Er konnte am wenigsten verstehen, warum Evelyn sie verließ. Sie hatte ihm fest versprochen, in den Ferien jeden Tag zum See hinauszuradeln und das Tauchen beizubringen. Sie war beim Indianerspiel seine Squaw gewesen, beim Fußball sein Torwart und bei den Hausaufgaben seine letzte Rettung, wenn er vor lauter Herumtoben die Schule vergessen hatte. Und was war mit der Geburtstagsparty? Er hatte sich mit so viel Eifer in die Vorbereitungen gekniet. Und jetzt war alles umsonst gewesen? Ihr Weggehen war Verrat auf höchster Ebene und traf ihn im Innersten.

Sein Vater hatte ihm durch das Haar gewuschelt. «Komm schon, Benni. Wir müssen die Evelyn ziehen lassen. Sie will jetzt ihre eigene kleine Familie gründen. Wir werden sie besuchen.»

«Wenn sie jetzt geht, will ich sie nicht wiedersehen! Nie, nie mehr …!», hatte er ausgerufen und war ins Haus gestürmt. Enttäuscht hatte sie ihm nachgeschaut.

«Mach dir nichts draus, Evelyn. Er nimmt es im Moment persönlich. Ich werde gleich noch mal mit ihm reden.»

Seine Frau und er hatten ihnen nachgewinkt. «Ob das mit der eigenen kleinen Familie jemals was wird? Ich habe kein gutes Gefühl.»

«Sie ist mündig, Betty. Geben wir ihnen eine Chance. Sie weiß, dass sie jederzeit zu uns zurückkommen kann.»

Evelyn legte Wert darauf, dass sie schnell heirateten. Nur standesamtlich – mit einem kirchlichen Segen konnte sie nichts anfangen. Aber sie wollte den Nachweis, dass sie nun eine echte Familie hatte – schwarz auf weiß. Erst danach konnte sie guten Gewissens die Kinderplanung angehen. Alles musste seinen geregelten Gang gehen, als könnte ein Fehler in der Reihenfolge schlimmste Konsequenzen nach sich ziehen. Weber verstand ihre Argumentation nicht, sah aber großzügig über ihre Denkweise hinweg. Seine Zeit würde kommen.

Der Termin für die Trauung wurde auf Mitte April gelegt. Die Zeit bis dahin reichte ihnen, um sich in ihrer guten Wahl füreinander bestätigt zu fühlen. Zwar konnten sie es nicht bis in die letzte Konsequenz absehen, aber was sollte im Bett schon schief gehen? Am Abend ihres Einzuges stießen sie auf das Du an und besiegelten es mit einem zaghaften Kuss.

Evelyn nahm bereitwillig ihre Aufgabe als Hausfrau an. Auf allen Vieren wienerte sie die Dielen bis zum Dachboden hinauf. Die Armaturen im Bad brachte sie auf Hochglanz, zumindest dort, wo der Rost noch nicht Einzug gehalten hatte. Die Fenster gaben wieder einen klaren Blick in die Natur frei. Und im Vorgarten konnte man nach einer Weile auch wieder erkennen, wo sich im Sommer die Blumenrabatten befinden würden und wo der Gemüsegarten. Weber konnte wirklich nicht klagen.

Einzig beim Kochen gab es Punktabzug, sodass er dazu überging, vom Großeinkauf Fertiggerichte mitzubringen. Er begründete den Kauf der Konserven damit, dass er ihr nicht so viel Zeitaufwand bei der Küchenarbeit zumuten wolle. Sie solle sich auch mal ausruhen, die Beine hochlegen und die Natur genießen.

Er erledigte seine Büroarbeit nun während der Arbeitszeit und kam am Abend pünktlich nach Hause. Er freute sich auf sie und fragte sich, ob dieses Gefühl etwas mit Liebe zu tun haben könnte. Es fühlte sich gut an und die Krönung, die körperliche Vereinigung, war ja noch nicht einmal vollzogen. Er wurde langsam mutiger und legte ihr die Hände um die Taille, wenn er ihr am Morgen einen Abschiedskuss gab. Aus Versehen rutschte seine Hand dann auch schon mal etwas hoch und streifte ihren schweren Busen.

Nach der Trauung würden dann endlich die letzten Hüllen fallen und ihm würde es an nichts mehr mangeln. Bei dem Gedanken daran huschte ein Lächeln über sein Gesicht.

Gesprochen wurde zwischen ihnen nach wie vor wenig. Es wurden keine schwierigen Themen gewälzt. Von daher gab es auch keine Reibungspunkte. Sie waren mit sich und der Ruhe im Tal im Einklang. Von ihm aus hätte es ewig so weitergehen können.

Einzig ihre krankhafte Scheu vor anderen Menschen bereitete ihm Kopfschmerzen. Er hätte nicht gedacht, dass es noch eine Steigerung zu seinem Einzelgängerdasein geben könnte. Sie weigerte sich, mit ihm einkaufen zu fahren. Wenn der Graf oder die Waldarbeiter im Tal auftauchten, zog sie sich sofort zurück. Sogar die Menschen im Fernseher schienen sie einzuschüchtern. Das Klingeln des Telefons ignorierte sie mit gleichmütiger Ruhe.

Als er sie fragte, ob sie sich etwas Schönes zum Anziehen kaufen wolle, schüttelte sie in Panik den Kopf. Sie nannte ihm ihre Konfektionsgröße und überließ es ihm, ein Kostüm für die standesamtliche Trauung auszusuchen.

Am Anfang fühlte er sich überfordert. Er tat sich schwer an den Ständern mit der Damenbekleidung, hielt Blusen und Hosen eine Armeslänge von sich, um abzuschätzen, ob sie hineinpassen würde. Sie hatte eine Speckrolle am Bauch. Das hatte er schon erfühlt. Dementsprechend suchte er nach Hosen mit Rundumgummizug. Damit konnte er nicht viel falsch machen.

Evelyn zog anstandslos an, was er ihr vorlegte. Sie schaute gar nicht genau hin. Hauptsache, sie brauchte nicht selbst in die Stadt. So griff er mit der Zeit beherzter bei enganliegenden T-Shirts, kurzen Kleidern und Blusen mit weitem Ausschnitt zu. Schließlich kleidete er sie nach seinem Geschmack ein und servierte sich damit einen visuellen Leckerbissen, der ihn sehnlichst den Tag der Trauung erwarten ließ.

Auf der Fahrt zum Standesamt war sie noch stiller als sonst. Zunächst befürchtete er, sie könne wegen der bevorstehenden Trauung nervös geworden sein und an ihm zweifeln. Aber nicht er oder die gemeinsame Zukunft waren ihr Problem. Es war das Ziel, die Stadt. Sie hatte ihre Höhle verlassen und fühlte sich sichtlich unwohl.

Eigentlich hatte er sie zur Feier des Tages in ein schickes Restaurant ausführen wollen. Diese Idee schlug er jedoch schnell in den Wind. Es würde ihr Unbehagen nur unnötig in die Länge ziehen und könnte womöglich noch Auswirkungen auf die bevorstehende Nacht haben. Das musste vermieden werden.

Nach der Trauung zogen sie sich sofort in die Einsamkeit des Burckheimschen Forstes zurück. Auf dem Rückweg sprang er ins Einkaufszentrum und besorgte eine Tiefkühl-Lasagne, zur Feier des Tages eine Packung Schoko-Eiskrem und zwei Flaschen Rotwein. Dann waren sie wieder mit Harras, Fuchs und Hase unter sich.

Es war ein lauer Aprilabend. Sie verspeisten die Lasagne auf der Terrasse und leerten dabei gleich beide Flaschen Wein. Nach dem Essen streckte sie sich zufrieden und unterdrückte ein leises Rülpsen. Wie auf ein geheimes Zeichen standen sie gleichzeitig auf und ließen alles stehen und liegen.

Es war ihm bewusst, dass es der Wunsch nach einem Kind war, der sie so willig machte. Sei's drum. Ihre Freizügigkeit kam ihm sehr entgegen und als ihm im entscheidenden Moment die Gesichtszüge entgleisten, lächelte sie und warf ihm ihr Becken fordernd entgegen.

Kapitel 8

Sein Glück war perfekt. Niemals hätte er gedacht, dass es eine Frau geben würde, die sich so harmonisch in sein Leben einfügt. Ihre Anwesenheit, ihre Hingabe und ihr unkompliziertes Wesen bereicherten sein Leben über alle Maße.

Es erwischte ihn eiskalt, als er knappe fünf Monate nach der Trauung auf ihrer Einkaufsliste die Bitte nach einem Schwangerschaftstest entdeckte. Er ließ sich auf einen Stuhl fallen und starrte auf das Geschriebene. Zwischen einer WC-Ente und einer Dreierpackung Rahmsoße schob sie ihm die frohe Botschaft zu. Er zwinkerte kräftig. Vielleicht hatten ihm seine Augen einen dummen Streich gespielt und das Szenario, das er so lang wie möglich hatte hinauszögern wollen, bereits visuell in die Wege geleitet.

Nein, es war kein Spuk. Er sollte aus der Apotheke einen Schwangerschaftstest besorgen. Mit keinem Wort hatte sie erwähnt, dass sie in anderen Umständen sein könnte. Das war typisch für sie. Sie jubelte ihm mithilfe einer eilig gekritzelten Liste ein Kind unter. Die beschauliche Zweisamkeit war nur von kurzer Dauer gewesen, je nachdem, wie der Test ausfallen würde. Und er zweifelte keine Sekunde daran, dass er positiv ausfallen würde. Schließlich hatte er sich nicht zurückgehalten und war ihren sexuellen Bedürfnissen gerne nachgekommen.

Er beugte sich vor, um zu sehen, was sie in der Küche trieb. Sie steckte mit dem Oberkörper im Backofen und wienerte die Ofenwand. Er hatte sich so fest vorgenommen gehabt, während ihrer fruchtbaren Tage enthaltsam zu sein. Er hatte sich extra eine Broschüre besorgt, die ihn über den Zyklus der Frau bezüglich einer Schwangerschaftsverhütung informierte. Er konnte sich ihre fruchtbaren Tage gut ausrechnen, da sie sich keine große Mühe gab, die blutigen Binden im Müll zu vergraben.

Evelyn war an diesen Tagen ein Ausbund an erotischer Raffinesse. Es war schwer für ihn, sich ihr ohne eine plausible Erklärung zu entziehen. Einerseits reizte sie ihn, bis ihm das Blut den Unterleib zu sprengen drohte, andrerseits musste er so lange es ging vermeiden, dass ein kleiner Schreihals seine Idylle zerstörte. Denn eins war ihm durchaus bewusst, war erst mal so ein nerviges Bündel Mensch im Haus, waren seine Bedürfnisse bei ihr auf Eis gelegt.

Er war froh gewesen, als die Bockjagd eröffnet wurde und er in der Dämmerung mit Hund und Gewehr seinen Pflichten als Förster nachkommen konnte. Das hatte aber nur in Evelyns ersten fruchtbaren Phase geklappt. Einen Monat später hatte sie plötzlich gestiefelt und gespornt an der Tür gestanden, um ihn zu begleiten. «Ich wollte immer schon mal mit auf die Jagd», hatte sie in ihrer knappen Art erklärt.

«Evy, sei mir nicht böse, aber du verjagst das Wild.»

«Ich bin ganz leise und gebe keinen Mucks von mir.»

Er hatte sich seinem Schicksal gefügt und in dieser Nacht einem kapitalen Hirsch das Leben geschenkt. Denn anstatt den Blick durch das Fernglas auf die Lichtung zu lenken, auf die das Wild zum Äsen kam, war ihm die Sicht durch Evelyns auf- und abwippenden Busen versperrt gewesen, als sie sich kurzerhand die Hose ausgezogen und auf ihn gesetzt hatte.

Sie hatte tatsächlich keinen Ton von sich gegeben, sich lautlos auf seinem Schoß bewegt. Er selbst war es gewesen, der – dem Brüllen eines röhrenden Hirschen gleich – das Rudel in den Schutz des Waldes hatte fliehen lassen. Danach brauchten sie nicht mehr auf Wild zu hoffen. Er konnte es drehen und wenden wie er wollte: Er hatte einen Bock geschossen.

Gequält grinste er seine Frau an, als sie aus dem Backofen

gekrochen kam. Sie lächelte zurück. Dann sollte es so sein. Sie sollte glücklich sein. Aber von nun an würde er nur noch allein auf die Jagd gehen.

Am nächsten Morgen lag das Plastikstäbchen neben seinem Frühstücksbrett. Das Sichtfenster zeigte ein hellblaues Pluszeichen. Er warf einen kurzen Blick darauf und unterdrückte ein Seufzen. «Hellblau. Wird es nun ein Junge?»

Evelyn gluckste. «Das kann man nicht sagen. Es sagt nur aus, dass ich schwanger bin.»

Er hätte sie freudig umarmen und küssen müssen. So jedenfalls war die gängige Version in Filmen. Seltener – es kam aber durchaus vor – verließ der Gatte wutentbrannt das Haus. Er hätte sich auch lieber frustriert in seinen Wald zurückgezogen, aber das wäre Evelyn gegenüber ungerecht gewesen. Er hatte sie mit der Aussicht auf ein Kind in sein Tal gelockt, dann musste er nun auch dazustehen. Wenn es nur nicht so schnell gegangen wäre.

Er stand auf und nahm sie in den Arm. «Wie schön. Du wirst einen Führerschein machen müssen. Und du wirst regelmäßig einen Arzt aufsuchen müssen. Und zur Geburt wirst du in ein Krankenhaus müssen.»

Das saß. Evelyn ruckte entsetzt von ihm ab. «Das kann ich nicht.»

«Was? Einen Führerschein machen? Oder zu einem Arzt gehen?»

«Ich bin gesund. Warum soll ich zu einem Arzt? Die Tiere laufen, während sie tragend sind, auch nicht ständig zum Tierarzt. Über eine ambulante Geburt kann ich ja noch nachdenken.»

«Das macht man aber heute so. Die Frauen gehen auch zu einer speziellen Gymnastikgruppe.»

Evelyn zog eine Grimasse, als habe ihr jemand mit einem

Pfennigabsatz auf den Fuß getreten. «Alles Humbug. Oder hast du schon mal eine Kuh auf der Weide Gymnastik machen sehen?»

«Aber Evy, vergleich dich doch bitte nicht immer mit einem Tier.»

«Früher haben die Frauen bis zum Schluss gearbeitet und dabei ganz natürlich, wie nebenbei während der Feldarbeit, ihr Kind auf die Welt gebracht.»

Er verdrehte die Augen und schob sich wieder hinter sein Frühstücksbrett. «Ich möchte aber nicht nach Hause kommen und dich schreiend in den Presswehen vorfinden, während du den Fußboden schrubbst. Auch wenn du meinst, du schaffst es allein.» Er schaufelte Zucker in seinen Kaffee. «Nun gut, das hat ja noch Zeit. Und was ist mit dem Führerschein? Das Kind muss in einen Kindergarten und später in die Schule.»

«Ich kann es mit dem Rad bringen.»

«Evy, nun sei doch vernünftig. Es sind acht Kilometer bis nach Haaren. Das ist für ein Kind kaum zu schaffen, schon gar nicht im Winter.»

Ihre Augen füllten sich mit Tränen. «Tu mir das nicht an, Hartmann, bitte. Ich kann keinen Führerschein machen.» Sie schob das angebissene Brot von sich und ließ den Kopf schwer auf die Handballen sinken. Vor zwei Minuten war ihr noch das vollkommene Glück ins Gesicht geschrieben. Jetzt war sie nur noch ein Häufchen Elend. «Ich schaffe das, Hartmann, ganz bestimmt, ich schaffe das auch ohne Führerschein. Du brauchst dich um nichts kümmern.»

Sein Gewissen rührte sich. Er hätte nicht gedacht, dass er sie mit seinen Forderungen in eine solche Verzweiflung stürzen würde. Aber ihr musste doch klar sein, dass sie mit dem Kind nicht in völliger Abgeschiedenheit leben konnten. Der Besuch in einem Kindergarten war nicht zwingend notwendig, aber es herrschte Schulpflicht. Auch wenn er und seine Frau zum Typus der ultimativen Einzelgänger gehörten, so sagte ihm doch sein Menschenverstand, dass es für ein Kind nicht gut sein würde, ohne den Kontakt zu Gleichaltrigen aufzuwachsen.

Er griff über den Tisch nach ihrer Hand. «Das hat ja alles noch Zeit. Ich kann meine Arbeitszeit etwas flexibler gestalten und das Kind fahren. Aber in die Schule muss es. Einverstanden?»

Evelyn sah hoffnungsvoll auf. Sie drückte mit den Handballen die Tränen aus den Augenwinkeln. «Einverstanden.»

«Gut, dann wollen wir uns jetzt freuen.» Er hob seine Tasse und prostete ihr zu, als tränken sie Champagner.

Sie nickte mit scheuem Lächeln und nippte an ihrem Kaffee. Später, als er weg war, zog sie den Teststreifen aus der Brusttasche ihrer Bluse und bedeckte ihn mit vielen kleinen Küssen.

***

Sie schaffte es, ein komplettes Kinderzimmer samt Babyerstausstattung einzurichten, ohne dafür ein einziges Mal das Tal verlassen zu müssen. Weber besorgte ihr Möbel- und Babykataloge, die sie am Abend, wenn er vor dem Fernseher saß, andächtig durchblätterte. Fein säuberlich notierte sie, was sie benötigte und machte auf den Bestellscheinen ihre Häkchen. Am nächsten Tag fuhr sie mit seinem Fahrrad zum Briefkasten und warf die Bestellscheine ein.

Der Postbote, der sonst höchstens einmal im Vierteljahr in den Stillen Grund kam, stöhnte über die plötzliche Paketschwemme.

Als der LKW vom Einrichtungshaus die Kindermöbel anlieferte, stand sie in der Haustür und dirigierte die Männer mit knappen Gesten die Treppe hinauf. Weber hielt sich bewusst aus den Vorbereitungen des Nestbaus heraus. Er merkte ihr die Anspannung an, aber in diesem Fall blieb ihr nichts anderes übrig, als mit den Menschen zu kommunizieren. Wenn sie ein Kind haben wollte, musste sie lernen, zugänglicher zu werden und ein Minimum an Kontaktfreudigkeit an den Tag legen. Sein Kind sollte kein Stubenhocker werden, sondern möglichst schnell selbstständig werden; schnell hinaus mit ihm in die große, weite Welt. Allerdings sah er auch hier ein Problem auf sich zukommen. Evelyn würde ihr Kind so lange es ihr möglich war bei sich behalten wollen. Womöglich würde es nie ausziehen, selbst als Erwachsener nicht. Ein Albtraum – Schlafzimmer an Schlafzimmer mit dem erwachsenen Kind. Sollte Evelyn sich jetzt austoben, das musste er aushalten. Aber dann würde er ein Wörtchen mitreden. Vielleicht sollte er dem Kind ein Studium im Ausland ans Herz legen? Er sollte von nun an sparen. So was kostete, aber das war ihm die Ruhe im Tal wert.

Auch bei der Namensgebung ließ er ihr freie Hand. Komisch fand er allerdings, dass sie ihm nur Mädchennamen präsentierte. Als er ihr seinen eigenen Vornamen vorschlug, lachte sie übermütig. «Hartmann für ein Mädchen? Das sollten wir dem Kind nicht antun.»

Mitte des fünften Schwangerschaftsmonats waren die Vorbereitungen abgeschlossen. Das Kinderzimmer stand, die Schränke waren gefüllt und die Wiege schaukelte vorm Elternbett – wobei zu diesem Standort auch noch nicht das letzte Wort gefallen war.

Ihre anfängliche Euphorie legte sich. Ihm fiel auf, dass sie immer häufiger in sich hineinhorchte und vorsichtig über die stetig wachsende Bauchwölbung strich. Auf seine Frage, ob alles in Ordnung sei, bejahte sie schnell – zu schnell, wie er fand.

Er schlug ihr vor, vielleicht doch einmal einen Gynäkologen

aufzusuchen. Was manche Frauen zu oft zum Arzt liefen, täte sie zu wenig. Es könne nicht schaden, wenn ein Mediziner einen Blick auf ihren Bauch werfe.

«Es tritt nur», erklärte sie daraufhin. «Deshalb brauche ich keinen Arzt.»

Er kannte sich nicht mit Schwangerschaftsbeschwerden aus und ob ein Kind mit fünf Monaten so kräftig treten kann, dass die werdende Mutter schmerzverzerrt das Gesicht verzieht. Aber er registrierte mit Unbehagen ihre frühe Immobilität. Nicht zu vergleichen mit seiner Chefin, der Gutsherrin, die während ihrer vier Schwangerschaften bis zur Niederkunft den Pferdestall ihres Rassehengstes eigenhändig ausgemistet hatte. Dass seine Frau wie nebenbei während der Hausarbeit ihr Kind kriegen würde, wurde immer unwahrscheinlicher. Sie konnte sich kaum um den Haushalt kümmern. Mit Mühe bereitete sie das Essen zu. Und auch dann stützte sie sich an der Tischkante ab und krümmte sich. Zu Anfang hatte er scherzhaft gemeint, wer so kräftig zutritt, würde gewiss ein Fußballer werden. Aber die Späße darüber waren im längst vergangen. Immer wieder bot er an, sie zum Arzt zu fahren, aber sie schüttelte nur mit schreckensweiten Augen den Kopf. «Bitte keinen Arzt, Hartmann.»

«Du musst auch an das Kind denken, Evy. Vielleicht geht es ihm nicht gut.» Es half alles nichts. Sie zog sich sofort zurück, wenn er davon anfing.

Anfang des sechsten Monats – Evy hatte seit drei Tagen nicht mehr das Bett verlassen und nur mit seiner Hilfe die Toilette aufgesucht – konnte er es nicht mehr ansehen. Auf dem Heimweg vom Ansitz beschloss er, gleich am nächsten Morgen mit ihr wenigstens zu Doktor Hausten zu fahren, und wenn sie sich mit Händen und Füßen wehren würde. Vielleicht würde sie auf einen alten, erfahrenen Arzt mehr hören als auf ihn. So konnte es nicht noch drei Monate weitergehen.

Evelyn antwortete nicht, als er zur Tür hereinrief. Das Gewehr noch in der Hand, stürmte er durch die Zimmer.

Er fand sie auf dem Küchenboden, in einer dunkelrot glänzenden Pfütze. Langsam aber stetig kroch ihm die Blutlache entgegen. Ihr Gesicht und die Bodenfliesen, sie waren von derselben Farbe – weiß und leblos.

Kapitel 9

Spontanität war noch nie seine Stärke, aber in diesem Moment wuchs er über sich hinaus. Er rannte zum Telefon und alarmierte den Notarzt. Auf dem Rückweg schnappte er sich die Decke vom Sofa. Obwohl sie kraftlos war, ließ sie nicht zu, dass er ihr die Hände vom Unterleib löste. Also blieb er bei ihr sitzen, bettete ihren Kopf auf seinen Knien und redete ihr zu, durchzuhalten.

Es war das erste und einzige Mal, dass er die Abgeschiedenheit des Hauses verfluchte. Der Rettungswagen brauchte wenigstens eine halbe Stunde, wenn er nicht sogar an der unübersichtlichen Zufahrt vorbeirauschen würde. Zum Glück versperrten noch keine Äste oder Bäume die Zufahrt, wie es nach den ersten Herbststürmen durchaus der Fall war. Aber es war stockfinster. Wer den Weg nicht kannte, musste langsam fahren. Es gab keine Leitplanken oder Mittelstreifen, an denen sich der Fahrer orientieren konnte, von Straßenlaternen ganz zu schweigen. Fluch und Segen – heute könnte die Einsamkeit seiner Frau das Leben kosten.

Warum hatte er nicht eher reagiert? Er hatte doch gesehen, dass irgendwas mit der Schwangerschaft nicht stimmte. Das hätte ein Blinder mit Krückstock gesehen, wie seine Tante immer zu sagen pflegte. Er hätte sich durchsetzen müssen, hätte sie regelmäßig zum Frauenarzt fahren müssen. Angst und soziale Phobie hin oder her, das hätte nicht passieren dürfen. Die Schwangerschaft kam ihm ungelegen, ja, aber sowas hatte er nicht gewollt.

Neben ihm hockte ein werdender Vater, dessen Frau gerade in den OP geschoben worden war. Da es sich bei ihr um eine zeitlich ausgereifte Schwangerschaft handelte und ein Kaiserschnitt bereits im Vorfeld in Erwägung gezogen war, waren hier keine Schwierigkeiten zu erwarten. Entsprechend euphorisch war die Stimmung des Mannes und er bedauerte außerordentlich, seine Anspannung und Vorfreude nicht mit dem Nervenbündel neben sich teilen zu können.

Abwechselnd standen sie auf, spähten durch das Milchglas der Verbindungstür zum OP und wanderten den Flur auf und ab.

Nach einer weiteren endlos scheinenden Stunde kam schließlich ein Arzt aus der Personalschleuse. Der werdende Vater sprang auf und rückte sich die Jacke zurecht. «Na, was macht der kleine Schreihals? Ist alles gut gelaufen?»

Der Arzt schüttelte ihm lächelnd die Hand. «Ein Kollege kümmert sich um ihre Frau. Der Nachwuchs ist da und lässt Sie lautstark grüßen. Herzlichen Glückwunsch zu einem gesunden Jungen. Die Schwester wird Sie gleich reinlassen.»

Er wandte sich zu Weber. «Wollen wir uns für einen Moment hier in das Untersuchungszimmer setzen?» Er wies auf eine Tür neben dem Warteraum und ließ ihn eintreten.

«Leider kann ich Ihnen keine guten Nachrichten überbringen. Vielleicht die Gute zuerst. Ihre Frau hat zwar sehr viel Blut verloren, wir sind aber guter Hoffnung, dass sie überlebt. Ihr Kreislauf ist jetzt stabil. Allerdings brauchte sie viel Fremdblut, was manchmal noch zu Problemen führen kann. Sie wird vorerst auf der Intensivstation bleiben und noch einige Stunden nachbeatmet werden.»

Weber bemühte sich, nicht allzu erleichtert aufzuatmen. Seine Frau lebte, das war ihm das Wichtigste. Dass sie das Kind verloren hatte, war ihm schon klar gewesen, als er sie in der riesigen Blutlache hatte liegen sehen. Sie würden ein neues machen, da sah er nicht das geringste Problem. Evy war noch jung und er würde sie wieder zu alter Stärke aufpäppeln. Zur Not würde er sie auch noch einmal mit zur Jagd nehmen. Ein Lächeln huschte über sein Gesicht.

«Das Kind konnten wir nicht retten», fuhr der Arzt irritiert fort. «Es tut mir sehr leid. Es ist ein kleines Mädchen.»

Weber war nun doch betroffen. «Meine Frau war sich sicher, dass es ein Mädchen ist. Es … es wird sie schwer treffen.»

«Leider habe ich noch eine schlimme Nachricht.» Der Arzt faltete die Hände und holte tief Luft. «Wir mussten Ihrer Frau die Gebärmutter entfernen. Sie wird nie mehr ein Kind bekommen können.»

«Wie? Gebärmutter entfernen! Wie kommen Sie dazu, meiner Frau einfach die Gebärmutter zu entfernen?»

«Einfach war es gewiss nicht. Ich habe mir noch einen Kollegen dazu geholt. Die Gebärmutter Ihrer Frau war regelrecht zerfetzt. Sie muss eigentlich schon über einen längeren Zeitraum Probleme gehabt haben, mit zunehmenden Wachstum des Kindes. Hat der behandelnde Gynäkologe nie etwas dazu gesagt?»

«Meine Frau hat sich nie einem Gynäkologen vorgestellt. Sie meinte, sie käme ohne Hilfe klar.»

«Sie hätte niemals schwanger werden dürfen. Das Kind hatte von Anfang an keine Chance. Je größer es wurde, umso mehr musste sich die Gebärmutter dehnen, bis sie schließlich riss. Ihre Frau muss unerträgliche Schmerzen gehabt haben.»

«Aber wie kann denn eine Gebärmutter einfach reißen? Das habe ich noch nie gehört.»

«Normalerweise tut sie das auch nicht. Ihre Muskulatur ist enorm dehnungsfähig. Das muss sie auch sein.» Der Arzt druckste herum. «Vermutlich ist sie bei einer verpfuschten Abtreibung verletzt worden. Es hat ganz den Anschein, als seien völlig dilettantisch eine oder möglicherweise auch mehrere Abtreibungen bei Ihrer Frau vorgenommen worden. Dabei ist die Muskulatur der Gebärmutter so stark verletzt worden, dass sie sich nicht mehr dem Wachstum des Kindes anpassen konnte. Sie werden diesbezüglich wahrscheinlich besser informiert sein.»

«Ich bin über gar nichts informiert!», blökte Weber. «Entschuldigung, ich kenne meine Frau erst seit einem knappen Jahr. Sie ist sehr wortkarg, was ihre Vergangenheit betrifft. Ich hatte keine Ahnung davon. Ist denn jetzt gar nichts mehr zu machen? Eine künstliche Gebärmutter, oder etwas in der Art? Heutzutage ist doch vieles möglich.»

Der Arzt schüttelte bedauernd den Kopf. «Nein, tut mir sehr leid, aber eine künstliche Gebärmutter gibt es nicht. Noch nicht, vielleicht in einigen Jahrzehnten, wer weiß. Aber für Ihre Frau ist ein leibliches Kind vollkommen unmöglich.»

Weber ließ den Kopf schwer in die Hände sinken. Vor Kurzem wäre ihm die Aussage noch wie ein Geschenk des Himmels erschienen – eine Frau, die keine Kinder kriegen kann. Diese Nachricht würde Evy den Boden unter den Füßen wegreißen. Sie hatte doch nur auf diesen Moment hingelebt. Kinder kriegen und Mutter sein.

Nichts würde mehr so sein wie zuvor. Sie würde noch wortkarger werden. Damit könnte er noch leben. Aber würde sie sich ihm noch hingeben wollen, so ganz ohne Aussicht auf ein Kind? Er bezweifelte es. Vielleicht würde sie sogar zurück zu Eschenbach und seinen drei Jungs wollen. Ihm wurde einmal mehr bewusst, dass sie nicht wegen ihm im Forsthaus war. Er war nur Mittel zum Zweck gewesen. Nun war der Zweck zerstört und würde sich durch nichts wieder herstellen lassen. «Sie wird sich wünschen, es nicht überlebt zu haben», murmelte er mehr zu sich.

«Wir werden es ihr sehr schonend beibringen. Vielleicht

sollten Sie psychologische Unterstützung annehmen», schlug der Arzt vor.

Er schreckte hoch. «Bitte, sagen Sie es ihr nicht.»

«Wie stellen Sie sich das vor? Ihre Frau muss doch darüber aufgeklärt werden, dass wir ihre Gebärmutter entfernen mussten. Sie muss doch wissen, dass sie keine Kinder mehr bekommen kann. Vielleicht nicht gerade morgen, wenn wir sie aufwachen lassen, aber grundsätzlich …»

«Ja, sicher, Sie haben Recht. Aber sie sollte erst etwas stabiler werden. Bitte, ich möchte es ihr selbst sagen, wenn sie wieder zu Hause ist, in ihrer natürlichen Umgebung. Sie hat Angst vor vielen Menschen. Sie wird so schnell wie möglich entlassen werden wollen. Bitte, versprechen Sie mir, dass ich es ihr sagen darf.»

«Wenn Sie mir versprechen, *dass* Sie es ihr sagen.» Der Arzt zögerte. «Wir konnten die Eierstöcke retten, so dass sie hormonell keine Probleme bekommen wird. Sie wird auch wieder Geschlechtsverkehr haben können – später. Aber sie wird definitiv keine Kinder mehr kriegen. Bitte, Sie dürfen ihr die Wahrheit nicht vorenthalten.»

«Nein, nein, natürlich nicht.»

«Gut, dann mache ich eine Notiz in ihre Akte und überlasse es Ihnen.» Er kramte in der Schreibtischschublade. «Ich gebe Ihnen die Nummer der Psychologin mit. Sie sollten wirklich ihre Hilfe in Anspruch nehmen.»

Ohne einen Blick darauf zu werfen, steckte Weber die Karte in seine Jackentasche und stand auf. «Wann kann ich zu ihr?»

«Morgen.»

Weber verließ die Station über einen Nebeneingang. Keinesfalls wollte er dem glücklichen und zappeligen Vater von vorhin noch mal über den Weg laufen.

***

Er dachte nicht daran, es ihr zu sagen; jedenfalls nicht sofort. Zum einen schien sie ihm tatsächlich nicht stabil genug, um diesen Schlag zu verkraften und zum anderen beschäftigte ihn noch immer der Gedanke, kein Interesse mehr bei ihr wecken zu können.

Wie erwartet war sie kaum im Bett zu halten, als sie wach wurde. Nur der stechende Schmerz im Unterleib hinderte sie daran, aufzustehen und sich anzuziehen.

Auf die Information, dass ihr Kind tot sei, zog sie sich die Decke über den Kopf und ließ drei Tage lang niemanden an sich heran. Das Essen ließ sie unangetastet zurückgehen und den Ärzten drehte sie bei der Visite den Rücken zu. Auch die Psychologin konnte nichts bei ihr ausrichten.

Als er sie am vierten Tag besuchen kam, stand sie angezogen neben dem Bett. Er redete mit Engelszungen auf sie ein, dass sie noch nicht entlassen werden könne. Ihre Wunde sei noch nicht verheilt und die Fäden müssten noch gezogen werden, aber er hätte genauso gut mit dem Nachtschränkchen reden können.

Sie schlich in gebückter Haltung, die Hand auf der Narbe, an ihm vorbei. «Hier kann ich nicht gesund werden. Ich kann das Weinen der Säuglinge nicht ertragen.»

Sie unterschrieb, dass sie das Krankenhaus auf eigene Verantwortung verließ. Der Arzt hatte Wort gehalten und nichts zu der entfernten Gebärmutter gesagt. Eindringlich hatte er Weber zum Abschied noch einmal ermahnt – auch wenn es für ihn nicht einfach werden würde. Diese Frau lebte wie unter einer Glocke. Einzig wenn ihr Gatte anklopfte, lupfte sie ein wenig den Deckel, aber nur, um so viel hereinzulassen, wie sie verarbeiten konnte. Und das war im Moment nicht viel.

Sie bettelte darum, ihr Mädchen auf dem alten Friedhof im Stillen Grund begraben zu dürfen. Aber das war nicht möglich. Es musste auf einem offiziellen Friedhof beerdigt werden. So stand sie am Tag ihrer Entlassung am Grab ihres Kindes. Weber stützte sie, konnte aber nicht verhindern, dass sie in die Knie ging und auf dem Grab zusammenbrach.

Im Forsthaus drohte er, sie sofort ins Krankenhaus zurückzubringen, wenn sie sich nicht an die Bettruhe hielt. Sie schleppte sich die Treppe hinauf und verschwand im Schlafzimmer. Unbehaglich sah er ihr nach.

In den nächsten Tagen bekam er sie nur zu Gesicht, wenn er selbst zu Bett ging oder ihr etwas zu essen brachte. Sie aß kaum, stocherte nur herum. Nach einer Woche stand sie auf und bat, zum Friedhof gebracht zu werden.

«Nur, wenn du zuvor etwas isst», forderte er.

Sie würgte das Essen runter. So ging es einige Zeit. Er blieb unnachgiebig. Erst wenn der Teller geleert war, fuhr er sie zum Friedhof.

Als er eines Tages nach Hause kam, war sie nicht da. Erschrocken suchte er nach ihr, lief durch alle Zimmer, brüllte ihren Namen durch das Tal. Im Schuppen fehlte das Fahrrad. Ihm fiel ein Stein vom Herzen. Er fuhr nach Haaren und fand sie am Grab ihres Kindes. Leise zog er sich zurück. Sie brauchte ihn nicht mehr, um bei ihrem Kind zu sein. Die Zeit musste es nun bringen, sagte er sich. Wie hieß es immer so schön? Die Zeit heilt alle Wunden. Ihre Operationsnarbe verheilte gut, da machte er sich keine Sorgen. Aber die Wunde in ihrem Herzen tröpfelte unablässig und schien mit jedem Tag mehr einzureißen.

Nur Eschenbach vermochte, sie etwas aufzurütteln. «Evy, niemand will dir die Trauer um dein Kind nehmen. Aber du musst auch wieder nach vorn sehen. Betty hatte zwei Fehlgeburten, bevor sie unsere drei Rabauken bekam. Der da …», er deutete auf den Kinderwagen der Eschenbach-Jungs, «der Wagen hat auch erst eine ganze Weile leer gestanden. Aber das Warten hat sich gelohnt. Er hat unsere drei Jungs durch die Welt geschaukelt – und er wird auch auf dein Kind warten.»

Eigentlich wäre jetzt der Moment gewesen, um die Wahrheit zu sagen. Hier würde kein Kinderwagen mehr zum Einsatz kommen, nie mehr. Sollte er Eschenbach einweihen? Konnte er es ihr behutsamer beibringen? Aber womöglich würde Evelyn dann sofort mit ihm zurück nach Hannover gehen, stehenden Fußes. Und wer weiß? Womöglich waren gar seine Arbeiter an diesem Desaster mit den Abtreibungen Schuld? Warum sonst hatte sie immer allein in die Außenanlagen der Baumschule gewollt? Und Eschenbach wusste gar davon? Er ballte die Faust in der Tasche. Verdammt, das war doch alles nicht seine Schuld! Warum musste er es jetzt ausbaden?

Evelyn sah ungläubig aus dem Taschentuch auf. Sie wischte über die Augen. «Du lässt mir den Kinderwagen noch hier?»

«Selbstverständlich. Er gehört jetzt dir. Ich bin sicher, in ein, zwei Jahren liegt ein kleiner Schreihals darin. Und später vielleicht noch einer. Sie werden dich und deinen Mann ordentlich auf Trab bringen.»

Ein Lächeln umspielte ihren Mund. Sie warf dem Kinderwagen einen zuversichtlichen Blick zu.

Weber schluckte. Der Moment der Wahrheit – er war vorbei. Er hatte ihn ungenutzt verstreichen lassen.

***

Die Monate vergingen. Zumindest körperlich fand Evelyn zu alter Stärke. Weber fragte sich oft, was in ihrem Kopf vorging, wenn sie stundenlang vor sich hinstarrte. Ob ihr bewusst war, dass sie dem Teufel von der Schüppe gesprungen war? Oder ob sie einfach nur in sich hineinhorchte und darüber nachdachte, warum sich nichts tat. Zu gerne hätte er sie auf ihre zerstörte Gebärmuttermuskulatur angesprochen, aber die Gefahr war zu groß, dass er sich verhaspelte.

Sein schlechtes Gewissen setzte ihm mehr und mehr zu – auch, weil ihr Kinderwunsch immer fordernder wurde. Was er sich vor einem Jahr noch sehnlichst gewünscht hatte, eine allzeit bereite Gattin, wurde ihm zum Fluch. Der sexuelle Akt diente einzig der Fortpflanzung. Es hatte sich ein Zwang eingeschlichen, eine verbissene Art, die ihn abschreckte. Ihre Erwartungshaltung gepaart mit seinem permanent nagenden Gewissen bescherte ihm eine drohende Impotenz.

Er versuchte, sich zurückzuziehen, um den Druck aus der Beziehung zu nehmen. Denn je fordernder sie wurde, je dringlicher sie ihm ihr Becken entgegenpresste, desto weniger Lust empfand er.

Kapitel 10

Weber schreckte auf. Sein Auto rumpelte über den Grünstreifen. Instinktiv riss er das Steuer herum und schoss quer über die Fahrbahn. Der Wagen schlitterte einige hundert Meter haarscharf an der Mittelleitplanke vorbei. Dann hatte er ihn wieder unter Kontrolle.

Er sah in den Rückspiegel und stellte erleichtert fest, dass er allein auf der Straße war. Niemand hatte seine Unachtsamkeit bemerkt. Sein Herz raste. Es jagte das Blut durch die Gefäße, bis es sich hinter der Stirn zu einem dumpfen Schmerz sammelte. Gern hätte er einen Moment am Straßenrand gehalten, um sich von dem Schrecken zu erholen. Aber es gab auf der Autobahn im Moment keine Möglichkeit für einen Stopp.

Müde strich er mit Daumen und Mittelfinger über die stechenden Lider. So konnte es nicht weitergehen, weder auf der Autofahrt, noch in seinem Leben.

Er brauchte dringend Schlaf oder einen extra starken Kaffee. Das Verkehrsschild zeigte noch fast zweihundert Kilometer bis Kassel. Danach hatte er noch immer eine knappe Stunde Fahrzeit bis in den Stillen Grund.

Er hatte keine Ruhe mehr gehabt. Eigentlich würde das Seminar erst morgen Mittag mit der Ausgabe der Teilnahmebescheinigung zuende gehen. Wald und Holz – Einblicke in den Wald von morgen. Der Graf hatte ihn in den südlichsten Teil Deutschlands geschickt, um neue Erkenntnisse in der Holzgewinnung zu bekommen. Höchst ungern war Weber der Bitte nachgekommen. Aber er hatte nicht gewagt, den wahren Grund für seine Ablehnung, die Depression seiner Frau, zu erwähnen. Der Graf hätte ihn mit Recht gedrängt, Evelyn in ärztliche Behandlung zu geben.

Sie war noch nie über Nacht allein im Tal. Und nun hatte er sie gleich für drei Nächte zurücklassen müssen. Ihre Verfassung verschlechterte sich mit jedem Tag und er fand einfach nicht den Mut, ihr die Wahrheit zu sagen. Sie ließ sich gehen, konnte sich zu nichts aufraffen. Mit Müh und Not zog sie sich am Morgen an. Danach saß sie nur noch da. Oder sie faltete Babysachen und sortierte sie in andere Schubladen.

Er kochte und hielt sie an, wenigstens eine Kleinigkeit zu essen. Jede andere Frau hätte dem Frauenarzt die Tür eingerannt, um zu erfahren, warum sich ihr Körper einer erneuten Schwangerschaft widersetzte. Evelyn hingegen zog sich immer mehr in ihr Schneckenhaus zurück.

Er hatte mit dem Gedanken gespielt, sie während der Fortbildungstage zu Eschenbach zu bringen, die Idee aber gleich wieder verworfen. Eschenbach hätte nicht gezögert und sie sofort in ärztliche Behandlung gegeben. Außerdem war ihm die Gefahr zu groß, dass sie bei seinen Kindern würde bleiben wollen.

Ihm war in den paar Tagen klar geworden, dass er handeln musste. Er fand keine Ruhe und Evelyn verging vor seinen Augen. Er würde es ihr sagen. Und wenn sie wieder zu den Eschenbach-Jungs zurück wollte, dann musste er sie gehen lassen, so schwer es ihm fiel.

Er hatte mit ihr ausgemacht gehabt, jeden Abend um acht Uhr anzurufen. Fremde Telefonate, egal zu welcher Uhrzeit, nahm sie sowieso nicht entgegen. Viel hatten sie sich nicht zu sagen. Ihm ging es darum, sich zu vergewissern, dass …, ja was? Dass sie noch da war? Dass sie noch lebte? Ob alles in Ordnung war brauchte er nicht zu fragen. Das war es schon lange nicht mehr.

Und gestern Abend war sie nicht ans Telefon gegangen. Voller Unruhe hatte er sich hingelegt, aber nur, um im Dunkeln unter die Decke zu starren und dem leisen Ticken seiner Armbanduhr zu lauschen. Um zwei Uhr hatte er es nicht mehr ausgehalten. Er hatte die Decke weggeschleudert, sich angezogen und seine Sachen gepackt. An der Hotelrezeption hatte er darum gebeten, dass man ihm die Urkunde nachschickt, da er wegen eines Krankheitsfalls sofort nach Hause müsse.

Nach vier Stunden Fahrt hatte er erst gut die Hälfte geschafft. Die Müdigkeit legte sich wie eine schwere Decke über ihn. Er musste Pause machen. Ein starker Kaffee wäre jetzt nicht schlecht gewesen.

Er sah auf die Uhr – viertel vor sieben. Vor ihm tauchte ein Schild auf, das eine Ausfahrt ankündigte. «Zwei Kilometer», murmelte er und sah angestrengt in die Dunkelheit. Von dem Ort war nichts zu sehen. Es lag in einem Talkessel, über den ein Nebelschleier waberte. Vielleicht hatte er Glück und ein fleißiger Bäcker oder ein Kioskbesitzer hatte bereits seinen Laden geöffnet. Er setzte den Blinker und bog ab.

Neudorf hatte sich seine günstige Lage direkt vor den Toren Frankfurts zunutze gemacht. Einige Motels boten günstige Übernachtungsgelegenheiten, ein großer Autohändler hatte sich niedergelassen und tatsächlich wies auch gleich hinter der Ausfahrt ein Schild auf einen Bäcker, der ab sieben Uhr belegte Brötchen und Kaffee zum Mitnehmen anbot.

Er folgte den Hinweisen und näherte sich dem Ortskern. Es ging nur langsam voran, der Nebel nahm ihm jegliche Sicht. Die Schilder waren meist erst zu erkennen, wenn er gerade an ihnen vorbeituckerte. Schließlich führte ihn der Weg ein holpriges Kopfsteinpflaster hinauf und endete in einer Sackgasse. An dieser Stelle ging die Straße in ein kurzes Stück Fußgängerzone über. Ein orangefarbenes Leuchtschild mit einer dampfenden Kaffeetasse und einem Croissant wies darauf hin, dass sich der Bäcker gleich um die Ecke befand.

Er stellte den Motor ab, schaltete das Licht aus und sah auf die Uhr – kurz vor sieben. Einen Moment musste er noch warten. Er dehnte sich. Seine Augen brannten in den Höhlen. Er hätte sie gern für einen Augenblick geschlossen, nur für fünf Minuten. Aber er befürchtete, sogleich einzuschlafen. Das konnte er sich nicht leisten. Seine Unruhe trieb ihn weiter. Außerdem verhieß der Wetterbericht nichts Gutes, zumindest nicht für die Autofahrer. Je weiter er Richtung Norden kam, umso winterlicher würde es werden. Dicke Schneewolken rollten heran. Es drohte ein Verkehrschaos. Wer nicht unbedingt unterwegs sein musste, sollte sein Auto stehen lassen und zu Hause noch einen Scheit Holz auf den Ofen legen.

Was das für sein Tal bedeutete, konnte er sich lebhaft vorstellen. Eine zugeschneite oder von umgestürzten Bäumen blockierte Zufahrtsstraße und eine zerstörte Telefonleitung. Eine weiße Abgeschiedenheit und eine tiefe Stille, in der man den Schnee knistern hören konnte, wenn am Tag die eisige Sonne darauf schien. Er hatte diesen Zustand immer geliebt. Wenn der Sturm sich legte und das Tal in Winterschlaf fiel, war er eins mit der Natur. Wie schön hätte es werden können, eingeschneit mit Evy im kuschelig warmen Forsthaus.

Es würde die letzte Weihnacht mit ihr sein – er spürte es. Er würde sie verlieren.

Seufzend sah er auf die Uhr. Vielleicht sollte er noch zwei Brote vom Bäcker mitnehmen. Man wusste nie, wann sich der Schneepflug zum Forsthaus durchgearbeitet haben würde und er tat gut daran, sich noch einmal einzudecken.

Eigentlich hatte er vorgesorgt und seine Vorratskammer aufgefüllt. Er glaubte nicht daran, dass Evy alles aufgebraucht haben würde. Wahrscheinlich hatte sie nichts angerührt.

Wenn er sie nicht dazu anhielt, aß sie nichts. Sie hatte stark abgenommen. Die Rundungen, die er so sehr an ihr liebte, waren wie Softeis in der Sonne weggeschmolzen. Kleider und Blusen hingen wie Säcke an ihr.

Eine Minute nach sieben – er beugte sich zum Handschuhfach hinüber, holte die Geldbörse heraus und streifte die Lederhandschuhe über. Als er den Blick wieder nach vorn richtete, sah er schemenhaft einen Menschen die Straße kreuzen. Der Mensch mühte sich auf dem holprigen Pflaster mit einem Kinderwagen ab. Dann verschwand er im Nebel.

Im Nachhinein fragte er sich, was er sich dabei gedacht hatte – ob er überhaupt gedacht hatte. Nein, es musste ein Blackout gewesen sein, als er um die Ecke gekommen und den Kinderwagen vor dem Bäckerladen hatte stehen sehen.

Er hatte sich umgeschaut, hatte wahrscheinlich noch nicht einmal gewusst, warum er dies tut. Der Nebel hatte ihm zugeraunt, dass man nichts sehen würde, weil sein grauer Schleier alles verhüllt. «Das ist deine Chance», hatte er ihm zugeflüstert, als sei er ein Freund. «Beeil dich. Schnell, schnell.»

Anschließend hatte er das Auto ohne Licht und Motor zurückrollen lassen, bis er sicher gewesen war, dass man den startenden Wagen nicht mehr würde hören können.

Klar denken konnte er erst wieder, als er aus dem Talkessel herauskam und das Schild der Autobahnauffahrt vor ihm auftauchte. So wie der Nebel sich lichtete, nahm auch sein Gehirn wieder die Arbeit auf. Er starrte auf das Bündelchen Mensch neben sich und hielt an. Was hatte er getan? Was, in Gottes Namen, war in ihn gefahren, als er die Hand nach dem Säugling ausgestreckt hatte!

Der Ort, der Zeitpunkt, der Nebel, alles hatte ihm zugespielt, als sei es von langer Hand geplant gewesen. Seine frühe Abfahrt, der Wunsch nach einem starken Kaffee, die schlechte Sicht. Es war seine Chance gewesen. Und er hatte sie genutzt, für Evy genutzt. Er hatte es für Evy getan. Trotzdem konnte er noch immer nicht glauben, dass er zu dieser Tat fähig gewesen war.

Der Säugling rekelte sich und quengelte. Erst jetzt fiel ihm auf, wie winzig er war. Er hatte ihn mit einer Hand aus dem Wagen angeln und unter seinen Mantel schieben können – federleicht, als hätte er ein kleines, flügellahmes Vögelchen erwischt. Das Wimmern nahm zu und artete in ohrenbetäubenden Lärm aus. Kaum zu glauben, dass dieser Winzling mit einer solchen Inbrunst schreien konnte. Wahrscheinlich fror er. Die warme, behagliche Kissenhöhle fehlte ihm.

Er kletterte auf den Rücksitz und kramte seine Notbekleidung, die Bärenfellmütze, hervor. Das Kind passte in die Mütze, als wäre sie sein Winterkörbchen. Er band die Fellenden zusammen und bauschte die Wolldecke locker darüber.

Rufe und Hundegebell schallten aus dem Tal. Irgendwo heulte eine Sirene, eine zweite gleich hinterher. Kurz drauf ertönten sie von allen Seiten. Er schlug die Autotür zu und gab Gas.

Das Kind schlief nach wenigen Minuten wieder ein. Er atmete erleichtert auf. Seine angespannten Nerven hätten das Schreien nicht lange ertragen. Wenn er zuvor noch überlegt hatte, ob er einkaufen soll, so musste er jetzt definitiv in ein Geschäft – zumindest in einen Laden, der Babykost im Sortiment führte.

Evy hatte alles im Haus, was sie für ein Neugeborenes benötigte. Aber sie hatte damals vorgehabt zu stillen. Abgesehen von der Muttermilch würde der Säugling ein perfektes Heim vorfinden. Das Kinderzimmer war unberührt und einsatzbereit. Von Pampers, Schnuller, Räppelchen bis hin zu liebenden Eltern, zumindest einer liebenden Mutter – schränkte er mit düsterem Blick ein – es war alles da.

Was Evy wohl sagen würde? Hoffentlich würde sie ein fremdes Kind akzeptieren. Aber die Eschenbach-Jungs waren schließlich auch nicht ihre eigenen Kinder gewesen. Sie liebte sie noch immer, besonders den Ältesten, diesen Benedikt. Sie hatte ihm trotz aller Schwermut letzte Woche ein Geburtstagspäckchen geschickt. Der Bursche schien noch immer zu schmollen, jedenfalls beantwortete er ihre Briefe nicht. Eschenbach hatte sie am Telefon getröstet und gebeten, Benedikt Zeit zu geben. Jetzt war sie nicht mehr auf fremde Kinder angewiesen. Sie würde ihr eigenes haben und umsorgen können. Allerdings musste er sich eine plausible Erklärung einfallen lassen. Wie kam man an ein Neugeborenes? Es lag schließlich nicht im Einkaufszentrum aus. Dass er es einer Mutter gestohlen hatte, würde sie niemals billigen. Die Gefahr war groß, dass sie das Kind zurückgeben würde. Wenn herauskommen sollte, was er getan hat … Er hätte alles verloren. Sein Tal, seine Frau, seine Freiheit. Das musste sein Geheimnis bleiben. Komme was wolle.

Druck legte sich auf seine Brust. Evy war gestern nicht ans Telefon gegangen. Viele Gründe konnte es dafür nicht geben. Sie ging nicht aus dem Haus. Harras erledigte sein Geschäft auf der großen Wiese vorm Wald. Sie musste ihm nur die Tür aufmachen. Hoffentlich hatte sie nichts Unüberlegtes getan. Aber vielleicht war es gar nicht unüberlegt. Vielleicht dachte sie schon länger darüber nach zu gehen, in welcher Form auch immer. Seine Sorgen wuchsen mit jedem Kilometer. Was sollte er mit dem Säugling machen, wenn sie sich etwas angetan hatte? Ihm wurde heiß bis unter die Haarspitzen. Er riss den Hemdkragen auf und dehnte den Hals. Er konnte das Kind doch nicht einfach draußen ablegen, und schon gar nicht bei dieser Kälte. Ob er den nächsten Rastplatz anfahren und Evy anrufen sollte? Nein, sie würde nicht ans Telefon gehen. Außerdem sollte er so schnell wie möglich weiterfahren. Womöglich wimmelte es auf den Rastplätzen bereits von Polizisten. Er schaltete bewusst kein Radio ein; wollte sich nicht noch verrückter machen lassen als er schon war. Er gab Gas, drosselte die Geschwindigkeit aber gleich wieder. Er durfte nicht durch zu schnelles Fahren auffallen. Weiterfahren, immer weiterfahren. Je weiter er sich entfernte, umso unwahrscheinlicher wurde es, dass man ihn aufstöberte. Dass sich im Nebel jemand sein Autokennzeichen gemerkt haben könnte, erachtete er als unwahrscheinlich. Es würde alles gut werden können, redete er sich ein. Er musste nur Evy heil vorfinden.

Kurz vor Kassel setzte der Schneefall ein. Zunächst tanzten ein paar Flocken im Scheinwerferlicht. Aber schnell verdichteten sie sich zu einem wilden Schneetreiben. Er war gezwungen, langsam zu fahren. In den Kasseler Bergen kämpften die ersten Laster mit rutschigen Straßenverhältnissen. Er zog an ihnen vorbei. Jetzt nur nicht zum Stehen kommen und von den Kolossen einkeilen lassen.

Er fluchte. Wenn er nur nicht wegen des Milchpulvers in ein Geschäft gemusst hätte. Es kostete ihn wertvolle Zeit. Er war kein Experte in Neugeborenenkost. Ein Kitz hätte er ohne weiteres aufziehen können. Aber so ein kleiner Menschenwurm vertrug womöglich nicht alles. Durchfall wäre das letzte, was er jetzt gebrauchen konnte. Und ein Krankenhaus brauchte er in den kommenden Jahren erst recht nicht aufzusuchen. Ein Blutstropfen vom Kind würde reichen, und er wäre als Entführer enttarnt. Nein – er musste Ruhe bewahren. Wenn er jetzt einen Fehler machte, war alles umsonst gewesen. Sollte der kleine Schreihals brüllen, davon war noch niemand gestorben.

Er bog zwei Abfahrten früher von der Autobahn ab und steuerte ein Einkaufszentrum an. Es war ihm fremd, aber er wollte auf keinen Fall einem seiner wenigen Bekannten über den Weg laufen. Er parkte das Auto am äußersten Rand. So weit entfernt würde niemand seinen Wagen abstellen, schon gar nicht bei dem Schneefall. Hier würde das Geschrei des Säuglings nicht zu hören sein. Er sicherte noch einmal die Decke. Dann zog er die Kapuze über den Kopf und lief zum Eingang.

Es war in jedem Jahr vor Weihnachten dasselbe Bild. Menschenmassen schoben wie dicke Raupen an den Regalen entlang und blockierten die Gänge. Er hätte am liebsten auf dem Absatz gekehrt.

Zum Glück war es in der Abteilung für Babykost etwas ruhiger. Er entschied sich für zwei verschiedene Milchpulver für Neugeborene. Eins von beiden musste geeignet sein. Am liebsten hätte er zur Sicherheit noch ein drittes und viertes gekauft, aber er wollte nicht auffallen. Es gab immer ein paar Nervensägen, die meinten, den Einkauf des Vordermanns kommentieren zu müssen. Kurz bevor er endlich dran war, legte irgendein Idiot wegen einer falschen Bankkarte das Kassensystem lahm. Ihm brach der Schweiß aus. Wenn er nicht auf dieses Milchpulver angewiesen gewesen wäre, er hätte es den Leuten vor die Füße geworfen und wäre hinausgestürmt. So aber musste er sich an einer anderen Kasse wieder ganz hinten anstellen.

Als er nach einer dreiviertel Stunde herauskam, hatte sich das Wetter drastisch verschlechtert. Der Sturm jagte die

Schneeflocken waagerecht über den Platz. Kleine Schneeschieber rotierten und schoben die Zufahrt frei. Ihre blinkenden Rundumleuchten verloren sich im Flockengestöber. Menschen eilten mit tief eingezogenen Köpfen zu ihren Autos. Ein paar Kinder johlten und bewarfen sich mit Schneebällen.

Vorsichtig näherte er sich seinem Wagen. Er rechnete damit, dass sich bereits aufgebrachte Bürger davor versammelt hatten. Ein verlassenes, weinendes Kind in einem Auto rangierte auf der Empörungs-Skala ganz oben, noch vor einem eingeschlossenen Hund. Es hatten doch alle dieses Chaos an den Kassen mitgekriegt! Aber es gab immer einige extra Aufgebrachte und Gerechtigkeitsbesessene. Wenn ihm die jetzt in die Quere gekommen wären – er hätte das Potential zum Amokläufer gehabt.

Sein Auto stand noch immer einsam, aber die Reihe der Dazugekommenen war näher gerückt. Er hastete hinüber, schloss es auf und warf sich in den Sitz.

Mit angehaltenem Atem lupfte er die Decke. Das Kind sah ihn an. Es spreizte die Fingerchen aus dem Fell hervor und gab leise Quietschtöne von sich. Erschrocken ließ er die Decke fallen.

Er startete den Wagen, gab aber zu viel Gas. Die Räder drehten im Schneematsch durch. Zwei junge Männer, die sich hauptsächlich mit alkoholischen Getränken für die Feiertage eingedeckt hatten, stellten ihre Flaschen ab und gaben ihm von hinten Starthilfe. «Das ist total verrückt», brummte er, kurbelte das Fenster runter und winkte ihnen dankend zu.

Dann war er endlich wieder auf der Straße. Eine halbe Stunde noch, wenn alles gut ging. Auf den letzten Kilometern hatte er einen Schneepflug vor sich. Er konnte halbwegs entspannt fahren. Der Säugling blökte seinen Hunger hinaus.

Es störte ihn jetzt nicht mehr. Vielmehr machte ihm die Ungewissheit zu schaffen. Was würde er zu Hause vorfinden? Er wollte es sich nicht ausmalen, wenn Evy nicht mehr da war.

Am Abzweig zum Stillen Grund fuhr der Schneepflug geradeaus. Die Talzufahrt war ein Privatweg und musste vom Grafen geräumt werden. Der nahm es jedoch nicht so ernst mit dem Schneeschieben, auch, weil sein Förster immer versicherte, ein paar Tage in vollkommener Abgeschiedenheit klar zu kommen. Sollte er ruhig erst mal seine gräflichen Anlagen freiräumen, dort war schließlich deutlich mehr Publikumsverkehr als im Tal.

Heute wäre er dankbar gewesen, wenn er das letzte Teilstück ungehindert hätte fahren können. Stattdessen drohte er gleich in der ersten Schneewehe steckenzubleiben. Er setzte noch mal zurück, gab Gas und preschte erneut vor. Das Lenkrad schlug ihm aus der Hand, als sich die Räder durch den Schnee gruben. Zügig fuhr er weiter. Er würde innerhalb weniger Minuten einschneien, wenn er jetzt steckenblieb.

Es war sein Glück, dass er die Strecke in- und auswendig kannte. Er brauchte keine Leitplanken oder Leuchtpfähle, an denen er sich orientieren konnte. Dankbar für jeden Meter, den er hinter sich brachte, gelangte er zur Brücke. Wenn er sie überquert hatte, würde sich das Tal auftun und vielleicht auch das Forsthaus in der Ferne zu sehen sein.

Das Tal lag wie ein wellentreibendes Meer vor ihm. Angestrengt hielt er nach dem vertrauten, warmen Licht Ausschau. Für einen kurzen Moment achtete er nicht auf den Weg und prompt war es passiert. Er saß fest. Alles Vor- und Zurückschalten brachte nichts. Die Räder gruben sich immer tiefer in die Schneewehe. Er bekam noch nicht einmal mehr die Tür auf seiner Seite auf. Er musste zur anderen Seite raus.

Draußen riss ihm der Sturm die Kapuze vom Kopf. Er zurrte sich den Mantel fest um die Taille, legte sich die Decke um die Schultern und schob die Bärenfellmütze mit dem Säugling und das Milchpulver unter den Mantel. Mit dem ersten Schritt sackte er knietief im Schnee ein. Er ruderte mit den Armen, um das Gleichgewicht zu halten. Es blieb keine Zeit zum Zögern oder Fluchen. Er musste los, musste den letzten Kilometer zügig durchmarschieren, wenn er nicht am Morgen zu einer Schneesäule erstarrt am Wegesrand stehen wollte.

Kapitel 11

Wie ein großer Bauklotz mit Zipfelmütze tauchte das Forsthaus plötzlich vor ihm auf. Er hatte noch nicht damit gerechnet, war mit vorgebeugtem Oberkörper durch das Schneefeld gestapft, ohne nach links und rechts zu schauen. Schweratmend hielt er inne und lauschte. Der Wind tobte ums Haus, zerrte an den Fensterläden. Hoch stand der Schnee vor Tür und Mauerwerk.

Die Stunde der Wahrheit – sie war da. Er hatte es nahezu unbeschadet bis hierher geschafft, aber es war nichts im Vergleich zu dem, was ihn womöglich jetzt erwartete. Er lugte in die Fellmütze. Das Kind hatte aufgehört zu schreien. Vielleicht, weil es warm und geborgen durch die Gegend geschaukelt wurde. Vielleicht aber auch, weil es mittlerweile zu erschöpft zum Schreien war. Er hatte keine Ahnung, wie oft ein Säugling gefüttert werden musste, aber dass es höchste Zeit für eine Mahlzeit war, das war ihm wohl klar. Noch einmal holte er tief Luft, dann stapfte er die letzten Schritte zum Haus.

Er hörte Harras erst bellen, dann winseln. Der Hund quetschte sich durch den Spalt, als er die Tür aufdrückte. Freudig umsprang er ihn und jaulte seine Erleichterung heraus. Weber tätschelte ihm den Kopf und lauschte ins Haus – nichts.

Es war lausekalt, fast kälter als draußen. Der Ofen musste ausgegangen sein, und das schon vor längerer Zeit. Warum nur hatte er für Evy das ganze Holz hereingeschleppt, wenn sie es nicht nachlegte?

«Evy!» Er stieß die Tür zur Küche auf. Sie war leer. «Evelyn! Ich bin wieder da! Wo bist du?» Er stürmte ins Wohnzimmer und drückte auf den Lichtschalter. Die Beleuchtung

114

flackerte, bevor sie den Blick auf den Ohrensessel freigab. Evys Oberkörper zuckte im Licht. Träge hob sie den Kopf und blinzelte ihm entgegen. «Hartmann ...»

Eine riesige Last fiel von ihm. Am liebsten wäre er vor Dankbarkeit auf die Knie gegangen. Sie war da und sie lebte, wenn auch in einem erbärmlichen Zustand. «Evy, was machst du denn nur? Warum ist es hier so eisig?» Hätte er die Arme frei gehabt, so hätte er sie an den mageren Schultern gerüttelt. «Hast du nichts gegessen?», fragte er erschrocken über ihre eingefallenen Wangen.

«Doch.» Sie klopfte die Decke auf den Knien aus. Ein paar Krümel rieselten wie zum Beweis herunter. Harras leckte sie begierig auf. «Und den Hund habe ich auch gefüttert und rausgelassen.»

Er grunzte, konnte es nicht glauben. Aber seine Erleichterung war so groß, dass er nicht weiter darauf einging. Es wartete Wichtigeres unter seinem Mantel. «Und warum hast du den Ofen ausgehen lassen? Es ist lausekalt im Haus. Du holst dir den Tod.»

«Ich konnte die Streichhölzer nicht finden.»

«Ach, Evy.» Er beugte sich zu ihr hinab und strich ihr über das strähnige Haar. «Du musst dich jetzt zusammenreißen. Ich brauche deine Hilfe.» Er schüttelte sie leicht. «Hörst du mich? Wir dürfen keine Zeit verlieren, sonst stirbt es.» Er griff in den Mantel, holte die Bärenfellmütze hervor und drückte sie ihr in den Arm. «Halte es warm. Ich will schnell Wasser für das Fläschchen abkochen und den Ofen anmachen. Hörst du mich? Du musst es warmhalten!» Er wickelte die Decke um Frau und Kind. «Ich beeile mich.»

Ohne weitere Erklärungen zu dem Bündel abzugeben, lief er in die Küche und begann dort zu hantieren. Evelyn öffnete die Bänder. «Was ist das?», sprach sie mehr zu sich selbst.

Ihr Gesichtsausdruck glich dem eines Kindes, das sich zum Geburtstag einen Hund gewünscht, aber eine Katze bekommen hat. «Was ist das?», wiederholte sie.

Er fuhr zusammen, als sie plötzlich hinter ihm stand. «Du musst es warmhalten, Evy. Es kühlt in diesem Eiskeller aus. Komm, ich mache dir den Kamin an. Setz dich hierher, hier wird es schnell warm.» Er drückte sie auf die Ofenbank und schlug wieder die Decke über das Kind.

«Hartmann, was ist das für ein Baby?»

«Ich erkläre es dir, aber ich muss erst das Fläschchen zubereiten. Es hat seit heute Früh nichts mehr zu trinken gehabt. Oder vielleicht auch seit gestern nicht mehr, oder vorgestern. Keine Ahnung. Ich glaube, es ist schon zu schwach, um zu schreien.»

Der Wasserkessel pfiff. «Wo sind die Flaschen, Evy? Bitte, jetzt komm doch mal aus deiner Lethargie. Ich habe das Kind doch nicht aus dem Müllcontainer gefischt, damit es jetzt stirbt!»

Evelyn brauchte noch einige Sekunden. Abwechselnd starrte sie von ihm zum Kind, dann stand sie auf und eilte die Treppe hinauf ins Kinderzimmer. Sie kam mit einem Korb voller Säuglingsutensilien zurück.

Er studierte die Zubereitungshinweise auf der Milchpulverpackung. «Das ist ja eine Wissenschaft für sich!», rief er verzweifelt. «Wie schwer mag das Kind sein? Und wie alt?»

Je nervöser er wurde, desto bedachter handelte sie. Sie drückte ihm die Bärenfellmütze in den Arm. «Kümmere du dich um das Kind. Ich mache das.»

Sie ging mit Flaschen und Saugern an das Waschbecken und spülte die Sachen mit heißem Wasser aus. Dann gab sie abgekochtes Wasser in eine Flasche und zog den Messlöffel aus der Packung. Mit einem prüfenden Blick auf die Beule unter seinem Mantel meinte sie: «Ich glaube, es ist erst wenige Tage alt.» Sie fuhr mit dem Finger an den Zahlen auf der Rückseite entlang und füllte das Pulver ab. «Wir fangen vorsichtig an, steigern kann man immer noch.» Sie schüttelte das Milchfläschchen und hielt es sich an die Wange.

«Wenn es vorher gestillt worden ist, kennt es einen Flaschenschnuller gar nicht», erinnerte er sich, in einer der Babyzeitschriften seiner Frau gelesen zu haben.

«Eine Frau, die ihr Kind stillt, wirft es nicht weg», antwortete Evelyn knapp. «Es wird eine Flasche kennen.»

Mit bewundernden Augen verfolgte er ihr Tun. Sie hantierte mit den Sachen, als habe sie ihr halbes Leben auf einer Säuglingsstation verbracht. Ihm fiel ein, dass sie erzählt hatte, im Kinderheim bei der Pflege der Kleinen geholfen zu haben. Allein wäre er völlig überfordert gewesen. Aber allein wäre er auch niemals in diese wahnwitzige Situation geraten.

Evy ließ sich einen Tropfen Milch auf den Handrücken fallen und leckte ihn ab.

«Gut», nickte sie. «Es kann losgehen.» Sie setzte sich neben ihn auf die Ofenbank, nahm das Kind und hielt ihm den Sauger vor.

Das Geschrei war augenblicklich vorbei. Mit nervösem Mündchen nahm es den Nuckel. Es legte die winzigen Finger um den Flaschenhals, als wolle es verhindern, dass ihm jemand die Milch wegnahm. Mit großen Augen schaute es Evelyn beim Trinken an.

Sie lehnte sich zurück an die Kaminmauer. «Jetzt bist du dran, Hartmann. Wie kommst du an dieses Kind? Was ist das für ein Kind?»

Er stand auf, kramte hier und da. «Was weiß ich? Keine Ahnung, was das für ein Kind ist.»

«Hartmann, bitte. Du kannst nicht nach drei Tagen von einer

Fortbildung heimkommen und mir ein Neugeborenes in den Arm legen. Sowas geht nicht mit rechten Dingen zu. Ich habe Angst. Was hast du gemacht?»

«Was habe ich gemacht? Was habe ich gemacht?» Er öffnete die Kamintür und warf Holz nach. Funken sprühten heraus, fielen auf die Fliesen und verglühten dort. «Ich hätte es auch zur Polizei bringen können. Aber wem hätte das genutzt? Du wünscht dir nichts sehnlicher als ein Kind. Was lag da näher, als es mitzubringen?»

Sie starrte ihn an. Ihre Pupillen huschten hin und her. «Ich habe kein gutes Gefühl. Ich habe Angst, dass etwas nicht stimmt.»

«Natürlich stimmt etwas nicht, Evy. Eine Mutter wirft ihr Kind weg. Da ist etwas absolut falsch gelaufen. Die Eine wirft ihr Kind weg und die Andere kann keine Kinder mehr kriegen.»

Die Stunde der Wahrheit war gekommen. Er musste in ihrer Wunde bohren. Und vor allem musste er zugeben, dass er seine Frau in dem Irrglauben gelassen hatte, noch einmal schwanger werden zu können.

Er sank neben sie auf die Bank. «Evy, du wirst keine Kinder mehr bekommen. Die Totgeburt damals …, es hat dir die Gebärmutter zerfetzt. Ich hätte es dir sagen müssen, viel eher sagen müssen. Aber ich hatte Angst, dass du mich verlässt.»

Er stockte. Es war still geworden. Einzig der Säugling nuckelte genussvoll an seiner Flasche.

Unruhig rieb er die Handflächen aneinander. «Sag doch was. Ich weiß, ich habe einen Fehler gemacht.»

Behutsam nahm sie das Kind hoch, hielt ihm das wackelige Köpfchen und legte es sich an die Schulter. «Ich brauche das Spucktuch.» Sie deutete mit dem Kinn zum Korb.

«Was sollen wir denn jetzt mit ihm machen, Evy? Ich kann

es doch nicht einfach hinaus in den Schnee legen und seinem Schicksal überlassen. Dann hätte ich es gleich im Müll liegen lassen können. Dann wäre es jetzt nämlich schon erfroren und hätte es hinter sich.»

Sie schmiegte ihre Wange an das Köpfchen. «Du kannst mir nicht einfach ein Kind in den Arm legen, Hartmann. Als wäre es eine Puppe. Was ist, wenn ich es nicht behalten darf? Ich würde das nicht aushalten. Ich würde es nicht ertragen, noch einmal ein Kind zu verlieren.» Sie sah ihn an. «Dass ich nicht mehr schwanger werden kann, ahne ich schon seit einiger Zeit. Ich habe ja überhaupt keine Periode mehr.» Ihre Stimme vibrierte. Sie vergrub das Gesicht im Strickjäckchen. «Er hat alles kaputt gemacht», flüsterte sie.

«Wie meinst du das? Von wem redest du?»

Sie schüttelte den Kopf. Das Thema war für sie beendet.

«Evelyn, was? Und wer?»

«Nein, Hartmann, du willst es nicht wissen.» Sie stand auf und ging mit wiegenden Schritten im Zimmer auf und ab, während sie dem Kind sanft auf den Rücken klopfte. «Was ist es überhaupt? Ein Junge oder ein Mädchen?», lenkte sie ab.

«Keine Ahnung. Ich hatte noch keine Zeit, nachzusehen. Es wäre auch viel zu kalt gewesen, um es aus den Sachen zu pellen. Wie gesagt, wäre ich nicht in unmittelbarer Nähe gewesen, es wäre schon lange erfroren.» Er machte sich daran, das Holz neben dem Kamin neu zu schichten, um ihr nicht in die Augen sehen zu müssen. «Es war kurz vor Kassel. Ich musste dringend pinkeln und bin auf einen Rastplatz gefahren. Während ich da hinter einem Baum stehe, kommt plötzlich ein Wagen vorgefahren. Ein junges Mädchen steigt mit einem Bündel unterm Arm aus, geht zu den Müllcontainern, sieht sich dort noch einmal um und wirft das Bündel hinein.

119

Dann läuft es schnell zum Auto zurück, steigt ein, der Wagen fährt mit quietschenden Reifen davon. Sie war selbst noch ein halbes Kind, höchstens vierzehn oder fünfzehn Jahre alt. Zuerst habe ich mir nichts dabei gedacht. Aber als ich auf dem Weg zum Auto an den Containern vorbeikomme, höre ich dieses Wimmern. Sie hatte ihr Kind weggeworfen! Was sollte ich machen? Es dort liegen lassen?»

Evelyn schnaubte.

«Hinter dem Auto herfahren? Selbst wenn ich es noch hätte einholen können – die hätten das Kind doch an der nächsten Ecke wieder rausbefördert. Ja, ich hätte zur Polizei fahren können. Ich hätte sie anzeigen können, obwohl ich nicht auf das Kennzeichen geachtet habe. Ich hätte zu einem Krankenhaus fahren können. Aber ich habe in dem Moment nur an uns gedacht. An dich, Evy. Niemand hat gesehen, wie ich es geholt habe. Es ist unsere Chance auf ein Kind, unsere einzige Chance. Warum sollte ich sie nicht nutzen? Wenn wir jetzt keinen Fehler machen, können wir es als unser eigenes Kind großziehen.» Er hob ihr fragend die Hände entgegen. «Siehst du denn nicht diese große Chance?»

Der Säugling rülpste leise und spuckte einen Mundvoll Milch auf das Tuch. Sie tupfte ihm das Mündchen ab. «Hast du ein Bäuerchen gemacht? Ich muss es hier vor dem Kamin saubermachen. In den anderen Räumen ist es noch zu kalt.»

«Ja, nur zu.» Hartmann schob den Tisch so nah es ging heran und legte die Decke darauf.

«Es hat einen hübschen Strampler an. Er könnte selbstgestrickt sein.» Sie fuhr mit den Fingern am aufgestickten Teddykopf entlang. «Das passt überhaupt nicht zusammen. Wie kann dieses Mädchen dem Kind einen liebevoll handgearbeiteten Strampler anziehen, nur, um es anschließend in den Müll zu werfen? Logischer wäre es doch, wenn sie ihr Baby vor die Tür eines Krankenhauses gelegt hätte.»

Stirnrunzelnd hörte er ihren Mutmaßungen zu. «Was weiß ich? Die jungen Dinger sind doch heute alle durchgeknallt. Der Strampler ist bestimmt geklaut. Du solltest dich etwas beeilen, es ist hier einfach noch nicht warm genug, um es stundenlang nackig herumliegen zu lassen.»

Mit flinken Fingern wickelte sie das Kind aus den Sachen. Sie öffnete die nasse Pampers. «Ein Mädchen», flüsterte sie hocherfreut und packte es schnell in eine saubere Windel.

«Und wie stellst du dir das vor?» Sie richtete sich wieder auf und legte das Kind in die Mütze zurück. «Plötzlich ist ein Kind im Tal, wie vom Himmel gefallen? Die Leute werden reden.»

«Ich habe mir das genau überlegt. Es könnte klappen, wenn wir uns absprechen. Wir müssen uns unbedingt einig sein. Überleg genau: Wann hast du zuletzt das Tal verlassen?»

«Da brauche ich nicht lange zu überlegen. Als du mich zu Doktor Hausten zum Fädenziehen gefahren hast. Naja, und die paar Male, die ich es noch zum Friedhof geschafft habe. Ich glaube, ich war im August zuletzt da. Als es so heiß war.»

Weber nickte. So war es auch in seiner Erinnerung. Doktor Hausten hatte sie damals zurückgefahren, weil sie in der Hitze kollabiert war. Danach hatte sie das Tal nicht mehr verlassen. «Folglich bist du im August», er rechnete nach, «ungefähr im vierten Monat gewesen. Von einer Schwangerschaft war noch nichts zu sehen. Ist dir danach noch jemand über den Weg gelaufen? Denk nach.»

«Wenn überhaupt, dann nur von Weitem. Deine Waldarbeiter sind ab und zu hier, aber ich war immer im Haus.»

«Und der Graf, die Gräfin?»

«Sie waren zur Bockjagd im Tal, im September. Aber ich habe ihnen nur vom Fenster aus zugewinkt. Du hattest ihnen

121

gesagt, dass ich mich nicht wohl fühle.»

«Genau», nickte er, «das würde sogar zu einer Schwanger-schaft passen.»

«Sonst noch jemand? Der Postbote? Holzkäufer?»

«Nein, niemand.»

«Was ist mit Eschenbach?», fiel ihm siedend heiß ein.

«Wir haben in den letzten Monaten nur telefoniert.»

«Wann zuletzt? Er könnte sich fragen, warum du nichts ge-sagt hast.»

Sie rieb sich nachdenklich die Stirn. «Ich glaube, es war im Oktober. Ich hatte Klaas zum Geburtstag gratuliert. Er hatte sich gefreut, aber Benedikt war wieder nicht ans Telefon ge-kommen.»

Weber verdrehte die Augen. «Jetzt hör doch auf mit diesem verstockten Bengel. Meinst du, Eschenbach könnte unange-nehme Fragen stellen?»

«Wenn man einmal sein Kind verloren hat, rennt man bei der zweiten Schwangerschaft nicht gleich durch die Gegend und posaunt herum, dass es wieder geklappt hat. Hubertus ist vielleicht etwas enttäuscht, weil er als Patenonkel erst so spät davon erfährt. Aber er kennt mich ja …»

«Gut. Dann haben wir bewusst deine Schwangerschaft nicht bekanntgegeben. Eigentlich wäre der Termin – sagen wir mal – Anfang Januar gewesen. Es ist etwas zu früh geboren. Wenn ich das geahnt hätte, wäre ich nicht zu der Fortbildung gefahren. Eschenbach wird mir sowieso noch genug Vorhal-tungen machen. Wir legen das Geburtsdatum auf gestern fest, den 18. Dezember. Falls diese Göre doch noch auf die Idee kommen sollte, nach ihrem Baby zu suchen, dann wird sie nur nach später Geborenen forschen.»

Evy runzelte die Stirn. «Das wäre absurd. Du hast doch ge-sagt, es wäre mit Sicherheit bereits erfroren, wenn du es nicht gefunden hättest.»

«Ja, ja, ich sage auch nur *wenn*. Heutzutage weiß man nie, was diesen Jugendlichen plötzlich in den Sinn kommt. Heute hü – morgen hott. Das Verrückte ist, dass der leiblichen Mutter auch noch das Kind zugesprochen wird, wenn sie sich fünf Minuten lang vernünftig gibt, alles bereut und verspricht, es nie wieder zu tun. Ist alles schon vorgekommen.» Er blieb abrupt stehen. «Du musst die Klamotten verbrennen. Den Strampler, die Jacke, die Mütze, alles. Wirf die Sachen in den Kamin, wenn du die Kleine nachher umziehst. Das ist wichtig. Sie müssen verbrannt werden. Nichts darf an seine ersten Lebenstage erinnern, wo auch immer es geboren wurde. Du hast genug eigene Babysachen oben im Schrank. Hast du gehört?»

«Ja. Nicht so laut, Hartmann.» Sie wiegte das schlafende Kind im Arm und summte leise ein Schlaflied.

«Das klingt jetzt schlimm, aber du musst diese Version so erzählen, wie ich es sage», redete Weber leise auf sie ein. «Du warst allein im Tal, als die Wehen plötzlich einsetzten. Du wolltest telefonieren, Hilfe rufen, aber die Leitung …» Er lief zum Telefon, drückte hektisch auf den Tasten herum und lauschte. «Tot.» Er strahlte. «Die Leitung ist wie immer bei diesem Wetter mausetot. Deshalb hatte ich dich gestern auch nicht erreicht. Wenn auf etwas Verlass ist, dann auf eine gestörte Telefonleitung bei Sturm.» Er rieb sich die Hände. «Du warst also allein und hast das Kind hier im Haus geboren. Wie du das gemacht hast, weißt du besser als ich. Du musst dir genau eine Version überlegen und du darfst nicht von ihr abrücken. Sie muss glaubhaft klingen. Damals wolltest du das Kind hier kriegen, praktisch während der Hausarbeit. Du erinnerst dich?»

Sie nickte wehmütig.

«Gut. Überleg dir, wann die Fruchtblase geplatzt ist, wo du dich gerade befunden hast. Dass du verzweifelt nach Hilfe telefonieren wolltest und schließlich allein das Kind zur Welt gebracht hast. Wie lange können die Wehen gedauert haben?»

Sie zog die Mundwinkel herab. «Das kann schon mal über vierundzwanzig Stunden gehen.»

«Oh Gott, wie schrecklich. Nein, nein, es darf nicht so dramatisch klingen. Sagen wir fünf Stunden?»

«Von mir aus fünf Stunden», nickte Evy. «Mir ist am 18. Dezember morgens beim Baden die Fruchtblase geplatzt und das Kind ist nachmittags gegen zwei Uhr geboren.»

Er legte die Hände wie zum Gebet aneinander. «Wir dürfen kein Geheimnis daraus machen, es muss ganz natürlich klingen. Es wird mit drei Jahren in den Kindergarten gehen und ganz normal eingeschult werden. Kriegst du das hin? Ich muss sicher sein.» Er hielt sie fest und schüttelte sie beschwörend an den Schultern.

Sie sah ihm fest in die Augen. «Wenn du mir versprichst, dass ich es behalten darf. Wenn du mir fest versprichst, dass niemand kommt und es mir wegnehmen wird. Nie mehr.»

Er hielt für einen Moment inne. «Ich werde alles in meiner Macht stehende tun, damit es als unser Kind hier im Tal aufwachsen kann. Das kann ich dir versprechen.»

Sie standen voreinander und sahen sich abschätzend an. Jeder dachte auf seine Weise über die Zukunft nach. Im Gegensatz zu Evelyn hatte er gar keine andere Wahl als diese gerade konstruierte Möglichkeit. Dass sie ein Kind bekommen hatten, durfte und konnte kein Geheimnis bleiben. Aber wie er daran gekommen war, das musste sein Geheimnis bleiben. Das musste er mit ins Grab nehmen. Ein Zurück gab es nicht.

«Also gut.» Er klopfte entschieden auf den Küchentisch.

«Dann werde ich Montag auf dem Standesamt die Geburt unserer Tochter melden. Wie soll sie heißen?»

Evy legte sich das Kind an die Halsbeuge und atmete mit geschlossenen Augen den frischen Babyduft ein. «Marie», sagte sie ins Strickjäckchen. «Sie soll Marie heißen.» Plötzlich sah sie auf. «Du wirst eine ärztliche Bescheinigung vorlegen müssen, oder den Nachweis von einer Hebamme. Ich kann vieles erfinden, aber bei einer ärztlichen Untersuchung würde alles rauskommen.» Panik stand in ihren Augen.

Weber machte eine wegwerfende Handbewegung. «Das lass meine Sorge sein. Die kriege ich schon.»

Später am Abend hätte er gern den Fernseher eingeschaltet. Nicht, um sich abzulenken. Dazu wäre heute kein Programm in der Lage gewesen. Aber er hätte zu gern gewusst, ob über eine Kindesentführung berichtet wurde und wenn ja, wie weit der Ermittlungsstand war. Es war ihm zu riskant. Evy war zwar mit dem Kind beschäftigt, aber durch irgendeinen blöden Zufall könnte sie doch ins Wohnzimmer kommen. Wenn sie auch sonst nie zuhörte, was im Fernseher gesprochen wurde, es brauchte nur das Wort Kindesentführung fallen – sie würde eins und eins zusammenzählen. Das Kabel vom Radio hatte er vorsorglich durchtrennt, es als defekt deklariert und weggeworfen. In den nächsten Jahren würde es nicht repariert werden. Evy hatte sich sowieso immer über das Rauschen beklagt. In den kommenden Jahren würde nur die Musik von Kinderkassetten durchs Haus schallen. Dafür würde er sorgen.

Dennoch trieb ihn die Unruhe umher. Er sagte sich, dass sie bereits da wären, hätten sie eine Spur zu ihm. Dann wäre es vollkommen egal, ob und wie tief er eingeschneit war. Sein Haus wäre von Scharfschützen umzingelt, ein Helikopter würde über ihnen kreisen und er würde über ein Megaphon zum Herauskommen aufgefordert, mit erhobenen Händen. Stürmen würden sie sein Haus nicht, er hatte das Kind. Ein unvorstellbares Horrorszenarium. Er schloss die Augen. Wenn Evy wüsste, was er getan hat. Seine Gefühlswelt schwankte zwischen Abscheu vor sich und Dankbarkeit, dass sich nun alles zum Guten wenden könnte. Durch schnelles Handeln war seine Welt wieder in die rechte Bahn gerückt. *Was kümmert mich das Leid anderer* beruhigte er sein Gewissen. Er war auch nicht gefragt worden, als das Schicksal für Evy grausam zuschlug.

Sein Blick ging zu Harras. Solange der Hund es nicht anzeigte, war kein Fremder in der Nähe. «Komm, Harras», forderte er ihn auf. «Letzter Kontrollgang.» Er zog seinen Mantel über und verließ das Haus. Der Sturm hatte sich gelegt. Mit ihm waren die letzten Schneewolken abgezogen. Das Tal lag still und mondhell, nicht, als hätte sich vor einigen Stunden der Himmel über ihm ausgeschüttet.

Er schob mit dem Schneeschieber einen Weg zum Schuppen. Eigentlich war noch genug Holz im Haus, aber er musste sich beschäftigen. Immer wieder hielt er inne und lauschte. Harras durchpflügte derweil unbekümmert den Schnee. Nein, er konnte sich wirklich unbesorgt hinlegen.

Im Schlafzimmer war es wärmer als sonst. Er hatte gut eingeheizt. Die Wiege stand leer. Er hatte es befürchtet. Evy hatte das Kind mit ins Ehebett genommen. Es schlummerte selig an ihrer Brust.

«Nur in den ersten Nächten», flüsterte sie. «Sie soll sich nicht allein fühlen. Bitte Hartmann, sie ist noch so klein.»

«Ist schon gut.» Er zog seinen Schlafanzug an und ging nach nebenan ins Bad. «Hast du keine Angst, dass du es im Schlaf erdrückst?», fragte er, als er sich neben sie legte.

Sie gluckste. «Nein.»

Schweigend sahen sie sich an. Sie hatte noch immer dunkle Ringe unter den Augen. Dennoch hatte sich etwas verändert. Es war Leben in ihnen. Es war wie damals in den ersten Monaten ihrer Ehe. Er seufzte dankbar. Endlich hatte dieses Elend ein Ende. Das waren ihm die Strapazen heute wert gewesen.

«Evy?»

«Ja?»

«Ich muss etwas wissen.»

«Ja?»

«War es Eschenbach?»

«Was?»

«Ist Eschenbach Schuld daran ist, dass du keine Kinder mehr bekommen kannst. War er es?»

Der Glanz verschwand aus ihren Augen. Dunkel brannten sie in den Höhlen. «Nein, Hubertus hat mir nie etwas getan. Er ist der beste Mensch, den ich kenne.»

«Wer war es dann? Einer seiner Mitarbeiter? Bist du vergewaltigt worden? Wolltest du deshalb nur allein ins Freigelände? Wir können ihn anzeigen. Er muss zur Rechenschaft gezogen werden.»

Sie wandte sich von ihm ab, starrte unter die Zimmerdecke. Als sie mit rauer Stimme weitersprach, hatte er Mühe, sie zu verstehen.

Kapitel 12

«Es liegt schon länger zurück, viel länger. Es war … Du weißt, dass ich in einem Kinderheim aufgewachsen bin?»
Er nickte.
«Ich war ein sogenanntes Fundkind, ungefähr so alt wie Marie. Ein paar Tage alt, höchstens zwei Wochen.» Sie strich mit der Spitze ihres Zeigefingers über die Wange des Säuglings. «Angeblich war ich von einem Hund im Wald aufgestöbert worden. Er jagte einem Hasen nach. Statt des Wildes fand er mich. Es ist schon komisch. Ich habe dieselbe Vergangenheit wie Marie. Nur, dass ich im Sommer ausgesetzt worden bin und wahrscheinlich einen Tag länger ausgehalten hätte, wenn mich nicht vorher ein Fuchs geholt hätte. Müll oder Unterholz, in jedem Falle ungewollt und dem Tod preisgegeben.»
Hartmann schluckte unbehaglich. «Das ist entsetzlich, Evy. Und das hat man dir einfach so erzählt als du ein Kind warst?»
«Ja.»
«Welcher Idiot war das?»
«Es entsprach nicht ganz der Wahrheit, wie ich später herausfand. Ich war hinter einer Jahrmarktbude ausgesetzt worden. Aber die Drohung mit dem Fuchs hatte einen deutlich besseren Erfolg bei Erziehungsmaßnahmen.»
«Das wird ja immer grotesker. Wer erzählt denn solche Horrormärchen? Und warum?»
«Damit drohte eine der Pflegerinnen. Wenn ich nicht brav sei, würde ich zurück in den Wald gebracht. Und dann so versteckt, dass mich niemand mehr findet. Dort, wo kein Tageslicht scheint. Dort, wo die Tiere auf ihre Beute lauern. *Wenn du jetzt nicht artig bist, holt dich der Fuchs.* Als kleines

Kind glaubst du es und lässt dich davon einschüchtern.»

«Das ist schlimm, Evy, sehr schlimm. Aber davon geht keine Gebärmutter kaputt.»

«Nein, davon nicht.» Sie knabberte an ihren Fingernägeln, obwohl sie bereits völlig abgenagt waren. «Im Heim gab es auch manchmal Säuglinge. Als ich älter wurde, zwölf oder dreizehn, durfte ich helfen, sie zu versorgen. Die kleine Melanie, zum Beispiel. Ich habe sie im Garten spazieren gefahren, stundenlang. Ich liebte sie. Ich hätte alles dafür gegeben, sie ständig um mich haben zu können und nicht nach dem Spaziergang wieder abgeben zu müssen. Bei mir war sie immer ganz lieb. Wenn sie schrie, habe ich sie aus dem Wagen genommen, im Arm gewiegt und ihr ein Lied vorgesungen. Eigentlich war es ganz einfach. Sie wollte nur auf den Arm und kuscheln. Aber das war den meisten Pflegerinnen schon zu viel. Sie nannten sie nur den alten Schreihals.» Sie schwieg und besah sich ihre blutig gekauten Fingernägel.

«Ja? Und?»

«Herr Bücking, der Heimleiter, hatte mich bei meinen Spaziergängen und Spielen mit der Kleinen beobachtet – wahrscheinlich über Monate. Irgendwann musste ich zu ihm ins Büro kommen. Er lobte mich, weil ich so liebevoll mit der Kleinen umging, viel besser als die Pflegerinnen. Aber leider hatte sich ein Ehepaar gefunden, dass Melanie adoptieren wollte. Schade für mich – für Melanie war es natürlich ein Glücksfall. Ich war sehr traurig. Säuglinge kamen nicht so häufig ins Haus oder wurden schnell wieder vermittelt.» Sie hielt inne. «Im Nachhinein frage ich mich oft, warum ich nie vermittelt worden bin. Ich war doch auch klein gewesen.»

Hartmann wusste keine Antwort darauf. Ratlos sah er, wie ihr eine Träne aus den Augenwinkeln lief. Sie schniefte in das Taschentuch, das er ihr zuschob.

129

«Jedenfalls meinte Herr Bücking, es gäbe vielleicht eine Möglichkeit, dass ich einen anderen Säugling versorgen könne.»

«Ist doch nett von ihm.»

«Mein eigenes Baby.»

«Wie?»

«Er fragte mich, ob ich wisse, wie die Babys in den Bauch kommen.»

«Nein!» Weber hatte genug gehört. Mehr brauchte er nicht. Damit hatte er nicht gerechnet. Er war fest davon ausgegangen, dass Evy in ihrer Zeit bei den Eschenbachs etwas zugestoßen war. Aber im Kinderheim! Mit zwölf!

«Ich hatte eine ungefähre Vorstellung davon, wie die Babys in den Bauch kommen», fuhr sie fort. «Die älteren Mädchen im Heim unterhielten sich oft darüber. Ich kannte das Versteck, wo sie ihre Zeitschriften verbargen und habe heimlich darin gelesen. Herr Bücking versprach mir, dass ich mein eigenes Baby haben darf und es auch behalten darf. Er könne mir dabei helfen. Ich durfte nur niemanden sagen, von wem es ist, weil es sonst weggemusst hätte. Über die logische Konsequenz dessen, was er mir sagte, habe ich nie nachgedacht. Für ihn war ja auch von Anfang an klar, dass ich entweder nicht schwanger werden würde oder aber, falls es doch passieren sollte, es nicht kriegen durfte. In meinem kindlichen Glauben willigte ich ein und stellte mir vor, wie schön es werden würde, wenn ich erst ein eigenes Kind habe. In einer eigenen kleinen Wohnung.» Sie seufzte. «Ein eigenes Kind.»

«Evy, ich …»

«Fast jeden Tag holte er mich heimlich in seine Wohnung. Sie lag im obersten Stock des Kinderheims. Ich habe es über mich ergehen lassen. Es tat weh. Aber die Sehnsucht nach einem Kind, nach jemandem, der zu mir gehörte und dem ich meine Liebe schenken konnte, war so groß, dass ich alles ertragen hätte.» Ihre Fingerspitzen fuhren unablässig über Maries Köpfchen. «Bücking sagte immer, es müsse wehtun, sonst würde es nicht klappen mit einem Baby.»

«Ich werde das Schwein anzeigen.»

Sie sah ihn aus dunklen Augen an. «Mit dreizehn wird man nicht so schnell schwanger. Bücking meinte, ich müsse geduldig sein. Bei manchen Mädchen würde es etwas länger dauern. Vielleicht sollte man dieses oder jenes ausprobieren. Er fragte mich dauernd, ob ich schon bluten würde. Er müsse das unbedingt wissen. Damals hatte ich keine Ahnung, warum das für ihn so wichtig war. Das Ganze ging über zwei Jahre. Und dann war es plötzlich soweit. Da ich vorher noch keine Periode gehabt hatte, merkte ich nicht sofort, dass ich schwanger war. Bücking kannte sich wesentlich besser aus. Er wurde ganz nervös, sagte, dass es vielleicht geklappt haben könnte. Um sicher zu gehen, dass alles in Ordnung war, wollte er für mich einen Termin bei einem Arzt machen.»

Weber stöhnte auf.

«Dieser Arzt stach mir eine Nadel in den Arm und spritzte ein trübes Zeug in die Vene. Ich kann mich an nichts mehr erinnern, außer, dass ich Schmerzen im Unterleib hatte, als ich wach wurde. Herr Bücking sagte, dass es noch nicht geklappt hatte. Es sei nur ein kleiner Tumor gewesen. Aber der Arzt habe mich untersucht und gesagt, dass ich gesund sei und es bald klappen müsste. Ich müsste ihm nur immer sagen, wann ich bluten würde.»

«Aber Evy, hast du denn gar nicht gemerkt, was für ein schreckliches Spiel er mit dir spielt?»

«Hartmann, ich bin in einem Heim aufgewachsen. Ich habe die wahre Welt nie richtig kennengelernt – ich hatte Angst vor der Welt da draußen. Für mich lebten außerhalb des Heims Menschen, die ihre Babys den Füchsen zum Fraß vorwarfen, wenn sie ihnen lästig waren. Niemand hatte mich aufgeklärt. Für mich war das alles halbwegs normal, was ich erlebte. Nach dem ersten Schwangerschaftsabbruch ging es genau so weiter wie zuvor. Meine Periode war sehr unregelmäßig und kein zuverlässiger Anhalt für Bücking. Und so kam es, wie es kommen musste. Ich wurde wieder schwanger. Dieses Mal spürte ich es eher. Und vor allem spürte ich, dass es besser wäre, es vorerst für mich zu behalten. Ich versuchte, mich zurückzuziehen. Mein Instinkt riet mir, vorsichtig zu sein, nichts zu sagen. Aber ich konnte es natürlich nicht lange verheimlichen. Es kam dieselbe Prozedur wie zwei Jahre zuvor. Ich bettelte, nicht zum Arzt zu müssen. Ich schwor, dass ich mich wohlfühle und keinen Arzt bräuchte. Bücking bestand darauf. Er sagte, es müsse trotzdem kontrolliert werden. Es könne sein, dass das Kind krank ist und behindert auf die Welt kommt. Das müsse man vorher wissen. Ich antwortete ihm, dass ich auch ein behindertes Kind nehmen würde. Es wäre mir egal. Ich würde es genau so lieb haben. Aber er ließ sich nicht beirren. Ich solle mir doch die kleine, verkrüppelte Susann angucken. Ob ich so etwas haben wolle! Ich erinnere mich noch daran, dass es furchtbar wehtat, als der Arzt mir wieder dieses Medikament spritzte. Er hatte die Kanüle nicht richtig gesetzt. Ein Teil des Betäubungsmittels lief daneben und die Wirkung setzte erst spät und schlecht ein. Ich hörte, wie der Arzt ziemlich aufgebracht war und zu Bücking sagte, dass es so nicht weitergehen könne und er besser aufpassen müsse. Das sei das letzte Mal und eigentlich schon viel zu spät.

Nach dem zweiten Abbruch war ich lange krank und bettlägerig. Auf dem Papier hatte ich eine Unterleibsentzündung.

Im Krankenzimmer nebenan lag ein Mädchen, dem es noch schlechter ging als mir. Es soll an einer Lungenentzündung gestorben sein, aber ich glaube nicht an eine Lungenentzündung. Sie habe genau gehört, dass es auch wegen Bauchschmerzen im Unterleib gejammert hat.»

«Ich weiß gar nicht, was ich dazu sagen soll. Das ist so schrecklich. Man müsste diesem Schwein die Eier abschneiden.»

Sie zog die Mundwinkel herab. «Es hat sich von selbst erledigt.»

«Wie?»

«Als ich wieder gesund war, es war kurz vor meinem fünfzehnten Geburtstag, bin ich ein letztes Mal zu Bücking gegangen.»

«Und?»

«Sein Föhn fiel in die Badewanne.»

Hartmann zuckte zusammen, als sei er selbst von einem Stromschlag erwischt worden. Er drehte sich auf den Rücken und starrte in die Dunkelheit. Er würde keine weiteren Fragen stellen.

«Hartmann? Versprich, dass ich Marie behalten darf. Du musst es versprechen.»

«Was ich tun kann, werde ich tun, Evy.»

Sie atmete hörbar aus. «Dann wird jetzt alles gut.»

Er wartete, bis sie eingeschlafen war. Dann ging er nach unten und holte den Cognac aus dem Wohnzimmerschrank, den ihm der Graf zum vierzigsten Geburtstag geschenkt hatte. Er setzte sich in den Ohrensessel. Der erste Schluck brannte in der Kehle. Aber schon bald spürte er eine wohlige Wärme, die seine Nerven umspülte und ihn in einen gnädigen Schlaf gleiten ließ.

Als er am nächsten Morgen die Augen aufschlug, brauchte

er einige Sekunden zur Orientierung. Mühsam rappelte er sich hoch. Harras saß im Sitz vor ihm und wedelte freudig mit dem Schwanz. Sein Herrchen gab endlich ein Lebenszeichen von sich. Er gähnte geräuschvoll und dehnte sich. Aus der Küche drangen ungewohnte Geräusche. Wie lange hatte Evy schon nicht mehr mit Geschirr und Besteck hantiert? Er konnte sich kaum erinnern. Es roch nach Speck. Einerseits ein gutes Zeichen, das seine Magensäfte lockte, aber er musste auf der Hut sein. Ihre Kochkünste bargen Gefahren und hatten ihn schon einige Kochtöpfe gekostet. Diesbezüglich konnte sie in den letzten Monaten nicht viel dazugelernt haben.

Sie sah um die Ecke. «Guten Morgen, Hartmann. Das Frühstück ist gleich fertig.»

Er rieb sich die Lider. Seine Frau hatte in der Nacht eine wundersame Wandlung durchmacht. Ihre Haare waren gewaschen und zu einem ordentlichen Zopf geflochten. Sie trug eine schneeweiße Schürze und strahlte mit dem Cognacglas, das sie gerade abtrocknete, um die Wette. Er beugte sich vor und schaute aus dem Fenster. Die Sonnenstrahlen reflektierten auf der Schneedecke. Es stach ihm in den Augen. Stöhnend ließ er sich zurückfallen. «Es riecht angebrannt, Evy.»

«Ich weiß. Ich habe die Pfanne schon vom Herd genommen. Stehst du auf? Ich habe Hunger.»

«Ich muss erst mal richtig wach werden. Gib mir fünf Minuten zum Duschen.» Auf dem Weg ins Bad warf er einen kurzen Blick in die Küche. Alles pikobello aufgeräumt und sauber. Der Tisch war gedeckt, Kaffeeduft durchflutete das Haus und Aufbackbrötchen dampften im Brotkorb. Die kleine Marie lag in ihrer Wippe und kämpfte mit einem Schluckauf. Evy werkelte am Herd, eine muntere Melodie summend. Durch das geputzte Küchenfenster fiel ein Sonnenstrahl schräg auf die gedeckte Tafel.

«Das sieht richtig einladend aus, Evy.»

Sie lächelten sich an.

«Ich beeile mich.»

Kapitel 13

Weber wunderte sich all die Jahre, wie einfach es doch gewesen war, ein Kind zu stehlen und es als sein Eigenes auszugeben. Selbst jetzt, nach mehr als sechs Jahren, kam ihm die Entführung noch immer wie ein Film vor, in dem er wider Willen die Hauptrolle gespielt hatte. Stolz war er nicht darauf, dafür nagte noch immer die Angst an ihm, entlarvt zu werden. Und dennoch – er hatte alles richtig gemacht. Evy war glücklich. Das Kind war glücklich; besser als hier, in diesem wunderschönen Tal mit dieser liebevollen Mutter hätte sein Leben nicht verlaufen können, reiche Eltern hin oder her. Die konnten eins nachlegen. Das war Evy und ihm nicht mehr vergönnt. Diese Tatsache reichte ihm, sein Gewissen zu beruhigen.

Manchmal hatte er den Eindruck, Evy habe den wahren Sachverhalt tatsächlich vergessen, so sehr ging sie in ihrer Mutterrolle auf. Die Version der Geburt war ihr in Fleisch und Blut übergegangen. Es war eine Freude, wie sie erblühte und auch sein Leben wieder bereicherte.

Das Kind entwickelte sich gut, soweit er das beurteilen konnte. Es war ein liebes Kind. Er hatte einen guten Griff getan, gestand er sich sarkastisch ein. Anfängliche Stolpersteine wie diese ärztliche Bescheinigung hatte er für sein Empfinden mit Bravour gelöst. Um an dieses Schreiben zu gelangen, war er zwei Tage nach der angeblichen Geburt zu Doktor Hausten gefahren.

Der Arzt praktizierte nur noch sporadisch. Hatte er zuvor schon dem Alkohol zugesprochen, so war ihm nach dem Tod seiner Frau jegliche Zurückhaltung abhandengekommen. Seine Praxis hatte er nur noch wenige Stunden am Vormittag geöffnet und auch das nur, um nicht noch früher mit dem Trinken anzufangen. Die Alten waren ihm dankbar dafür. Es ersparte ihnen den Weg zum Arzt in die Stadt. Andere suchten ihn gerne auf, wenn es um eine Krankschreibung ging. Hausten stellte sie großzügig aus.

Als er vor einigen Jahren mit seinem Kleinwagen in den Graben gerutscht war, hatte Weber ihn herausgezogen. Kein Wort hatte er über die Alkoholfahne des Arztes verloren. Hausten hatte sich überaus dankbar gezeigt und in seinem Portemonnaie herumgewühlt. Aber Weber hatte abgewinkt. «Eine Hand wäscht die andere», hatte er mit wohlwollendem Schmunzeln gesagt und dem Mann auf die Schulter geklopft.

Auf dieses Entgegenkommen hoffte er, als er Hausten am Sonntagabend in seinem Haus aufsuchte. Er brachte ihm eine Flasche Whisky mit und einen am Nachmittag erlegten Hasen. Unter dramatischen Schilderungen berichtete er von Evys Niederkunft. Allein und unter widrigsten Umständen hätte sie ein kleines Mädchen zur Welt gebracht. Er war so froh, dass Mutter und Kind wohlauf seien. Nicht einen Tag würde er sie in Zukunft allein lassen.

Da die Straße gerade halbwegs frei sei – wer weiß, für wie lange – bat er den Arzt, ins Tal zu kommen, um sich von Mutter und Kind zu überzeugen und die nötige Bescheinigung auszustellen. Er möge sich aber bitte beeilen, der nächste Schneesturm sei im Anmarsch und könnte ihn womöglich auf Tage festsetzen. Der Arzt hatte müde abgewinkt und auf den mitgebrachten Whisky gezeigt. «Machen Sie die Flasche auf, Herr Weber. Wir trinken lieber auf das neue Menschenkind.»

Als Weber nach Hause fuhr, hatte er seine Bescheinigung in der Tasche. Hausten war in sein Bett getorkelt und bis zum nächsten Mittag nicht mehr ansprechbar gewesen.

Auch die anderen Behördengänge waren reibungslos verlaufen. Die Gräfin hatte sich entsetzt gezeigt, wie es zu diesen schlimmen Umständen um die Geburt hatte kommen können. «Sowas darf nie wieder passieren!» Ihr Gatte musste versprechen, sich künftig besser um die Zufahrtsstraße zu kümmern und die Telefonleitungen regelmäßig warten zu lassen. Jetzt, wo endlich wieder ein Kind im Tal lebte, hatte eine zügige Anbindung erste Priorität.

Evys erste wahre Bewährungsprobe war Maries Taufe gewesen. Sie hatte sich Hubertus Eschenbach als Paten für ihre Tochter gewünscht. Wie zu erwarten hatte sich dieser fürchterlich über Webers Leichtsinn aufgeregt. «Wie konntest du Evy nur so kurz vor der Niederkunft allein lassen? Mein Gott, und das nach dem Drama im letzten Jahr! So unvernünftig kann man doch gar nicht sein! Mensch Weber!»

Weber hatte es über sich ergehen lassen. Er fühlte sich wie der letzte Volltrottel, als Eschenbach mit ihm fertig war. Im Prinzip hatte der Mann ja Recht. Mit gesenktem Kopf versprach er Besserung. Er hatte in den letzten Monaten so viel Theater gespielt und gelogen, dass ihm auch die Rolle als reuevoller Idiot nicht mehr schwer fiel.

Dass die Webers die zweite Schwangerschaft geheim gehalten hatten, war für die meisten verständlich, nach dem furchtbaren Ausgang der ersten. Eschenbach hätte sich dennoch etwas mehr Vertrauen von seiner Evy gewünscht. In der Beziehung würde sich wohl nie etwas ändern. Als er im Frühjahr mit der Kleinen am Taufbecken stand, war sein Groll jedoch verraucht.

Die Taufe war auch für Weber eine nervenaufreibende Herausforderung gewesen. Da sie während des sonntäglichen Gottesdienstes stattgefunden hatte, waren viele Menschen in der Kirche gewesen. Mit Herzklopfen hatte er gelauscht, ob hinter vorgehaltener Hand getuschelt wurde. Aber die Kirchgänger hatten keine Anzeichen von Misstrauen gezeigt. Sie gratulierten den Webers nach dem Gottesdienst zwar nicht überschwänglich, dafür war das Paar in der Dorfgemeinschaft einfach nicht präsent genug, aber man wusste, was sich gehörte.

Beim anschließenden Mittagessen, zu dem Weber den Patenonkel ins Gasthaus Zum Braunen Hirschen eingeladen hatte, wurde er langsam lockerer. Ab jetzt sollte eigentlich nichts mehr schief gehen. Er war froh, die Geburt gleich öffentlich gemacht und die Menschen im Dorf während des Gottesdienstes miteinbezogen zu haben.

Großzügig hatte er Doktor Hausten, der an der Theke saß, ein Gedeck spendiert. Evy hatte mit roten Wangen und leuchtenden Augen zwischen ihm und Eschenbach gesessen. Eschenbach hatte ihr gelegentlich beruhigend die Hand getätschelt. Das Gasthaus war gut besucht und er wusste um ihre Ängste, wenn viele Menschen um sie herum waren.

Marie hatte friedlich im Kinderwagen geschlummert. Evy hatte insgeheim gehofft, dass Benedikt zur Taufe mitkommt. Aber der Junge hielt an seiner Drohung, nichts mehr von ihr wissen zu wollen, fest. «Der Benedikt befindet sich zur Zeit in einer besonders schwierigen Phase», hatte Eschenbach sie getröstet. «Die Pubertät hat ihn heimgesucht. Sie wütet grausam, vor allem für seine Eltern. Irgendwann wird auch er vernünftig werden. Habe noch etwas Geduld.»

Die Bedienung im Gasthaus, Annette Sievers, hatte sich zwischen dem Hauptgang und dem Dessert über den Kinderwagen gebeugt. Sie war schwanger und hatte an jenem Sonntag ihren letzten Arbeitstag, bevor sie in Mutterschutz gehen würde. «Endlich ein Mädchen in Haaren», hatte sie freudig gesagt. «Ich dachte schon, meine Petra würde ohne weibliche

Unterstützung aufwachsen. Im letzten halben Jahr sind nur Jungen geboren.» Sie hatte sich über den Bauch gestrichen. «Vielleicht werden sie ja Freundinnen.»

«Aber ganz gewiss», hatte Eschenbach die Gelegenheit gleich beim Schopfe gefasst. Bevor das Kind ein Einzelgänger wie seine Mutter werden würde, wären erste freundschaftliche Kontakte nur förderlich. Schlimm genug, dass die Webers so einsam wohnten, da konnte man nicht früh genug mit regelmäßigen Besuchen anfangen. «Nicht wahr, Evy, euer Tal ist das reinste Paradies für Kinder. Da können sie vollkommen ungehindert umhertoben.»

Evelyn hatte erschrocken geschaut. «Ja, warum nicht?», hatte sie gemurmelt und dabei schüchtern gelächelt.

Weber ahnte, warum Annette Sievers sie ansprach. Die Frau war fremd im Ort, sie war vor zwei Jahren zugezogen. Angeblich käme sie aus einer Großstadt, umso verwunderlicher, was sie ins ländliche Haaren verschlagen haben könnte. Wahrscheinlich ein Kerl, so munkelte man. Der werdende Vater war nicht bekannt und sorgte unter den Haarener Frauen für Unruhe. Bestimmt hoffte die Frau, über die Kinder endlich Kontakte knüpfen zu können. Und mit Evelyn, einer ebensolchen Außenseiterin, wenn auch anderer Natur, wäre eine gemeinsame Basis da.

«Und im Kindergarten können sich die Mädchen gegenseitig unterstützen, wenn die Jungs zu aufmüpfig werden.» Eschenbach hatte herzlich über seinen Scherz gelacht und alle hatten fröhlich eingestimmt.

***

Tatsächlich waren die Mädchen Freundinnen geworden; zunächst in die Wege geleitet von Annette Sievers. Aber als die Kinder älter wurden, vertiefte sich ihre Freundschaft auch ohne mütterliche Unterstützung. Wann immer es ihnen möglich war, gluckten sie zusammen.

Annette nahm Marie nach der Schule meistens mit zu sich, bis Weber sie abholte. Die Mädchen vertrieben sich die Zeit im Garten, wo sie in den Ästen einer alten Kastanie herumkletterten und sich zu Stewardessen ernannten, die einen Flugzeugabsturz verhindern mussten. Aber ihr Lieblingsspielplatz war, wie Eschenbach prophezeit hatte, der Stille Grund. Hier tobten sie durch das Gras, planschten im Bächlein oder bauten Puppenhöhlen – unter strenger Bewachung und doch von ihnen unbemerkt von Evys Argusaugen.

Ab und zu nahm Evy eine Einladung zum Kaffee an. Ihre scheue und zurückhaltende Art legte sie nie ganz ab, aber sie wurde zugänglicher. Annette Sievers störte ihre Zurückhaltung nicht – im Gegenteil. Evelyn fragte nie nach privaten Dingen oder gar nach der Identität von Petras Vater. Und das war gut so.

Kapitel 14

«Da kommst du alle Jubeljahre zu Besuch – heute auch nur, weil du im Burckheimschen Forst zur Jagd eingeladen bist – und alles, was du zu meiner Auswanderung zu sagen hast, ist, dass du dann vielleicht nicht mehr zum Jagen eingeladen werden würdest. Vielen Dank, Wolff, du bist ein wahrer Bruder.» Annette Sievers klatschte das Handtuch auf den Küchentisch.

«Komm schon, Schwesterherz, das hast du in den falschen Hals gekriegt. Natürlich tut es mir leid, wenn du wegziehst. Aber warum muss es gleich Amerika sein?»

«Du hast mir nicht zugehört. Es muss Amerika sein, weil ich mich verliebt habe und Samuel Amerikaner ist. Seine Einheit wird nächsten Monat in die Heimat zurückverlegt und er hat mich gefragt, ob ich mitkomme.»

«Ts, Amerika.» Sievers trat neben seine Schwester. «Ob ich dich dort noch besuchen kann …»

«Darauf kann ich keine Rücksicht nehmen, Wolff. Du hast dich hier kaum für mich interessiert, da werde ich dich drüben auch nicht groß vermissen.» Sie hielt ihm die leeren Hände hin. «Schau dich doch um. Ich habe hier niemanden. Die Frauen gucken mich schief an. Ferdinand wird sich nie von seiner Gattin trennen. Ich bin extra wegen ihm hierher gezogen. Und jetzt sitze ich hier und habe doch nichts von ihm, gar nichts. Er zahlt gut für Petra, das ist alles. Warum also soll ich nicht einen Neustart wagen und mit Samuel nach Amerika gehen? Ich freue mich darauf und Petra auch. Sie mag Sam. Er ist sehr kinderlieb. Mit ihren sechs Jahren wird sie die Sprache schnell lernen, schneller jedenfalls als ich. Ich kann keine Rücksicht darauf nehmen, dass Ferdinand dich dann vielleicht nicht zur Jagd eingeladen wird. Aber warum sollte er das kleine Schweigegeschenk plötzlich nicht mehr anbieten? Die Tatsache, dass Petra die uneheliche Tochter des Grafen ist, bleibt doch bestehen. Ob ich hier bin oder in Timbuktu. Also hör auf zu jammern, du wirst schon zu deiner geliebten Jagerei kommen. Ich werde mit Ferdinand sprechen.»

Sievers spielte nervös mit dem Schlüsselbund in seiner Hosentasche. «Heute werde ich meine erste Sau schießen. Ich habe es im Gefühl, vielleicht sogar einen kapitalen Keiler. Die Hauer werde ich präparieren, aufsetzen lassen und übers Bett hängen.»

«Da wird sich Gabi bedanken.»

«Du könntest mit Ferdinand sprechen, dass er mir die Schwarte überlässt. So was macht sich immer gut im Eingangsbereich.»

«Das wird ja immer schöner. Sieh erst mal zu, dass du triffst, wenn dir was vor die Flinte kommt.»

Sievers schnaubte. Als er vor einigen Jahren den Jagdschein gemacht hatte, hatte er nicht bedacht, dass es so schwierig sein würde, Gelegenheit zur Jagd zu bekommen. Er gehörte nicht zu der Schicht, die es sich leisten konnte, eine Jagd zu pachten oder gar eine eigene zu betreiben, wie der Graf. Und wenn man nicht über gesellschaftliche Kontakte verfügte, war es unwahrscheinlich, zur Jagd eingeladen zu werden. Wie günstig war es da gewesen, dass der Graf seine Schwester geschwängert hatte und auf äußerste Diskretion bedacht war. Aber damit war er bei ihm an der falschen Adresse. In seinem Beruf war Diskretion tödlich. Da schützte man höchstens seinen Informanten. Die Aufdeckung von Sensationen, das war sein Metier. Darin war er gut, sehr gut sogar. Und eine Sensation, die nicht an die Öffentlichkeit gelangen durfte, die hatte seinen besonderen Preis. Da kam der Graf mit seiner Einladung zur Jagd noch billig davon ab. Eigentlich könnte er ihn beim nächsten Mal mit nach Afrika nehmen.

Sievers rieb sich die Hände. «Ich werde ihm heute Abend beim Schüsseltreiben schon mal eine Einladung zur Safari wärmstens ans Herz legen. Und in Skandinavien war ich auch noch nie.»

«Übertreib es nicht, Wolff. Sei zufrieden mit dem, was du hast.»

Er zuckte mit dem Kinn zum Gartentörchen, wo Weber gerade das Grundstück betrat. «Besuch für dich.»

«Das, mein Lieber, ist der Förster vom Burckheimschen Forst. Er kommt, um seine Tochter abzuholen. Mit ihm solltest du dich besser gut stellen, wenn du noch mal eingeladen werden willst. Ferdinand hält große Stücke auf ihn.»

«Ach.» Sievers Interesse war geweckt. «Irgendwoher kenne ich den Mann.» Nachdenklich fuhr er sich mit dem Finger über den Nasenrücken.

«Das sagst du immer. Scheint eine Berufskrankheit zu sein.»

«Doch, es ist schon eine Weile her. Wo habe ich ihn nur gesehen? Hach …» Er schnippte mit den Fingern in der Luft. «Der Typ hat damals, als Carlos geboren ist, im Krankenhaus neben mir gehockt. Ja klar, seiner Frau ging es so dreckig. Ist sie gestorben?»

«Quatsch, wie kommst du darauf?» Annette Sievers wandte sich ab und räumte die Spülmaschine aus.

«Weil er eine Tochter hat. Oder hatte er sie schon vorher?»

«Wovon redest du, Wolff? Nein, er hat nur dieses eine Kind. Vor Marie hatte Evelyn eine Totgeburt.»

«Das kann nicht sein.»

«Bist du bescheuert? Warum kann das nicht sein?»

144

«Das Kind ist von derselben Frau, die die Totgeburt hatte? Und es ist danach geboren?»

«Definitiv.»

«Das kann nicht sein.»

«Du wiederholst dich.»

«Er hat es adoptiert.»

«Nein, sie hat es höchstpersönlich und mutterseelenallein zur Welt gebracht.»

«Das geht nicht. Ich bin mir ganz sicher, dass der Arzt zu ihm gesagt hat, seine Frau könne keine Kinder bekommen.»

«Dann hat der Arzt sich eben geirrt. Das kommt schon mal vor. Weißt du noch, wie der Kinderarzt damals gesagt hat, Petra würde nie richtig laufen können? Und jetzt schau dir an, wie sie draußen herumtobt. Kein Baum ist ihr hoch genug.»

Sievers schüttelte hartnäckig den Kopf. «Ich bleibe dabei. Diese Evelyn kann kein eigenes Kind haben.»

«Und das soll der Arzt in deinem Beisammensein gesagt haben? Niemals.»

«Nein, sie waren in einem Nebenzimmer. Die Tür war nur angelehnt.»

«Ach, du warst der Lauscher an der Wand.»

«Sie hatten sich nicht bemüht, leise zu sprechen.»

«Trotzdem musst du dich verhört haben, oder du verwechselst den Förster mit einem anderen Mann. Marie ist Webers Tochter.»

«Das kann ja sein. Aber sie ist nicht die leibliche Tochter seiner Frau.»

«Wolff, manchmal denke ich, du bist so in deiner Welt von Intrigen, Geheimnissen und Sensationen gefangen, dass du schon Gespenster siehst. Bitte lass den Mann und vor allem seine Frau in Ruhe.»

Sievers achtete nicht auf seine Schwester. «Wo hat der Kerl das Kind her?»

«Seitdem du für dieses Schmierblatt arbeitest, machst du aus jeder Mücke einen Elefanten und witterst hinter jeder Ecke ein Mordkomplott. Wie hält Gabi das nur aus?» Wütend stemmte Annette die Hände in die Seiten. «Ich war damals gerade in der Apotheke, als er Heilsalbe für die geschundenen Brustwarzen seiner Frau kaufte. Sowas holt man sich nicht, weil man wilden Sex hatte, sondern weil das Kind beim Stillen zu stark saugt. Und wenn man kein Kind geboren hat, wird es verdammt schwierig mit der Milchproduktion. Also hör jetzt bitte auf zu spinnen und komm vom Fenster weg.»

Sievers runzelte die Stirn. «Und ich sage dir, wenn das ein und dieselbe Frau ist, dann ist die Sensation perfekt. *Frau ohne Gebärmutter bringt Kind zur Welt*!» Sievers sah den Aufmacher-Artikel bereits vor sich.

«Sie hat dem Jagdhund die Nachgeburt zum Fressen gegeben, damit die Ratten nicht angelockt werden. So was Ekeliges kann man doch nicht erfinden, Wolff. Du verrennst dich. Dort hat sie gesessen und es erzählt.» Annette Sievers deutete auf einen der Küchenstühle. «Auf dem kalten Fliesenboden hat sie ihr Kind zur Welt gebracht. Das Blut ist in die Fugen gelaufen und hat sich nie mehr richtig entfernen lassen. Ich habe die dunklen Stellen doch selbst gesehen. Wenn du also weiterhin hier jagen willst, dann halt die Klappe. Ich habe keine Lust auf diesen Blödsinn. Und jetzt komm endlich vom Fenster weg. Ferdinand möchte nicht, dass eine Verbindung zwischen uns bekannt wird, so lange es sich vermeiden lässt. Wenn seine Frau von uns erfährt, kannst Du Dir weitere Einladungen zur Jagd sowieso abschminken. Für die anderen bist du ein Geschäftsfreund aus Süddeutschland und damit basta.» Sie zog ihren Bruder energisch vom Fenster fort, drückte es ins Schloss und winkte Weber zu, der mit seiner Tochter an der Hand zum Auto ging.

Weber warf einen letzten Blick auf die Revierkarte. Zwölf Jäger auf einer Breite von drei Kilometern – da sollte ihnen eigentlich kein Wild durch die Lappen gehen. Der Graf war immer sehr darauf bedacht, dass seine Pächter und Geschäftsfreunde ordentlich was vor die Flinte bekamen. Seltsam fand er nur, dass er den Sitz am Bockelwall in diesem Jahr nicht seinem finnischen Freund Nykänen hatte zuweisen lassen. Der Bockelwall war des Finnen Stammsitz, wenn er zum Jagen nach Deutschland kam. Und Nykänen war immer hochzufrieden mit seiner Ausbeute.

In diesem Jahr hatte ihn der Graf vor der Ankunft der Jäger zur Seite genommen und ihn gebeten, den neuen Gast zum Bockelwall zu bringen. Er selbst würde sich mit Nykänen ans Maisfeld setzen. Die Schwarzkittel suhlten sich dort jede Nacht und Nykänen würde schon auf seine Kosten kommen. Der Neue brauchte ein Erfolgserlebnis und dafür war die Lichtung am Bockelwall wie geschaffen. Außerdem solle Weber in seiner Nähe bleiben und gleich den Ansitz neben ihm besetzen.

Treffpunkt war wie in jedem Jahr das Forsthaus. Von hier aus würden die Jäger mit den Revierfahrzeugen zu den Ansitzen gefahren werden. Der Graf und seine Gattin begrüßten ihre Gäste. Es war einer der seltenen Momente, in denen das Tal aus seiner stillen Anmut gerissen wurde. Geländewagen rollten an. Männer begrüßten sich überschwänglich und fachsimpelten. Und das ungeduldige Bellen der Jagdhunde hallte durch die Senke. Weber faltete die Karte zusammen. Er warf dem Neuen einen düsteren Blick zu. Der Graf hielt zu Recht nicht viel von seinen jagdlichen Fähigkeiten. Der Mann war nervös, schulterte das Gewehr mal links, mal rechts, nahm es wieder ab und kontrollierte den Lauf. Zwischendurch – und das hatte Weber am meisten irritiert – hatte er sich zu Marie auf die Gartenbank gesetzt und mit ihr geplaudert. Zu gerne hätte er gewusst, was er mit seiner Tochter zu besprechen hat, aber er musste sich jetzt um die Abfahrt der Jagdgäste kümmern. Die kurze Ansprache des Grafen näherte sich dem Ende. «Um 16 Uhr ist Schluss, meine Herren. Anschließend erwarte ich Sie zum Schüsseltreiben auf dem Gut. Und nun Waidmanns Heil.»

«Waidmanns Dank.» Die Männer bestiegen die Fahrzeuge. Weber winkte den Neuen und zwei Weitere zu sich. Er fuhr mit ihnen tief in den Burckheimschen Forst. Die letzten fünfhundert Meter mussten sie zu Fuß gehen. Das Gelände wurde unwegsam. Er zeigte den Jägern ihre Ansitze und ging mit dem Neuen zur Anhöhe auf dem Bockelwall.

«Ich habe vorhin Ihre Tochter kennengelernt.» Sievers keuchte hinter ihm den Pirschweg hinauf. «Ein reizendes Mädchen …»

«Sch, sch», fuhr Weber ihm dazwischen. «Wir sollten ab jetzt möglichst leise sein.

Schweigend gingen sie weiter. Kurz vor der Anhöhe blieb Sievers schnaufend stehen und stützte die Hände auf die Oberschenkel.

Weber drehte sich um. «Was ist los?»

«Schon gut. Nur einmal durchschnaufen.» Sievers richtete sich auf. «Ich frage mich die ganze Zeit, ob Sie es wirklich sind. Denn eigentlich ist es unmöglich.»

«Ich kann Ihnen nicht folgen. Warum kann ich nicht der sein, der ich bin?»

«Weil ich vorhin Ihre nette kleine Tochter kennengelernt habe.» Er senkte die Stimme. «Der Wissenschaft scheint ein

148

medizinisches Wunder durch die Lappen gegangen zu sein.»
Weber stockte der Atem, sein Herz verdreifachte den Schlag. Was waren das für seltsame Andeutungen? Was braute sich da zusammen?

«Eigentlich können Sie mit Ihrer Frau gar kein gemeinsames Kind haben», nahm Sievers seine Überlegungen gespielt nachdenklich auf.

Es war soweit. Er hatte schon fast vergessen, dass es jederzeit passieren konnte. Die Mauer um sein so viele Jahre erfolgreich gehütetes Geheimnis – sie begann zu bröckeln.

Er rieb sich die nassen Hände. Wer war der Kerl? Er sprach nicht von einer Entführung. Aber er sprach davon, dass sie kein gemeinsames Kind haben konnten. Was wusste er? Hatte er damals in der Klinik gearbeitet? Aber wer sagte ihm denn, dass Marie kein adoptiertes Kind war? Es war keine freundlich formulierte Feststellung. *Nettes Kind, das Sie da adoptiert haben.* Nein, er klang verdammt sicher und vorwurfsvoll. *Sie können mit Ihrer Frau kein gemeinsames Kind haben.*

Besser nicht gleich antworten, Zeit gewinnen. Betont lässig ging er weiter. Aber hinter seiner Stirn rasten die Gedanken.

«Ich frage mich die ganze Zeit, wie Sie an dieses Kind gekommen sind», bohrte Sievers weiter. «Vielleicht können Sie sich nicht mehr an mich erinnern. Ist auch schon eine Weile her. Wir saßen zusammen vor der OP-Abteilung der Landesfrauenklinik. Acht Jahre wird mein Carlos jetzt schon. Wie doch die Zeit vergeht.»

Weitergehen, nachdenken, nicht reagieren. Aber jetzt erinnerte er sich. Damals hatte der Typ einen Bart getragen. Er hatte neben ihm gehockt und ihn mit seiner Sabbelei genervt. Was konnte er mitgekriegt haben?

Als wenn Sievers Gedanken lesen könnte, sprach er weiter.

«Ich erinnere mich an einen Arzt, der sehr einfühlsam mit Ihnen redete. Er versuchte, Ihnen mitzuteilen, dass Ihre Frau nie mehr in der Lage sein wird, ein Kind zu kriegen. Sie haben damals nach einer künstlichen Gebärmutter gefragt. Eine künstliche Gebärmutter», wiederholte er kichernd. «Warum nicht gleich eine Gebärmaschine?»

Der Kerl hatte alles mitgekriegt. Welch ein Wahnsinn, hier bei der Jagd auf ihn zu treffen. Besser, er nahm ihm gleich den Wind aus den Segeln. «Marie ist adoptiert», antwortete er um einen lockeren Tonfall bemüht. «Wir wollen es erst später bekanntgeben, wenn Marie etwas älter ist. Ist schließlich nicht so lustig für ein Kind. Es wäre sehr nett von Ihnen, wenn Sie es vorläufig für sich behalten.»

Sievers gluckste.

Sie hatten die Anhöhe erreicht. Fünfzig Meter unter ihnen stand der Hochsitz. Weber tat, als sei das Thema für ihn abgehakt. Er wies mit dem Arm einen Halbkreis. «Von da werden die Treiber kommen. Die Stelle dort drüben, wo der Farn hochsteht, ist ein beliebter Wechsel. Schießen Sie aber nicht zu früh. Lassen Sie die Tiere näher kommen. Lassen Sie sie erst aus dem Farn treten. Und nun Waidmanns Heil. Ich werde dort drüben ansitzen.» Er zeigte auf den Hochsitz ein Stück weiter westlich.

«Ich bin Journalist, Herr Weber. Ich lebe von einem guten Gedächtnis, einer guten Beobachtungsgabe und …», Sievers tippte an seinen Nasenflügel, «von dem richtigen Riecher. Und bei Ihnen stinkt es gewaltig. Welch ein Aufwand, um eine Adoption zu verheimlichen. Geschundene Brustwarzen, der Jagdhund frisst die Nachgeburt. Bah … Wie, bitte, passt das zu einer Adoption? Was sollen die Leute im Nachhinein über diese Räuberpistolen denken? Warum wollen wir nicht bei der Wahrheit bleiben? Ein medizinisches Wunder! Einen

Artikel über solch ein famoses Gotteswerk», er senkte theatralisch die Stimme, «oder besser Teufelswerk, würde ich mir niemals entgehen lassen. Dann hätte ich meinen Beruf verfehlt. Waidmanns Dank.»

Weber ruckte am Gurt seines Gewehres und drehte sich langsam um.

Sievers lächelte siegessicher. «Ich habe am Vormittag ein wenig recherchiert. Man sollte niemals unvorbereitet an seine Aufgaben gehen.»

«Und was haben Ihnen die Recherchen geflüstert?»

«Im Geburtsjahr Ihrer Tochter – das genaue Datum hat sie mir vorhin reizenderweise mitgeteilt – hat es vier Kindesentführungen gegeben. Zwei wurden nach Lösegeldübergaben beendet. Ein Kind fand man tot. Allesamt waren sie deutlich älter als das vierte Kind, das bis heute verschwunden ist – Hanne Baumann, im Alter von vier Wochen verschleppt. Ich frage mich, ob das Haar Ihrer Tochter, das ich vorhin von ihrem Pullover zupfen durfte, irgendeine Übereinstimmung mit der DNA dieses Mädchens aufweisen könnte.» Er klopfte sich auf die Brusttasche. «Ich hoffe, ich werde es wiederfinden. Vielleicht sind auch ein paar Puppenhaare dazwischen geraten. Aber die Polizei wird es schon herausfiltern.» Er lächelte milde.

In der Ferne hallten erste Schüsse. Sievers wurde nervös. «Wir sollten unsere Plätze einnehmen. Sonst quatschen wir noch, während die Sauen in aller Ruhe an uns vorbeiziehen. Heute ist mein Glückstag. Den darf ich nicht tatenlos verstreichen lassen. Wir sehen uns später beim Schüsseltreiben.»

Der Kerl war ziemlich durchgeknallt. Als wenn eine Rotte Wildscheine, von Treibern aufgeschreckt, seelenruhig über die Lichtung spazieren würde. Durchgeknallt und listig –

eine gefährliche Kombination. Weber verzog sich auf seinen Ansitz. Aber ans Jagen war nicht zu denken.

Sein Lügengebäude war innerhalb weniger Minuten in sich zusammengefallen. Es war perfekt gewesen, hatte all die Jahre standgehalten. Nur durch diesen blöden Zufall, ein zu laut geführtes Gespräch oder eine nicht verschlossene Tür, war alles zerstört. Es war unfassbar. Der Typ würde ihn eiskalt ans Messer liefern, das war ihm klar. Und es hing so viel mehr daran. Evelyn würde ein zweites Mal ein Kind verlieren. Er hatte ihr fest versprochen, dass dies nie passieren wird. Was hatte sie damals gesagt, in jener Nacht? *Jetzt wird alles gut werden.* Er stöhnte leise. Alles Mögliche hätte er sich vorstellen können, um entdeckt zu werden. Aber doch nicht so. Nicht nach dieser langen Zeit und nicht durch diesen Idioten.

Immer wieder richtete er das Fernglas auf Sievers Hochsitz. Der Graf hatte ihm zu verstehen gegeben, dass er dem Gast den Vortritt beim Schießen lassen sollte. Von ihm aus konnte er den ganzen Wildbestand abknallen, wenn er nur seine Klappe hielt.

Nervös kaute er an den Innentaschen seiner Wangen. Wenn der Kerl ihn anzeigen wollte, hätte er nicht lang und breit mit ihm darüber diskutiert. Dann wäre er mit seinen Erkenntnissen schnurstracks zur Polizei gegangen. Wahrscheinlich lief es auf eine Erpressung hinaus. Warum sonst warf er ihm häppchenweise sein Wissen zu. Wie Weber an das Kind gekommen war, war Nebensache. Das brauchte er gar nicht zu wissen, wenn er zur Polizei ging. Tatsache war, *dass* er das Kind hatte. Das Wie und Warum waren für die Polizei dann sowieso nur noch eine Frage der Zeit. Sie würden ihn wie eine Zitrone ausquetschen. Und zimperlich würden sie bestimmt nicht mit ihm umgehen. Dass es dem Kind an nichts gemangelt hatte und es in seinem Tal sogar gesünder aufgewachsen war als in der Großstadt würde niemanden interessieren.

Er sah die Schlagzeile schon vor sich. *Kindesentführung nach sieben Jahren aufgeklärt – dem Täter droht hohes Strafmaß.* Wie lange saß man für eine Kindesentführung? Womöglich lebenslang? Er würde nie mehr ins Tal zurückkehren, in sein geliebtes Tal. Nein – dies durfte nie geschehen. Sein Tal würde er nur mit den Füßen voraus verlassen.

Er nahm sein Gewehr, stieg vom Hochsitz und ging zu Sievers zurück. Der schaute nur kurz zur Seite, als Webers Kopf über der Plattform erschien. «Das ist jetzt ungünstig, Mann. Ich glaube, sie kommen jeden Moment.» Er legte das Gewehr an und suchte durch das Zielfernrohr den Waldrand ab.

Weber setzte sich neben ihn. «Hören Sie, die Marie … Ich habe das Kind einer Minderjährigen abgekauft, die nicht wusste, wohin damit. Eine Drogenabhängige – sie hat sich von dem Geld gleich den nächsten Schuss gekauft. Wer weiß, ob sie noch lebt. Ja, ich hätte es sofort als eine Adoption laufen lassen können, mein Fehler.»

Sievers schüttelte vorsichtig den Kopf, als könne die kleinste Bewegung das Wild verschrecken. «Erzählen Sie das Ihrer Großmutter», raunte er zurück. «Und wenn es so ist, können Sie einem DNA-Vergleich gelassen entgegensehen. Wollen Sie es darauf ankommen lassen?»

Weber gab sich geschlagen. «Ich will kein Aufsehen. Was verlangen Sie?»

«Meine Zeitung würde mir für einen solchen Artikel 5000 DM zahlen», überlegte Sievers, ohne das Gewehr abzusetzen. «Die Familie Baumann hatte damals eine Belohnung von 40.000 DM ausgesetzt. Macht zusammen 45.000 DM. Runden wir die ganze Sache großzügig auf, dann kommen wir auf 50.000 DM.»

«Sie vergessen, dass ich nur der Förster bin, nicht der Graf. Wo soll ich eine solche Summe auftreiben? Das ist absurd.» Weber war klar, dass der Mann sich sowieso nicht mit einer Einmalzahlung zufrieden geben würde. Wenn das Geld aufgebraucht war, wahrscheinlich sogar schon bei der nächsten Jagd, stünde er wieder vor demselben Problem. Und er musste damit leben, dass es einen Mitwisser gab, der, wann immer ihm danach war, plaudern und sich die Belohnung einstreichen würde.

Plötzlich ruckte es durch Sievers Schultern. «Da sind sie. Sie kommen.»

Weber hob sein Fernglas. Es war genau der Wechsel, den er angedeutet hatte. Er zählte drei Bachen und fünf Überläufer. Ein mächtiger Keiler führte die Rotte an. «Was für ein Jagdglück. Es ist sogar schon ein Keiler dabei», raunte er. «Warten Sie. Die kommen noch näher.» Er ärgerte sich, dass er Hilfestellung geben musste. Es würde ihm nicht das Geringste nützen.

«Ich habe das Blatt voll im Visier, Mann. Ich schieße jetzt.» Sievers Finger krümmte sich um den Abzug. Der Schuss hallte über die Lichtung. Die Wildschweine stoben in den Schutz des Dickichts. Der Keiler schwankte, als müsse er überlegen, ob dies der geeignete Platz zum Sterben ist. Er knickte mit den Vorderläufen ein und blieb reglos liegen.

«Yes.» Sievers ballte die Faust, als hätte er mit reiner Körperkraft einen weit überlegenen Gegner geschlagen. «Ich habe ihn gestreckt! Ich habe meinen ersten Keiler erlegt, so einen Prachtburschen. Sie müssen mit dem Grafen reden, dass er mir die Schwarte überlässt.» Er legte sein Gewehr hinter sich auf die Sitzbank und quetschte sich an Weber vorbei die Leiter runter.

«Warten Sie. Man kann in dem hohen Farn nichts ausmachen. Es könnte auch ein Streifschuss gewesen sein.» Weber schaute angestrengt durch das Fernglas.

Sievers hörte nicht auf ihn. Er stürmte mit wehendem Lodenmantel über die Lichtung. «Der ist platt!», rief er.

«Idiot», schimpfte Weber. An welcher Schießbude hatte der nur seinen Jagdschein gemacht? «Seien Sie vorsichtig. Ich traue dem Braten nicht.» Er nahm sein Gewehr und folgte ihm.

Sievers stürzte durch den kniehohen Farn. Er war fast da, da ging ein Zittern durch das Tier. Der Keiler erhob sich mit einem Grollen, tief aus dem Innern seines verwundeten Körpers. Er schwenkte den mächtigen Kopf in seine Richtung.

Sievers stand starr vor Schreck. Er tastete auf der Schulter nach seinem Gewehr, das er nicht mehr bei sich trug. Hilflos hob er die Arme.

«Zurück, Mann! Gehen Sie zurück!», brüllte Weber. «Hier her!»

Zu spät. Das Tier preschte mit gesenktem Kopf und unglaublicher Geschwindigkeit vor, rammte Sievers seine Hauer in den Oberschenkel und schlitzte ihm das Bein bis zur Leiste auf. Sievers schrie und stürzte zur Seite. Er versuchte, die Arme schützend vor das Gesicht zu legen, als sich das vor Wut und Schmerz schäumende Tier erneut auf ihn stürzte. Sein Brustkorb war ungeschützt. Er spürte die Schalen auf seinen Rippen, spürte den Schmerz, als sie brachen und sich in die Lunge spießten.

«Oh Gott», stöhnte Weber, hob das Gewehr und legte an.

«Schießen Sie, so schießen Sie doch», röchelte Sievers, dem die Luft aus der verletzten Lunge wich.

Der Augenblick war schon wieder vorbei. Er konnte nicht schießen, ohne Sievers womöglich zu treffen.

Er ließ die Arme sinken. Ruhe stieg in ihm auf. Tatenlos schaute er zu, wie das tobende Tier wütete. Es trieb den Fang in Sievers Seite und stieß seinen wehrlosen Körper wie einen Sack Mehl vor sich her. Von Sievers kam keine Gegenwehr mehr. Im Moment seines vermeintlich größten Triumphes hauchte er unter dem verletzten Tier sein Leben aus.

Als für Weber feststand, dass Sievers tot war, hob er erneut sein Gewehr, legte an und streckte das Tier mit einem Fangschuss nieder. Röchelnd sackte es zusammen. Es stöhnte dem Toten seinen letzten fauligen Atem ins Gesicht und verendete auf ihm.

Weber sah sich um. Erste Rufe schallten aus dem Wald. Der Lärm hatte Treiber und Jäger von ihren Sitzen gelockt. Sie kamen von allen Seiten.

Er rannte ebenfalls die letzten Meter, warf seine Büchse zur Seite und versuchte, den schweren Kadaver von Sievers zu wälzen.

Je näher die anderen kamen, desto langsamer wurden sie, bis sie schließlich wie erstarrt stehenblieben. «So helft mir doch», stöhnte Weber und mühte sich ab.

Gemeinsam zogen sie das tote Tier zur Seite. Der Anblick des geschundenen Körpers ließ sie betreten zurückweichen und die Hände falten. Ein Jagdkollege, Veterinärmediziner von Beruf, ging auf die Knie und untersuchte Sievers. Kopfschüttelnd richtete er sich auf.

«Ich habe ihn noch gewarnt.» Weber gab sich verzweifelt. «Ich konnte von meinem Sitz aus sehen, dass das Tier noch nicht verendet war. Aber der Idiot hat nicht gehört. Der ist einfach losgerannt. Als ich hier ankam, war es schon zu spät. Mein Schuss hat ihn nicht mehr gerettet.»

Alle nickten betreten. Ein Kollege zog sein Handy aus der Tasche. «Ich rufe einen Arzt und die Polizei.»

«Und einen Leichenwagen», ergänzte der Veterinär.

Der Graf starrte sprachlos auf den Toten. Er warf seinem Förster einen Blick zu, den man für einen winzig kleinen Moment hätte missdeuten können. Er räusperte sich. «Ich hätte mich zuvor von seinen jagdlichen Qualitäten überzeugen sollen. Das kommt davon, wenn man einem Bekannten einen Gefallen tun will.» Er klopfte Weber tröstend auf die Schulter. «Es ist nicht Ihre Schuld, Weber. Sie werden meine volle Unterstützung bekommen.»

In den folgenden Tagen war es mit der Ruhe im Tal vorbei. Die Polizei beschlagnahmte Wildschwein und Gewehre und nahm ihre Ermittlungen auf. Sievers wurde in die Gerichtsmedizin überführt.

Weber konnte sich nicht daran erinnern, jemals ein solches Menschen- und Fahrzeugaufkommen in seinem Forst erlebt zu haben. So viel Polizei – wenn das nur gut ging.

Er blieb bei seiner Version, das Ganze von seinem Ansitz aus beobachtet zu haben und leider zu spät hinzugekommen zu sein. Seine Jagdkollegen konnten nichts anderes dazu aussagen, außer, dass sie die Schüsse, das Rufen Webers und die Schreie Sievers gehört hatten. Die zwei Kugeln im Tierkadaver waren eindeutig Sievers und Webers Gewehren zuzuordnen, wobei Weber den tödlichen Schuss abgegeben hatte. Sievers Treffer, ein Bauchschuss, hatte das Tier zu einem tödlichen Koloss werden lassen.

Den einzigen Zeugen, der etwas zu des Försters Standort hätte sagen können, brauchte Weber nicht zu fürchten. Er hatte Boris' Kopf, kurz nachdem er den Schuss abgegeben hatte, hinter einer Fichte auftauchen und sofort wieder verschwinden sehen. Boris würde das Dunkel des Waldes nicht verlassen, und wenn man doch aus irgendeinem Grund auf ihn stoßen sollte, so wäre sein Gemurmel nicht zu verstehen.

Der Graf hatte anscheinend mal wieder vergeblich Boris' Mutter aufgefordert, ihren Sohn während der Jagd nicht hinauszulassen. Sie hatte keinen Einfluss auf ihn. Sie war froh, wenn er sich ab und zu für eine feste Mahlzeit zu Hause einfand und in kalten Winternächten das Gut aufsuchte.

Viel mehr beunruhigte Weber die Frage, ob Sievers zuvor bereits mit seinem Verlag über eine eventuelle heiße Story gesprochen haben könnte. Was konnte der Verlag wissen? Würde er beim plötzlichen Tod eines Mitarbeiters aufhorchen? War Sievers nicht auf einer sensationellen Spur gewesen? Wenn dem so wäre, hätte er keine ruhige Minute mehr.

Nervös verfolgte er die Untersuchungen. Jedes Telefonklingeln ließ ihn zusammenzucken. Am liebsten hätte er es Evy gleichgetan und das Läuten ignoriert. Aber das durfte er nicht. Er musste mitkriegen, wenn sich etwas zusammenbraute. Seine Hoffnung war, dass Sievers ihn nicht würde erpresst haben, wenn er zuvor mit jemanden gesprochen hätte. Das Warten und Grübeln machte ihn wahnsinnig. In seiner Unruhe hackte er seinen kompletten Holzvorrat kurz und klein.

Zu allem Überfluss war der Tote auch noch Annette Sievers Bruder. Das erklärte natürlich sein Wissen über die gestreuten Falschinformationen. Hatte er seiner Schwester bereits etwas von seiner Vermutung erzählt? Wusste sie von seinen Recherchen?

«Was sagt eigentlich Annette zum Tod ihres Bruders?», fragte er seine Frau so beiläufig wie möglich.

Evy konnte nicht verstehen, warum ihr Mann ruhelos ums Haus tigerte und nichts mehr aß. Natürlich hatte es einen hässlichen Jagdunfall gegeben. Der Tote hinterließ Frau und Kind. Aber er hätte es doch nicht verhindern können. Er hatte sich nichts vorzuwerfen. Wenn überhaupt, hätte der Graf sich besser über Sievers informieren müssen.

«Annette sagt, dass dieses Ableben typisch für ihren Bruder ist. Kopflos in den Abgrund. Alle gutgemeinten Ratschläge in den Wind schießen. Er sei schon als Kind so halsstarrig gewesen. Außerdem ist sie nur mit ihren Auswanderungsplänen beschäftigt. Ihr Kopf ist voll davon. Amerika hier, Amerika da.»

Das hörte Weber gerne. Trotzdem würde er nicht eher zur Ruhe kommen, bis sie endgültig abgereist war. Eine Woche noch, dann sollte das Gröbste überstanden sein.

Eine große Stütze war ihm in diesen Tagen der Graf. «Kopf hoch, Weber. Die Untersuchungen sind so gut wie abgeschlossen. Sie haben nichts falsch gemacht.» Die Art, wie er ihm dabei beide Hände auf die Schultern legte, hätte man auch als ein *Gutgemacht, Weber* deuten können. Es war eine große Erleichterung, wie entspannt sein Chef damit umging. Er wirkte geradezu euphorisch.

***

«Petra macht Marie ganz verrückt mit ihrer Vorfreude auf den Flug. Sie dürfe bestimmt neben dem Piloten im Cockpit sitzen», seufzte Evy. Es waren noch drei Tage bis zum großen Abschied.

«Kinderkram», winkte Weber ab.

«Es ist wirklich schade, dass Marie ihre beste Freundin verliert. Sie wird sie sehr vermissen.»

Er rollte genervt die Augen. «Sie wird eine neue finden.» Weber war Maries Verlust der besten Freundin herzlich egal. Was kümmerte ihn ihr Kummer. Und überhaupt – wegen Marie hatte er doch diesen ganzen Schlamassel am Hals. Sie sollte bloß mit dieser Heulerei aufhören. Oder besser, sollte sie doch ihre Freundin nach Amerika begleiten.

«Marie weint sich jeden Abend in den Schlaf. Und ihre Kopfschmerzen werden auch immer schlimmer.»

«Kopfschmerzen habe ich auch», war sein einziger Kommentar dazu.

«Du bist aber kein Kind, Hartmann. Und deine Kopfschmerzen kommen vom vielen Grübeln. Ich möchte Marie nicht länger mit Schmerzmitteln vollstopfen. Wir müssen das untersuchen lassen.»

Das fehlte ihm noch. Seine Tochter bei einem fremden Arzt, und das zu diesem Zeitpunkt. «Sie wird eine Erkältung ausbrüten. Das ist doch um diese Jahreszeit nichts Besonderes.»

«Seit drei Wochen? Das glaube ich nicht. Ihre Lehrerin hat gesagt, dass sie womöglich eine Brille braucht. Dass ihre Kopfschmerzen vielleicht vom angestrengten Sehen kommen. Bei ihren Kindern sei es auch so gewesen.»

Normalerweise hätte Weber fremde Kommentare zum Befinden seiner Familie unwirsch abgetan. Aber die Konsultation eines Augenarztes kam ihm in dieser Situation ganz recht. Sollte sie mit Marie zu einem Augenarzt gehen. Der brauchte kein Blut, um eine Diagnose zu stellen.

«Da könnte die Lehrerin durchaus Recht haben.» Er kümmerte sich gleich um einen Termin, damit Evy endlich Ruhe gab.

Wenige Tage später waren die Ermittlungen abgeschlossen. Die Lage der Gewehrkugeln hatte Webers Aussage untermauert. Die Akte wurde als tragischer Jagdunfall mit Todesfolge ohne Fremdverschulden geschlossen.

Vom Verlag war keine Reaktion gekommen. Sievers hatte also das Ergebnis seiner Recherchen für sich behalten, auch seiner Schwester gegenüber.

Bis sich Annette Sievers mit ihrer Tochter auf den Weg in die USA machte, hatte er acht Kilo abgenommen. Am Abend des Abflugs nahm er seine erste richtige Mahlzeit zu sich. Das Essen schmeckte wieder. Seine Nerven kamen nach dem Dauerstress allmählich zur Ruhe. Er hätte es nicht einen Tag länger aushalten können.

Evy hatte sich mit Marie ins Kinderzimmer zurückgezogen. Der Besuch beim Augenarzt hatte nichts ergeben und das Mädchen jammerte schon wieder über heftige Kopfschmerzen. Der Arzt hatte ihr eine Röntgenaufnahme, besser noch ein CT, vom Schädel empfohlen. Vielleicht würde eine Aufnahme Aufschluss darüber geben, was den Kopfschmerz verursachte. Weber hatte sich Evys Ausführungen stirnrunzelnd angehört und den Kopf geschüttelt. Das ging ihm alles zu weit. Er musste sich erst mal von den Strapazen der letzten Tage erholen, bevor er sich Gedanken über Marie und ihre ominösen Kopfschmerzen machen konnte. Aber er wusste schon jetzt, dass jede weitere Untersuchung des Kindes ein Risiko barg, das es so lang wie möglich hinauszuzögern oder besser noch zu verhindern galt.

Er schaltete den Fernseher ein. An diesem Abend wollte er sich einfach nur von Nebensächlichkeiten und Unwichtigem berieseln lassen. Vielleicht eine Musiksendung oder eine Komödie, obwohl er selten über die Dialoge lachen konnte. Eine Reportage über den Schwarzwald würde ihm gefallen.

Er schaltete zwischen den Programmen hin und her. Auf dem zweiten lief Aktenzeichen XY. Ihm blieb das Wurstbrot im Hals stecken, als die Kamera plötzlich auf das Ehepaar Baumann schwenkte, Maries Eltern. Im Rahmen einer Sondersendung über verschwundene Kinder wurde ihr Fall vorgestellt. Baumann hielt das Foto seines Kindes in die Kamera und machte auf das Muttermal oberhalb des Bauchnabels aufmerksam. In ihrer Begleitung war ein Kriminalbeamter aus Frankfurt.

Er sprang auf, stellte das Gerät leiser und lief in den Flur. Er lauschte nach oben. Marie weinte. Er sah Evy vor sich, wie sie das Mädchen an sich schmiegte und beruhigend auf es einredete. Schnell ging er zurück und legte das Ohr an den Lautsprecher. Verdammt, man suchte noch immer nach Hanne Baumann. Der Moderator hielt die Fernsehzuschauer eindringlich dazu an, die Augen aufzuhalten, wenn ihnen ein siebenjähriges Mädchen mit diesem besonderen Merkmal auffallen sollte. Wieder flackerte das Muttermal in Übergröße über den Bildschirm. Oder wenn vielleicht die Kleidung irgendwo auftauchen sollte, die das Kind zuletzt getragen hatte – ein türkisfarbener Strickstrampler mit passendem Jäckchen.

Seine Sorgensträhne riss nicht ab. Vollkommen unmöglich, Marie zu diesem Zeitpunkt einem Arzt vorzustellen. Da könnte er sich gleich der Polizei ausliefern. Nein, diese Kopfschmerzen mussten anders behandelt werden, ohne Arzt. Nur wie? Evy würde alles tun, um ihrem Kind zu helfen – alles.

Er sah ein Problem auf sich zukommen. Ein riesiges Problem, das Sievers Erpressungsversuch womöglich noch in den Schatten stellen könnte.

Heute

Kapitel 15

Ich starre auf den Bildschirm bis mir die Augen brennen. Acht Nachrichten im Postfach. Davon fünf Mal Werbung, ein Newsletter, die Sofortlösung eines Finanzproblems von irgendeinem Ulf und die Aufforderung, endlich eine Rechnung zu bezahlen, von der ich nichts weiß.

Es sind fast zwei Wochen vergangen seit der Artikel erschien. Meine Hoffnung schwindet mit jedem Tag mehr. Zu Anfang waren einige Hinweise aus der Bevölkerung gekommen. Es hatte sich zumeist um dieselben gehandelt, die bereits kurz nach der Entführung eingegangen waren. Ein dunkles Auto an der Autobahnauffahrt, Marke und Kennzeichen unbekannt. Man hatte ja nicht geahnt, dass es womöglich im Zusammenhang mit einer Kindesentführung stehen könnte. Es hatte schon damals zu keinem Ergebnis geführt. Ich habe mich artig bedankt, auch für die Anteilnahme. Eine junge Frau teilte mir in einer Mail mit, dass sie schon immer das Gefühl gehabt habe, nicht zu der Familie zu gehören, in die sie angeblich hineingeboren war. Ihr Muttermal befände sich zwar unterhalb und nicht oberhalb des Bauchnabels, aber das sei sicher im Laufe der Jahre gewandert. Wandernde Muttermale! Für wie blöd hielt die mich? Ich bat sie freundlich, sich wegen eines Gentests in dieser Angelegenheit an die Polizei zu wenden. Danach habe ich nichts mehr von ihr gehört.

Seit einer Woche herrscht Funkstille zwischen der FAZ und mir. Ich bin maßlos enttäuscht. Eine Tageszeitung liest man in der Regel am selben Tag, spätestens am nächsten, wenn es mal nicht gepasst hat. Gut, zwischenzeitlich waren Weihnachten und Silvester. Da gerät das Zeitgefüge schon mal durcheinander. Aber nun brauche ich auf keine Hinweise mehr zu hoffen. Ich hatte mich von Daniels Enthusiasmus anstecken lassen. Ich hatte tatsächlich gedacht, das Muttermal würde neue Erkenntnisse bringen. Entweder Hanne oder ihr Mann haben die Zeitung nicht gelesen – nicht jeder liest die FAZ – und wenn doch, halten sie die Vorstellung für so absurd, dass sie herzlich darüber gelacht haben. *Schatz, du solltest dich mal bei dieser Frau melden. Sie wünscht sich eine Schwester.* Vielleicht waren sie auch über die Feiertage in Urlaub. Ach, es gibt so viele Lücken. Eigentlich wäre es ein Wunder gewesen. Und jetzt stehe ich wieder da, wo ich gefühlsmäßig zuvor schon stand: Hanne lebt nicht mehr. Ich bin froh, dass ich meiner Mutter nichts von der erneuten Suche erzählt habe. Am Erscheinungstag war ich drauf und dran, sie einzuweihen. Ich war so voller Hoffnung und wollte meine Ungeduld mit jemandem teilen. Aber außer Daniel, der die Feiertage bei seinen Eltern in Freiburg verbringt und erst heute Abend zurückkommt, weiß niemand davon. So kann mich wenigstens auch niemand darauf ansprechen. Die Enttäuschung ist so schon groß genug.

Ich freue mich auf Daniel. Er wird mich auf andere Gedanken bringen. Ich genieße die Abende, an denen wir zusammen kochen, fernsehen oder einfach nur reden. Manchmal albern wir herum und pushen uns gegenseitig hoch. Dabei geraten wir auch schon mal gefährlich nah aneinander. Mit einer flapsigen Bemerkung spiele ich die Situation schnell herunter. Aber später, wenn ich allein im Bett liege, male ich mir aus, was hätte passieren können, wenn ich mich nicht aus seiner Umarmung befreit hätte, als wir um die letzte Salzstange rangelten. Er hatte mich gewinnen lassen und gelächelt. Dieses Lächeln. Zu gern hätte ich mich zurück in seine Arme gelegt und sie mit ihm geteilt – abgeknabbert, bis jeder auf der Hälfte angekommen war.

All das sollte aufhören. Mein Verstand sagt mir, dass ich ihm das Zimmer kündigen müsste. Je eher, desto besser. Ich habe keine Chance auf ihn. Und er wird mir wehtun – ungewollt, aber er wird es tun. Es ist nur eine Frage der Zeit.

Mia-Mäuschen hat den größten Narren an ihm gefressen. Sie quiekt schon, wenn sie seine Stimme hört. Seit ich abgestillt habe, gibt er ihr manchmal das Fläschchen. Aus großen Augen studiert sie beim Trinken sein Gesicht. Wer es nicht weiß, würde uns für eine perfekte kleine Familie halten.

Aber da gibt es schließlich noch das andere Bild, das weniger familienfreundliche – wenn Daniel und Barbie gemeinsam losjoggen. So weit sind wir nämlich mittlerweile.

Sie hatte eines Tages wie aus dem Boden geschossen vor ihm gestanden und sportlich auf der Stelle gehüpft. Daniel hatte auf seine Armbanduhr getippt und anscheinend versucht, ihr ein gemeinsames Laufen auszureden, da er schneller unterwegs sein würde. Daraufhin war sie vorausgespurtet und hatte ihm neckisch zu verstehen gegeben, dass sein Tempo für sie kein Problem sei. Daniel hatte sich achselzuckend zum Haus umgedreht. Seine Mimik war eindeutig: Er hatte es versucht – er war gescheitert. Dann war er mit gemächlichen Schritten hinter ihr her.

Seine späteren Anmerkungen stimmten mich auch nicht gerade fröhlich. «Die ist verdammt flott. Ist aber auch kein Wunder. Es sitzt kein Gramm Fett an ihr.»

Super. Da mühte ich mich mit meiner Bauch-Beine-Po-CD ab und Daniels einzige Reaktion auf meinen derben Muskelkater war die Frage, ob ein neues Tier auf unserem Bauernhof Einzug gehalten habe. Und ob er raten dürfe, was ich imitiere.

Außerdem fand er es sehr amüsant, dass Clarissa uns für ein Paar hielt. Es zeigte mir wieder einmal, wie unsinnig ihm eine Beziehung zwischen uns erschien.

***

Meine Laune ist auf dem Tiefpunkt. Wieder nichts im Postfach. Ich sollte einfach nicht mehr reingucken. Und aus dem Fenster sollte ich auch nicht mehr schauen. Wie eine rollige Katze schnurrt Clarissa ums Haus. Und ich kann nichts machen. Dieses ständige Beobachten macht mich wahnsinnig. Wenn ich diesen Zustand gewollt hätte, hätte ich auch mit Konstantin zusammenbleiben können. Ich kann so nicht weitermachen. Das bin nicht mehr ich.

Ich schaue auf die Uhr. Sie sind seit über zwei Stunden unterwegs. So lange waren sie noch nie weg. Es wird schon dunkel. Außerdem regnet es in Strömen. Wahrscheinlich klebt das klatschnasse Oberteil an ihr wie eine zweite Haut. Was macht man, wenn man sich in einer solchen Situation irgendwo unterstellt und auf eine trockene Wetterphase wartet? Hätten wir diese Szene im Fernsehen gesehen, Daniel hätte mit Sicherheit ein *typisch, das musste jetzt kommen* kommentiert und es bei der Rangliste der vorhersehbaren Ereignisse mit einem gelangweilten Stöhnen ganz vorn einsortiert.

Mia quengelt, weil ich nur mit düsterem Blick aus dem Fenster schaue. «Oh, nein, Mia-Maus, nicht weinen. Komm, wir schauen uns zusammen ein Bilderbuch an.» Ich nehme sie aus der Wippe und setze mich mit ihr zu Puh, dem Bären, auf das Sofa. In diesem Moment sehe ich Daniel. Er ist allein und kommt aus der falschen Richtung, als wäre er in der Stadt gewesen. Ich höre ihn im Hausflur über das Wetter und die nassen Klamotten schimpfen. Er geht sofort ins Bad, kommt aber kurz darauf mit einem Handtuch über den nackten Schultern ins Wohnzimmer.

«Sorry, Luca. Es hat einen kleinen Zwischenfall gegeben.»

167

«Schon gut. Ich kenne das von Konstantin.» Ich winke gespielt gleichgültig ab.

«Wie meinst du das?»

Alles Runterzählen hilft nichts. Ich brodele innerlich. Meine Fingernägel krallen sich in Puh. Mir gelingt sein dunkles Brummen im Originalton. Mia quietscht vor Vergnügen, rudert mit Händen und Füßen und brummt mit.

«Wie hast du das gemeint?», wiederholt Daniel.

Ich hätte vielleicht aufschauen sollen. Dann hätte ich das ärgerliche Glitzern in seinen Augen bemerkt. Aber dafür hatte sich zu viel Wut und Fantasie in mir aufgestaut.

«Wie ich es gesagt habe», antworte ich und blättere die Seite um. «Oh, schau, da kommt der kleine Fuchs und hilft dem armen Bären aus dem Loch heraus. Der hat aber auch einen dicken Popo! Hau ruck.» Ich tue, als ob mich Daniels weiteren Ausführungen nicht interessieren, da sie sowieso zurechtkonstruiert sind.

Daniel macht den Fehler und will sie mir trotzdem erklären. «Clarissa ist im Wald umgeknickt und hat sich den Knöchel verletzt. Sie konnte nicht weiterlaufen.»

Ich zähle und brumme gleichzeitig.

«Ich musste einen Krankenwagen rufen. Es hat sich alles hinausgezögert, weil es in dem Waldgebiet keinen befahrbaren Weg gab. Ich musste sie hinaustragen.»

Ich schaue entgeistert auf. «Du hast sie getragen?»

«Ich konnte sie mir schlecht auf den Rücken schnallen.» Daniels Ton wird schärfer, aber meine Sinne sind dafür nicht mehr sensibel. Ich sehe ihn mit ihr auf dem Arm durch den Wald gehen – groß, stark, männlich. Sie hat ihre Arme um seinen Nacken gelegt, den Kopf vertrauensvoll an seine Schulter geschmiegt. Ich glaube, mir wird übel. «Und dann bist du mit ihr zum Krankenhaus gefahren», schlussfolgere ich. Das erklärt natürlich, warum er aus Richtung Stadt kam.

«Ja, sie weinte und bat mich darum.»

Sie weinte! Natürlich, das zieht immer. Ich nicke verständnisvoll. «Und dann hast du sie auch gleich operiert, nicht wahr? *Unter Reanimationsbedingungen* hätte Konstantin noch hinzugefügt. *Es war verflucht knapp.*»

Daniel schleudert das Handtuch durchs Zimmer. «Verdammt Luca, ich kann es nicht mehr hören. Da war nichts. Sollte ich sie im Wald liegenlassen? Wie stellst du dir das nur alles vor?»

«Wie kann man bei diesem Wetter auf die hirnrissige Idee kommen, im Wald zu laufen? Dort, wo es keine befestigten Wege gibt! Das war doch alles von ihr eingefädelt!» Ich klatsche mir mit der Handfläche vor die Stirn. «Warum seid ihr Männer nur immer mit Blindheit geschlagen, wenn eine Frau mit dem Arsch wackelt?»

Ich lege Mia in die Wippe, drücke ihr Miss Piggy in die Hand und baue mich vor Daniel auf. Sein nackter Oberkörper dampft noch immer.

Ich glaube ihm ja, dass sich alles so abgespielt hat. Aber warum sieht er nicht, dass dies alles nur vorbereitende Maßnahmen von ihr sind? Mit dem einzigen Ziel, ihn reif zu klopfen. Irgendwann wird er gar nicht anders können, als über sie herzufallen.

«Was, bitte, hätte ich sagen sollen? Hat dein schlauer Herr Konfuzius darauf vielleicht auch eine Antwort?» Daniel bemüht sich um Beherrschung. Ich merke es an seiner gepressten Stimme, auch weil Mia im Zimmer ist. Aber seine Augen glimmen wie Kohlestücke. «He, meine Vermieterin sieht es nicht gerne, wenn wir zusammen laufen, und schon gar nicht im Wald. Wie blöd kommt das denn rüber? Damit machst du dich nur selbst lächerlich.»

Ich schlage die Arme untereinander. «Es gibt Jogger, die bewusst alleine laufen. Sie legen großen Wert darauf, abzuschalten und für sich zu sein. Und normalerweise wird das von jedem Mitläufer akzeptiert. Es wäre ein ganz einfacher Satz für dich gewesen. Er hätte weder dich noch mich in Misskredit gebracht.»

Daniel schaut mich an, als hätte ich ihm gerade eine alte chinesische Weisheit auf Deutsch übersetzt. Aber darauf bin ich ganz ohne Konfuzius und dessen Scharfsinn gekommen.

«Weißt du was, Luca?»

«Ja?»

«Du kannst mich mal. Das mache ich nicht mehr mit.» Er dreht auf dem Absatz um, stürmt in sein Zimmer und knallt die Tür zu.

Ich glaube, das war's. Ich höre und sehe ihn den ganzen Abend nicht mehr. Wahrscheinlich hat er Kopfhörer auf und dröhnt sich mit AC/DC zu. Nein, ich lausche in den Flur. Er trägt keine Kopfhörer. The Rattles kreischen ihr The Witch durchs Haus. Frechheit!

Ich mache Mia für die Nacht fertig und stelle unser Abendbrot – Daniel hatte sich Frikadellen gewünscht – unangetastet in den Kühlschrank. An Schlaf ist nicht zu denken. Wenn ich auch selbst schon über eine Kündigung nachgedacht hatte, so war die Überlegung noch lange nicht ausgereift. Jetzt hat er mir die Entscheidung abgenommen. Diese verdammte Clarissa. Alles macht sie kaputt. Konnte sie nicht Konstantin in den Dschungel folgen? Hinter meiner Stirn kursieren Foltermethoden, eine grausiger als die andere. Zwischendurch fällt mir ein, dass sie wegen der Verletzung vielleicht nicht mehr joggen kann. Es tröstet mich aber nicht lange. Ihr wird etwas anderes einfallen, womit sie ihn locken kann. Irgendwann schlafe ich darüber ein, aber es ist kein erholsamer Schlaf.

Mitten in der Nacht werde ich wach und höre Stimmen und Gelächter. Ich bilde mir ein, sogar ein welllüstiges Stöhnen herauszufiltern. Das geht zu weit! Ist die blöde Kuh schon entlassen und vom Krankenhaus aus schnurstracks zu Daniel gelaufen!

Ich höre Fußtapsen im Flur. Im Geiste sehe ich Clarissa, nur mit einem von Daniels T-Shirts bekleidet, zum Kühlschrank gehen und nach etwas Trinkbarem suchen. Sex macht durstig – und hungrig. Ich sehe sie herzhaft in eine Frikadelle beißen. *Hm, lecker. Soll ich dir eine mitbringen, Danny-Schatz?*

Die fliegt raus, im hohen Bogen, und Daniel gleich hinterher. Ich verzichte auf das Runterzählen, werfe die Bettdecke zur Seite und stürze zur Tür.

Draußen stoße ich mit Daniel zusammen. Er setzt sich gerade eine Flasche Wasser an den Mund, als ich gegen seine Brust pralle. Mineralwasser spritzt ihm ins verdutzte Gesicht. Ich lasse ihn stehen, drehe mich um und stürme in sein Zimmer. Im Fernseher läuft eine Sitcom. Unsichtbare Zuschauer scheinen sich vor Lachen zu biegen, während sich ein Pärchen umständlich die Klamotten vom Leib reißt und dabei überirdisch stöhnt. Ich schlucke unbehaglich. Da habe ich wohl im Halbschlaf falsche Schlüsse gezogen. Ich drehe mich zu Daniel um. Der betastet vorsichtig seine Lippen. Ihm ist bei unserem Zusammenprall der Flaschenhals gegen die Zähne geschlagen. Er besieht sich kurz den Blutfleck auf den Fingerkuppen. «Darf ich?» Er drückt sich an mir vorbei, sorgsam darauf bedacht, mich nicht zu berühren. Als wäre mein Körper mit einer hochgiftigen Substanz besprüht. Wahrscheinlich ist er das wirklich – zumindest innen brodeln Gift und Galle.

Ich trete einen Schritt zurück und schleiche beschämt in mein Zimmer. Er hätte wenigstens schimpfen können, oder

fluchen. Gar nicht zu reagieren ist Höchststrafe. Ich vergrabe
den Kopf im Kissen und heule vor Wut und Kummer.

Am nächsten Morgen weckt mich das Prasseln von Regen-
tropfen. Ich wälze mich stöhnend auf die andere Seite und
lausche. Daniel ist im Bad. Heute ist Dienstag – gemeinsamer
Frühstückstag. Aber ein friedliches und harmonisches Frühstück scheint mir nach gestern Abend mehr als unrealistisch.
Die Haustür fällt ins Schloss. Ich bleibe liegen und warte.
Wenn er Brötchen holen würde, wäre er in zehn Minuten zurück. Ich starre unter die Decke, spüre mein Herz hämmern.
Nach zwanzig Minuten gebe ich die Hoffnung auf. Er kommt
nicht zurück. Entweder, er ist gleich zur Arbeit, oder aber er
sitzt bei Barbie am Frühstückstisch. Er isst. Sie schaut nur zu
– wegen der Kalorien. Einen Klecks Himbeergelee gönnt sie
sich. Sie leckt ihn von seinen Lippen ab. Das muss als Frühstück reichen. Ihre Zehen krabbeln an seinem Bein hoch. Ich
werde verrückt, wenn ich mich weiteren Mutmaßungen hin-
gebe.
Ich quäle mich aus dem Bett, nehme Mia hoch und drücke
sie an mich. «Mama hat Mist gebaut, Mia-Maus.» Sie gähnt
herzhaft. «Daniel aber auch. Es ist schließlich nicht so, als
hätte ich ihn nicht gewarnt.»
Der Tag zieht sich endlos. Ich laufe erst mit Steffi und den
Kindern durch das Sauwetter – das härtet ab – und gehe
schließlich zu meiner Mutter. Es geht ihr heute nicht gut. Das
feuchtkalte Wetter macht ihren Gelenken zu schaffen. Wir
sind beide froh, als ich gehe. Sie kann sich wieder unter der
Bettdecke verkriechen und ich kann mich meinem Kummer
hingeben.
Während Mia Mittagsschlaf hält, fahre ich meinen Laptop
hoch. Unten rechts erscheint ein kleines Fenster und weist

mich auf eine wichtige Nachricht im Postfach hin. Schnell logge ich mich ein. Für mich kann, zumindest was mein Postfach anbelangt, im Moment nur eine Sache wichtig sein. Und Tatsache, die FAZ hat sich gemeldet. Sie hat eine E-Mail aus den USA weitergeleitet. Aus den USA! Von einem oder einer P. Sievers. Ich lehne mich zurück, starre auf den Bildschirm. Ein Gefühl sagt mir, dass ich noch einmal tief durchschnaufen sollte, bevor ich sie öffne. Mit zittrigen Fingern lege ich die Hand auf die Maus, fahre mit dem Cursor auf die Nachricht und klicke sie an.

Kapitel 16

Sehr geehrte Familie Baumann,

mein Name ist Petra Sievers. Ich bin vor dreiundzwanzig Jahren mit meiner Mutter nach Amerika ausgewandert. Ich arbeite als Reinigungskraft auf dem John-F.-Kennedy-Flughafen in New York. Auf Ihren Artikel bin ich gestoßen, weil ein Fluggast die FAZ im Flugzeug liegen ließ.

Sicherlich wundern Sie sich, dass ich erst so spät reagiere. Ich war mir zunächst sehr unsicher, ob es sich bei dem Mädchen, mit dem ich im Kindergarten und in der Schule befreundet war, wirklich um ein entführtes Kind handeln könnte. Ich bin auch jetzt noch nicht sicher. Ich möchte Sie nicht auf eine falsche Spur setzen oder Ihnen Hoffnungen machen, die ins Leere laufen. Aber Ihr Artikel hat mir keine Ruhe gelassen.

Wie bereits erwähnt, hatte ich damals eine Freundin - Marie Weber. Das von Ihnen beschriebene Muttermal allein hätte mich nicht veranlasst, eine Verbindung zwischen Hanne Baumann und Marie zu ziehen. Dazu erschienen mir die äußeren Umstände viel zu unwahrscheinlich. Und viele Menschen haben ein Muttermal. Aber dennoch – Marie hatte ein Muttermal von der beschriebenen Größe. Ich konnte es immer dann gut sehen, wenn wir im Garten herumturnten, sie einen Handstand machte oder ein Rad schlug und ihr dabei das Hemd hochrutschte. Auf meine Frage, was das für ein Fleck sei, sagte sie stolz, dass der Klapperstorch dort etwas zu fest zugepackt hätte, damit er sie auf dem weiten Weg zum Forsthaus nicht fallenlässt. So habe es ihr ihre Mutter erzählt. Die bildliche Vorstellung war für mich so lebhaft und faszinierend, dass sie mir in Erinnerung geblieben ist.

Was mich aber vor allem nachdenklich macht, ist ein Gespräch, wenige Wochen vor unserer Abreise nach Amerika. Marie und ich hatten im Garten Verstecken gespielt. Als ich in der Nähe des Küchenfensters hockte, hörte ich die Stimmen meiner Mutter und meines Onkels. Ich kann Ihnen den genauen Wortlaut nicht wiedergeben. Mit meinen sieben Jahren war mir auch Vieles unverständlich. Aber wenn ich mich recht erinnere, hat mein Onkel Wolff behauptet, Frau Weber könne nicht Maries Mutter sein. Er habe eine Unterhaltung mitbekommen, aus der hervorging, dass eine Schwangerschaft bei ihr ausgeschlossen sei. Meine Mutter hatte es als Unsinn abgetan, vor allem, weil mein Onkel als Sensationsreporter gern über sein Ziel hinausschoss. Ihre Erläuterungen dazu habe ich nicht verstanden. Aber sie war sich sicher, dass Frau Weber Maries leibliche Mutter ist.

Nach wie vor kann ich nicht glauben, dass es sich bei Marie um ein entführtes Kind handeln könnte. Ihre Mutter ist mir als eine sehr liebevolle Person in Erinnerung, die keinem Menschen etwas zu leide tut. Vor ihrem Vater hatte ich immer ein wenig Angst. Er hatte es nicht so mit Kindern und sprach wenig mit uns.

Marie und ich, wir haben eine schöne Kindheit verlebt. Ich ärgere mich sehr, dass wir uns aus den Augen verloren haben. Es ist meiner Schreibfaulheit geschuldet. Als ich mich nach einem Jahr aufraffen konnte, ihren Brief zu beantworten, hat sie mir nicht mehr zurückgeschrieben. Ich habe nie mehr von ihr gehört.

Leider kann ich Ihnen keine weiteren Informationen zukommen lassen. Mein Onkel Wolff ist kurz vor unserer Abreise bei einem Jagdunfall ums Leben gekommen. Und meine Mutter ist letztes Jahr einem Krebsleiden erlegen. Aber wer weiß – womöglich lebt Marie noch im Stillen Grund. Es war ein

herrlicher Flecken Erde. Ein Forsthaus – im Sommer umge-
ben von einem Meer aus Pusteblumen, im Winter ein weißes
Schneeparadies. Ich habe es geliebt.
Die Adresse finden Sie im Anhang. Sollten Sie Marie finden,
grüßen Sie sie bitte von mir. Ich wünsche Ihnen viel Erfolg.
Herzliche Grüße
Ihre Petra Sievers

Ich sinke in meinem Stuhl zurück, lasse den Bildschirm aber
keine Sekunde aus den Augen, als könne der Text auseinan-
dersprenkeln und nur das Wort *Scherz* übrigbleiben, mit einem Smiley, der sich vor Lachen den Bauch hält. So viele
Enttäuschungen bislang, dass ich auch diesem Hinweis kaum
trauen mag. Er klingt wage. Aber das Muttermal stimmt und
die Andeutung über eine fragliche Schwangerschaft ist viel-
versprechender als alles, was bisher eingegangen ist.
Ich atme mit einem tiefen Stöhnen aus. Von draußen schallen Motorengeräusche und Stimmen. Der Bus setzt Schulkin-
der ab, der Briefträger klingelt sich den Weg frei, der Brief-
kastenschlitz klappert. Mein Handy meldet eine Nachricht.
Aber all das bleibt im Hintergrund. Ich kann meine Augen
nicht vom Bildschirm wenden.
Ich komme vor und tippe die Adresse an. «Das gibt's doch
nicht. Wünnenberg-Haaren, Im Stillen Grund», murmele ich.
Es kann doch unmöglich das Haaren sein, das nur gute zwanzig Kilometer entfernt ist. Ich war zwar wissentlich noch nie
dort, aber an der A 44 weisen Verkehrsschilder darauf hin.
Auf dem Weg nach Frankfurt bin ich oft genug daran vorbei-
gekommen. Das wäre Wahnsinn. Schnell schließe ich mein
Postfach, gehe auf Google Maps und suche nach dem Stillen
Grund. Er liegt tief im Wald, zwischen Haaren und Büren.
Ich starre auf die Karte, ohne wirklich hinzusehen. Wenn

Marie Weber wirklich meine Schwester ist und vielleicht sogar noch dort wohnt, in diesem Stillen Grund, dann war sie, seit ich in Paderborn wohne, nur einen Katzensprung entfernt. Womöglich ist sie mir sogar beim Shoppen über den Weg gelaufen; hat nebenan in der Umkleidekabine Klamotten anprobiert oder im Kino eine Reihe hinter mir gesessen. Und meine Mutter könnte mit der Hoffnung, Hanne plötzlich unterhalb ihres Fensters gehen zu sehen, gar nicht so falsch liegen.

Und ich habe niemanden, mit dem ich meine leise Hoffnung und Freude teilen kann. Normalerweise würde ich als erstes Daniel anrufen. Meine Hand zuckt zum Handy. Ich habe Angst, dass er mich nach dem gestrigen Abend wegdrückt. Das könnte ich nicht ertragen. Ich trommele mit den Fingern auf der Tischplatte. Zwanzig Kilometer, höchstens eine knappe halbe Stunde. Ich sehe auf die Uhr. Es ist gleich fünfzehn Uhr. In einer Stunde wird es dunkel. Heute, bei dem Sauwetter, wahrscheinlich noch eher. Trotzdem, wenn ich sofort losfahre, bin ich noch im Hellen da. Nur mal gucken natürlich, langsam daran vorbeirollen, so tun, als habe ich mich verfahren oder suche nach einer bestimmten Hausnummer. Vielleicht ist Hanne gerade vor der Tür und ich kann einen Blick auf sie erhaschen.

Ich trommele weiter. Die kennen mich ja nicht. Sie wissen nicht, dass ich etwas über sie weiß. Nach dreißig Jahren fühlen sie sich bestimmt vor jeglicher Entlarvung sicher. Vorausgesetzt, es handelt sich überhaupt um meine Schwester und ihre Entführer.

Alles ist besser, als hier herumzusitzen und auf Daniel zu warten. Womöglich kommt er heute nicht einmal nach Hause. Vielleicht kommt er nie mehr nach Hause oder nur, um seine Sachen abzuholen. Ich will nicht daran denken.

Nebenan brabbelt Mia im Bettchen. Sie hat ihren Mittagsschlaf früher als sonst beendet. Wenn das kein Zeichen ist …

Ich rufe Steffi an und frage, ob sie Mia für eine gute Stunde übernehmen kann. Ich könnte vielleicht etwas über Hanne herausfinden, aber ich möchte Mia nicht mitnehmen. Schnell wechsele ich ihr die Pampers. Ich sollte jetzt keine Zeit verlieren. Dieser Stille Grund scheint sehr einsam zu liegen. Da muss ich nicht gerade im Finstern herumkurven. Ein dunkler Wald war mir schon immer unheimlich.

Bevor ich den Motor starte, taste ich nach meinem Handy. Ich seufze erleichtert. Der Akku ist noch halb voll. Nichts ist schlimmer, als im Notfall keinen Saft zu haben – Ranglistenplatz Nummer Eins auf Daniels Liste der vorhersehbaren Ereignisse.

In Mönkeloh sehe ich mehrere Fahrzeuge mit Blaulicht Richtung Autobahn fahren. Irgendwo im Nebel hat es gekracht, der Sprecher von Radio Hochstift gibt es gerade durch. Schon tauchen die ersten Bremslichter in der Ferne auf. Ich kurve einmal durch den Kreisverkehr und fahre zurück. Es gibt ja noch die Strecke über Borchen. Aber die Idee hatte ich nicht allein. Mühsam schlängelt sich die Autokolonne durch den Ort. Ich zwinge mich zur Ruhe.

Der Wald nimmt kein Ende. Noch vier Kilometer, sagt das Navi. Es sagt noch etwas, aber ich höre nicht richtig hin, weil ein Reh vor meinem Auto auftaucht. Irritiert schaut es in die Lichter. Ich blende ab. Wo eins ist, sind auch zwei und mehr. Als ich langsam wieder anfahre, sehe ich im Rückspiegel ein ganzes Rudel über die Fahrbahn springen und sogleich im Nebel verschwinden.

Nach einem weiteren Kilometer sagt das Navi, dass ich links abbiegen soll. Ich werde misstrauisch. Diese zugewachsene

Buckelpiste soll ein Zufahrtsweg sein? Ich halte an, steige aus und sehe mich nach einem Hinweisschild um. Sofort versinke ich in einem morastigen Schlagloch. Ich schliddere zum Wegesrand. Ein umgestürztes, verwittertes Holzschild liegt im Graben. Der Pfeil zum Stillen Grund weist in den Himmel. «Das ist unglaublich», murmele ich und starre in das unwirtliche Gestrüpp. Ich stapfe zum Auto zurück. Kurz flackert in mir der Gedanke auf, in einen Hinterhalt gelockt werden zu können, weil ich in der alten Geschichte herumrühre. Ich zögere, nur noch drei Kilometer. Drei Kilometer – und das große Rätsel könnte gelöst werden.

Wenn ich überhaupt noch eine Chance auf etwas Tageslicht haben möchte, dann muss ich jetzt zügig durchfahren. Ich stelle mir die Augen meiner Mutter vor, wenn ich mit Hanne vor ihr stehe – und gebe Gas.

Wieder sagt das Navi etwas. Dieses Mal höre ich zu. Es klärt mich darüber auf, dass ich mich in einer Sackgasse befinde. Super, das wird ja immer besser. War wohl nichts mit langsam vorbeirollen und weiterfahren. Wenn ich Pech habe, muss ich sogar direkt vor dem Haus wenden. Trotzdem, ich möchte unbedingt zu einem Ergebnis kommen.

Ich schlingere immer tiefer in den Wald. Ausgefahrene Treckerspuren machen die Strecke für einen PKW nahezu unbefahrbar. Immer wieder setzt mein Auto auf.

Es hat keinen Zweck. Ich komme einfach nicht rasch genug voran und die Zufahrt wird immer ungemütlicher. Wenn ich an den Rückweg denke, verlässt mich vollends der Mut. Ich sollte umkehren und morgen wiederkommen. Und zwar nicht allein. Ich hänge mit der Nase an der Windschutzscheibe, kann die Strecke kaum noch erkennen, geschweige denn links oder rechts eine Möglichkeit zum Wenden ausmachen. Vor einer scharfen Linkskurve, das Navi gibt noch knappe eineinhalb Kilometer an, verlassen die Traktorspuren den Weg und führen in den Wald hinauf. Ich schlage das Lenkrad ein, folge kurz den Spuren, um dann rückwärts auf den Weg zurückzusetzen. Wieder setzt mein Wagen auf. Schnell schalte ich den Rückwärtsgang ein und gebe Gas. Vorsichtig, damit die Räder im Matsch nicht durchdrehen. Aber ich spüre schon im Ansatz, dass sie nicht greifen. Sie graben sich nur tiefer in die Spur. Schnell den Vorwärtsgang rein, Gas geben, mehr Gas geben.

Alles Vor- und Zurückschalten bringt nichts. Es macht es nur noch schlimmer. Aber die Vorstellung, in diesem riesigen Wald bei einbrechender Dunkelheit festzusitzen, ist so furchteinflößend, dass ich es immer und immer wieder versuche. Matsch spritzt an die Autoscheiben. Im Rückspiegel dampft eine weiße Abgassäule. Ich sitze fest. Ich schreie vor Wut und hämmere aufs Lenkrad. Am liebsten würde ich hinein beißen.

Nur gut, dass ich mein Handy dabei habe. Mit zitternden Fingern taste ich in die Manteltasche. Ich zögere. Ungern möchte ich auf Daniels Hilfe zurückgreifen. Wahrscheinlich wird er aufs Display schauen, die Augen rollen und stöhnen. Barbie wird ihm mit einem verführerischen Lächeln das Handy aus der Hand nehmen. Ich lege den Kopf in den Nacken und zwinge mich zur Ruhe.

Nur gut, dass ich Mia nicht mitgenommen habe. Nicht auszudenken, wenn sie dabei wäre. Es ist nämlich nicht nur unheimlich, es ist auch lausekalt. Minus zwei Grad, sagt die Temperaturanzeige, Tendenz fallend.

Ich lasse die Autolichter an und steige aus. Wieder versinke ich im Matsch. Ich fluche, aber meine Klamotten sind im Moment das kleinste Problem. Egal, wie ich mich jetzt einsaue, ich muss hier raus, und zwar schnell. Zwar bin ich nicht der

Typ, der mit angehaltenem Atem und Kissen vorm Gesicht einen Gruselfilm verfolgt, aber das Wissen um diesen Stillen Grund und speziell bei diesem Wetter macht mich nicht zum Helden. Fröstelnd schlage ich den Mantelkragen hoch und taste wieder nach meinem Rettungsanker, dem Handy.

Feuchte, undurchdringliche Nebelschwaden umwabern mich. Ich schaue mich um. Den nächsten Baum kann ich nur erahnen. Oder steht da jemand? Blödsinn, rede ich mir ein. Welcher Idiot, außer mir selbst, sollte sich hier aufhalten? Vielleicht sollte ich singen? Ich habe gehört, es soll bei Angst helfen. Zittrig summe ich eine Melodie und taste mich am Auto entlang. Jetzt müsste ich wieder auf dem Weg stehen. Ich lausche. Es ist, als befände ich mich in einem riesigen Wattebausch. Eisig steigt meine Atemluft auf. Ein leises Knacken lässt mich aufschrecken. Angestrengt spähe ich in den Nebel. Wieder knackt es, jetzt direkt neben mir. Ich haste zum Auto zurück, lasse mich hinter das Steuer fallen und schließe die Verriegelung.

Ich hyperventiliere. Es war ein Tier, rede ich mir ein. Ja klar, es muss ein Tier gewesen sein. Ein ganz kleines. Eine Wald-maus. Sie hatte mehr Angst vor mir als ich vor ihr. Tiere las-sen sich nicht vom schlechten Wetter und schlechter Sicht abhalten. Sie müssen weiter, können sich nicht von mir auf-halten lassen.

Alles gute Zureden hilft nicht. Ich schlottere vor Angst. Ich hole mein Handy heraus. Immer wieder schaue ich mich um, versichere mich, dass die Türen verschlossen sind. Ich suche Daniels Nummer, wähle sie an und halte das Handy ans Ohr. Mit angehaltenem Atem warte ich. Warum tut sich nichts? Ich starre auf das Display. Nein! Ich schließe die Augen. Das darf nicht wahr sein! Ich habe keinen Empfang! Ich sitze in einem gottverdammten Funkloch. Trotzdem wähle ich noch mal. Mein Glaube an das unwahrscheinliche Phänomen, dass sich ein winziger Funkstrahl seinen Weg sucht, ist unerschütterlich. Komm schon, komm schon, bete ich. Ich versuche es mit Steffis Nummer, mit Carstens Nummer. Mein Hilferuf verhallt in den Tiefen des Haarener Nebelwaldes. Polizei geht immer, sage ich mir. Ich wähle die 110, danach die 112. Aber auch hier bleibt das Display dabei, dass es keinen Empfang hat – zu nichts und niemandem.

Langsam lasse ich das Handy in den Schoß sinken. Ich befinde mich in einem Gruselschocker. Sowas gibt es also tatsächlich, nicht nur im Film. Und hätte ich ein bisschen nachgedacht, bevor ich losgefahren war, hätte ich nur ein winziges Maß an Verstand eingeschaltet, ich hätte mit Problemen rechnen müssen. Google Maps hat mir doch gezeigt, wie tief im Wald das Ziel gelegen ist. Und was zeichnet ein Forsthaus aus? Ein Forsthaus ist kein Reihenhaus! Keine Nachbarn, die gerne helfen. Es steht allein – ich Idiot. Außerdem habe ich auf dem Hinweg gesehen, wie schwierig die Wetterbedingungen sind. Das *Achtung* des Navis, ich hatte es einfach ignoriert. Ich war so besessen von der Idee gewesen, Hanne ausfindig zu machen, dass ich alle Vorsichtsmaßnahmen in den Wind geschlagen hatte. Einzig Mias Unterbringung bei Steffi war mit Bedacht gewählt. Ich bin so dankbar dafür, dass mein Verstand zumindest beim Wohlergehen meines Kindes nicht versagt hat. Mit leeren Augen starre ich durch die Windschutzscheibe. Ich schalte die Scheinwerfer aus, um Batterie zu sparen. Aber das geht nicht. Ich kann nicht im vollkommenen Dunkel sitzen, ohne mitzukriegen, was sich draußen abspielt. Zumindest vorn im Scheinwerferlicht will ich sehen, was sich bewegt.

Jetzt denk nach, zwinge ich mich. Du kannst nicht die ganze Nacht hier hocken. Es ist Januar, es wird bitterkalt werden.

Du hast zwei Möglichkeiten: Du steigst aus und gehst weiter Richtung Forsthaus oder du steigst aus und gehst zur Straße zurück oder wenigstens so weit, bis du Empfang hast. Vielleicht fließen die rettenden Empfangswellen ja schon hinter der nächsten Biegung? Wenn ich nur etwas mehr sehen könnte. Es ist nicht die Dunkelheit, die könnte ich mit der Taschenlampe meines Handys durchdringen. Aber bei Nebel versagt selbst diese Lichtquelle.

Ich versuche mir darüber klar zu werden, was mich im Forsthaus erwarten könnte. Ich habe den Vorteil, dass die Bewohner mich nicht kennen. Ich könnte mich verfahren haben. Und wenn sie keine Entführer sind, wäre alles gut. Wenn aber dort noch immer die Menschen wohnen, die einen Menschenraub begangen haben, egal, wie lange es her ist, werden sie mir nicht besonders freundlich gesonnen sein. Und wenn ich dann noch Ähnlichkeit mit Hanne haben sollte, was unter leiblichen Schwestern vorkommen soll, was wird dann passieren? Welche Schlüsse könnten gezogen werden? Ich würde in der Falle sitzen. Siedend heiß fällt mir ein, dass in einem Forsthaus völlig legal Jagdgewehre aufbewahrt werden dürfen. Meine Fantasie schlägt Kapriolen. Und was hatte diese Petra Sievers über die Eltern gesagt? Sie hatte Angst vor dem Vater.

Es bleibt nur der Weg zurück zur Straße. Aber ich zaudere. Was war das vorhin für ein Knacken? Gibt es in dieser Gegend eigentlich Wölfe? Die Medien berichten immer wieder darüber. Fotos von gerissenen Schafen tauchen vor meinem inneren Auge auf. Die Leute können mir noch so viel über Tiere erzählen, die nur angreifen, wenn sie sich bedroht fühlen. Es reicht ja schon, wenn sie hungrig sind. An mir gäbe es reichlich zu knabbern.

Ich lasse das Display aufleuchten. Gleich sechs Uhr. Ich bin tatsächlich schon seit drei Stunden unterwegs. Falls Daniel nach Hause gekommen sein sollte, denkt er sich nichts dabei, wenn ich nicht da bin. Vielleicht packt er gerade seine Sachen und zieht aus. So sehr es mich betrübt, ich habe zurzeit andere Sorgen.

Steffi wird irgendwann Alarm schlagen. Aber wenn ich mich recht erinnere, habe ich dumme Kuh nur etwas von einem möglichen Tipp über Hanne gemurmelt. Wo sollen sie mit Suchen anfangen? Auch wenn sie oder Daniel zur Polizei gehen sollten, werden sie mit Sicherheit auf morgen vertröstet werden. Man startet nicht sofort irgendwelche Suchaktionen. Und wenn Daniel gar von unserem Streit erzählt, werden sie gleich abwinken und das Ganze als Rumgezicke meinerseits abtun.

Ich kann es drehen und wenden wie ich will, von außen habe ich keine Hilfe zu erwarten, jedenfalls nicht vor morgen früh. Ich könnte von Zeit zu Zeit den Motor anstellen und das Auto aufwärmen. Es ist genug Benzin im Tank. Aber der Gedanke an eine lange, einsame Nacht hier draußen macht mich wahnsinnig. So sehr ich mich fürchte, ich muss los, bevor es noch kälter wird.

Ich nehme mir vor, ganz langsam runterzuzählen und dann auszusteigen. Ich komme nur bis acht. Draußen bewegt sich etwas. Meine Augäpfel zucken nach rechts. Ich bin mir ganz sicher. Da hat sich etwas bewegt, etwas Großes, am äußersten Rand des Scheinwerferlichts. Oh mein Gott, es tritt hinter einem Baum hervor, bleibt stehen und schaut zu mir herüber. Ich beiße mir auf den geknickten Zeigefinger, wimmere in meine Faust.

Es sind nur wenige Sekunden, und so plötzlich, wie es in den Lichtkegel getreten ist, dreht es sich um und verschwindet im Nebel. Ich lege die Hand auf den Mund und keuche in die

Handfläche. Was, zum Teufel, war das? Kein Tier. Es hatte nur zwei Beine. Es kann nur ein Mensch gewesen sein. Aber das beruhigt mich nicht. Im Gegenteil. Es hatte gehumpelt und etwas Felliges hatte von seiner Schulter gebaumelt.

Eins steht für mich nun definitiv fest: Ich werde das Auto nicht verlassen. Für kein Geld der Welt. Die Vorstellung, diesem Waldschrat plötzlich im Nebel gegenüberzustehen, lässt mich mit dem Autositz verwachsen.

Meine Augen brennen. Ich wage kaum, dem Lidschlag nachzugeben, aus Angst, etwas zu verpassen. Nach einer gefühlten Ewigkeit – ich schaue auch nicht mehr auf die Uhr – bemerke ich ein Licht im Rückspiegel.

Autoscheinwerfer tasten sich durch den Nebel. Ich zweifele. Meine Augen könnten mir einen Streich spielen. Es könnte eine Fata Morgana sein. Die letzten Stunden waren der pure Horror. Und wenn sich tatsächlich ein Auto nähert, wird mir der Fahrer gesonnen sein? Ich bin zu keiner Regung fähig. Ich muss mich meinem Schicksal ergeben – egal, was kommt.

Kapitel 17

Jetzt kann ich das Motorengeräusch hören. Das Auto ist auf meiner Höhe, bleibt stehen und versperrt mir den Rückweg. Bei laufendem Motor öffnen sich Fahrer- und Beifahrertür. Zwei Menschen steigen aus – große, kräftige Menschen. Sie kommen auf meine Fahrerseite. Ich umklammere das Lenkrad so fest, dass die Knöchel weiß hervortreten. Jemand klopft ungehalten an mein Fenster. Ich drehe den Kopf in Zeitlupe.

Mein Herz setzt einige Schläge aus. Kann man vor Erleichterung sterben? Man kann zumindest kollabieren. Ich stehe kurz davor. Es ist Daniel, mein Held Daniel.

Wie hat er mich gefunden? Egal, ganz egal, Hauptsache, er ist da. Der Mann hinter ihm bückt sich ebenfalls und schaut herein. Carsten. Irgendwie schaffe ich es, die Tür zu öffnen. Kraftlos sinke ich gegen Daniels Arme. Er zieht mich aus dem Auto und stellt mich auf die Beine.

«Luca, verdammt. Was treibst du hier?»

Als er mir nicht gleich antworte, schüttelt er mich. Es fällt mir schwer, meine Angststarre abzustreifen. Meine Knie haben die Konsistenz von Wackelpudding. Ich sehe mich ängstlich nach dem Waldschrat um.

«Die Autowäsche meines Wagens übernimmst du, Luca, einschließlich Unterbodenwäsche. Das ist ja wohl klar», höre ich Carsten feixen.

«Ich bin so froh, dass ihr da seid.» Ich möchte meinen Kopf gegen Daniels Schulter sinken lassen, aber er hält mich davon ab. «Luca, weißt du überhaupt, was wir uns für Sorgen gemacht haben? Was tust du hier?»

«Ich habe mich festgefahren.»

«Das sehe ich auch. Aber warum bist du hier?»

Ja, warum bin ich hier? Ich muss nachdenken. Die letzten Stunden haben mir den Verstand geraubt. Ich greife mir an die Stirn. «Hanne», fällt mir ein. «Ich habe eine Spur, die zu Hanne führen könnte.» Ich zeige in die Richtung, in der ich das Forsthaus vermute.

«Und da hast du nichts Besseres zu tun, als dich ins Auto zu setzen und loszufahren? Ohne einer Menschenseele Bescheid zu geben? Es ist unglaublich!»

Daniel lässt mich so plötzlich los, dass ich taumele. Schnell fasst er wieder zu und stellt mich auf. «Das ist nicht zu fassen, Luca. Ich glaube, du bist von allen guten Geistern verlassen.»

Carsten klopft ihm beruhigend auf den Rücken. «Lass gut sein, Daniel. Sie ist vollkommen fertig. Ich drehe schon mal den Wagen und hole das Abschleppseil.»

Mit hängenden Schultern lasse ich Daniels Schimpftirade über mich ergehen. Er hat ja Recht und ich bin ihm unendlich dankbar. Aber kann er nicht für einen winzigen Moment nachvollziehen, wie wichtig mir diese Fahrt war? Er hat mich schließlich selbst zur Suche aufgefordert.

«Sie könnte dort sein, Daniel», flüstere ich, als könnten uns die Bewohner des Forsthauses belauschen. Wieder zeige ich in die Richtung. «Stell dir vor, wir könnten Hanne gefunden haben.» Meine Lebensgeister erwachen. Jetzt, wo die Männer da sind, fühle ich mich zunehmend mutiger. Der Nebel ist plötzlich nicht mehr unheimlich. Der unendliche Wald keine Bedrohung mehr. Lass die Wölfe kommen, von mir aus auch den Waldschrat. Ich habe starke Beschützer an meiner Seite.

Meine Angst schlägt in Euphorie um. Ich rede beschwörend auf Daniel ein, lege die Hände wie zum Gebet aneinander. «Wir können zusammen hinfahren, Daniel. Jetzt – bitte. Ich warte auch im Auto. Ich mache alles, was du willst, aber lass uns nachschauen.»

Er starrt mich an, als habe er eine Irre vor sich. Missbilligend schüttelt er den Kopf.

«Doch, bitte. Wir könnten sagen, dass wir Hilfe brauchen, weil wir uns festgefahren haben. Ist noch nicht einmal gelogen.»

«Nein, auf keinen Fall. Wir ziehen dich jetzt hier raus und fahren sofort zurück.»

«Aber warum denn nicht? Jetzt, wo wir so weit sind.»

Daniels Stimme klingt sanfter, als er mir antwortet. «Es geht nicht, Luca. Wir fahren nach Hause.»

Ich stampfe trotzig mit dem Fuß auf und stoße seine Hände von meinen Schultern. «Das verstehe ich nicht. Hanne könnte dort sein, nur einen guten Kilometer entfernt. Nach all den Jahren könnte ich so kurz davorstehen», ich deute einen Zentimeter an, «und du kneifst den Schwanz ein.»

Er schnappt hörbar nach Luft. «Wir fahren nach Paderborn zurück.»

Ich schreie vor Enttäuschung und Erschöpfung. «Dann frage ich eben Carsten. Er ist bestimmt nicht so feige wie du. Carsten, Carsten …!»

«Bitte Luca. Hör auf. Auch Carsten wird nicht mit dir dorthin fahren.»

«Aber warum denn nicht? Sag mir den Grund. Ich will den Grund wissen!»

«Weil dort niemand mehr ist, Luca. Das Forsthaus steht seit über zwanzig Jahren leer.»

«Nein!»

«Doch.»

«Und wo sind sie? Wo ist Hanne? Sie müssen ja irgendwo sein! Haben sie sich in Luft aufgelöst?»

«Sie sind tot. Sie sind alle tot, Luca.»

«Nein!»

«Doch.»

«Das hast du dir gerade schnell ausgedacht, du Lügner. Ich wusste nicht, dass du so feige bist.» Meine Stimme vibriert vor Wut. Ich bin nicht mehr Herr meiner Sinne, werfe ihm die übelsten Schimpfwörter an den Kopf, von denen der Schlappschwanz die schmeichelhafteste Formulierung ist. «Woher weißt du das? Hm? Woher willst du das wissen?»

«Ich weiß es, weil ich mich, im Gegensatz zu dir, informiert habe. Während Carsten gefahren ist, habe ich mit der Gutsverwaltung dieses Burckheimschen Forstes telefoniert. Schließlich wollte ich wissen, was uns hier erwartet. Glaub mir, Luca. Die Familie Weber, die dort vor ewigen Zeiten gelebt hat, ist tot.»

Ich sinke mit geballten Fäusten gegen seine Brust, schlage ein, zwei Mal dagegen und sacke schließlich zu einem Häufchen Elend zusammen. Er zieht mich in seine Arme. Ich spüre seinen Herzschlag und seine Wärme. Die Enttäuschung und Anspannung des Tages lösen sich. Ich heule Rotz und Wasser in seinen Wollpulli.

Carsten hat den Wagen gedreht. Willenlos lasse ich mich von Daniel zur Beifahrerseite meines Autos führen. Er hat seine Jacke ausgezogen und mir umgehängt. Ich schlottere, aber es ist nicht nur die Kälte. Ich bin fix und fertig, erschöpft und maßlos traurig.

Daniel steuert meinen Wagen. Stumm sitze ich neben ihm, den Kopf zur Seite gelegt und schaue mit leeren Augen in die Dunkelheit.

«Wie hast du mich überhaupt gefunden?», frage ich nach einer Weile mit tonloser Stimme.

«Steffi kam völlig aufgelöst rüber. Du wärest seit drei Stunden überfällig und sie mache sich allmählich Sorgen. Sie

189

wusste nur, dass du einem Tipp wegen deiner Schwester nachgehen wolltest.»

Ich drehe mich zu ihm. «Aber woher wusstest du, dass ich in diesem Wald bin?»

«Du hast die Angewohnheit, deinen Computer nicht runterzufahren. Heute war zu deinem Glück sogar noch die letzte Seite geöffnet, Google Maps, mit einem roten Tropfen auf diesem verdammten Stillen Grund.» Er sah kurz zu mir rüber. «Und da ich nicht nur schwanzgesteuert durch die Gegend laufe, sondern in seltenen Fällen auch mein Hirn einschalte, ist es mir gelungen, eins und eins zusammenzuzählen.»

Ich klappe den Mund auf, aber er spricht sofort weiter. «Vorsichtshalber habe ich Carsten mitgenommen, da ich nicht wusste, was mich erwartet. So konnte ich während der Fahrt ungehindert telefonieren. Es tut mir leid – das mit deiner Schwester.»

Ich nicke, ziehe die Jacke enger um mich und starre wieder hinaus. Obwohl es warm im Auto ist, kann ich nicht aufhören zu zittern.

«Zu Hause nimmst du als erstes ein heißes Bad», befiehlt Daniel. «Ich hole Mia.»

Ich nicke wieder. Er wird es schon richten. «Danke, für alles.»

Er fährt sich mit der Zunge über die Oberlippe. «Ich war heute Morgen beim Zahnarzt», wechselt er abrupt das Thema.

Ich weiß nicht, was ich dazu sagen soll. Für eine lockere Unterhaltung über Gott und die Welt oder Zahnschmerzen fühle ich mich noch nicht in der Lage.

Er schaltet die kleine Deckenlampe an, dreht mir das Gesicht zu und bleckt die Zähne.

«Oh.» Ich schlucke unbehaglich. Die Szene von letzter

Nacht kommt hoch. Anscheinend sind ihm bei unserem Zusammenprall ein Schneide- und ein Eckzahn abgebrochen. «Es tut mir leid. Ich werde es meiner Haftpflichtversicherung melden.»

Er löscht das Licht und fährt schweigend weiter.

Ich werde die ganze Autofahrt über nicht warm. Der Schock der vergangenen Stunden sitzt mir in den Gliedern und lässt mich schlottern, während Daniel die Schweißperlen auf der Stirn stehen. Und das Schlimmste, es war alles umsonst. Hanne ist tot.

Ich fühle mich unendlich müde, möchte nur noch Mia an mich drücken und mich mit ihr im Bett verkriechen. Daniel schiebt mich an den Schultern zur Haustür. «Du gehst in die Wanne. Ich hole die Kleine.» Er schließt mir die Tür auf.

«Ich möchte Mia aber noch mal sehen.»

«Ja.»

Ich drehe mich zu Carsten um, der gerade unter sein Carport fährt. «Vielen Dank, Carsten. Ich hoffe, ich kann mich mal revanchieren.»

«Bitte nicht, Luca», wehrt er erschrocken ab. «Es ist schon in Ordnung.»

Ich ringe mir ein Grinsen ab. Als ich mich das letzte Mal mit einem leckeren Essen bei ihm und Steffi bedankt habe, hat er die ganze Nacht auf der Klobrille verbracht. Aber ich konnte schließlich nicht wissen, dass sein Darm hyperaktiv auf indischen Flohsamen reagiert.

Ich gehe ins Haus und entledige mich noch vor dem Bad der dreckigen Kleidung. Auf dem Wannenrand sitzend schaue ich zu, wie sich die Schaumdecke hebt. Die Wärme tut gut und meine Gliedmaßen entspannen allmählich.

Nach zehn Minuten höre ich Daniel ins Haus kommen. Leise klopft er an die Badezimmertür. Ich versinke bis zum Kinn

191

im Schaum.

Er öffnet die Tür mit dem Ellenbogen. «Mia schläft.»

Damit ich mich überzeugen kann, beugt er sich zu mir und lässt mich einen Blick in das Wäschebündel werfen. Mia nuckelt selig an ihrem Schnuller. «Steffi sagt, sie habe den ganzen Nachmittag mit Moritz gespielt und sei schließlich beim Essen vor Erschöpfung eingeschlafen.»

Ich streiche ihr mit dem Finger über das rosige Bäckchen. Ein feiner Schaumstrich bleibt zurück.

«Ich bringe sie ins Bett.»

«Ja, danke. Daniel?»

«Ja?»

«Woher weißt du, dass sie tot sind? Dass die ganze Familie tot ist?»

«Wie gesagt, ich hatte bei der Gutsverwaltung angerufen. Um die Uhrzeit hatte ich nur noch eine Reinigungskraft dran. Sie sagte, dass das Forsthaus seit vielen Jahren leer stehe. Es habe sich dort ein …, ja, die Bewohner seien alle tot.»

«Weil …?» Mit der Tatsache allein kann ich mich nicht zufrieden geben. Warum ist eine ganze Familie tot? «Hat es ein Feuer gegeben? Sind sie verunglückt?»

Daniel hebt die Schultern. «Es habe sich ein Familiendrama abgespielt.»

«Ein Familiendrama?» Schlimme Bilder geistern mir durch den Kopf. «Wie? Warum?»

«Niemand kennt den Grund. Es sei schon über zwanzig Jahre her. Trotz intensiver Recherchen habe man nie herausgefunden, was genau geschehen sei. Die Menschen dort hätten sehr zurückgezogen gelebt. Und Verwandte gäbe es nicht.»

«In diesem Brief, den ich bekommen habe, steht, dass es nette Menschen gewesen sein sollen, zumindest die Mutter.»

«Auch nette und unschuldige Menschen erleben Schlimmes. Das ist ja das Drama.»

«Das Mädchen habe Marie geheißen und es habe eine schöne Kindheit gehabt.»

Daniel nickt. Ich habe das Gefühl, er weiß mehr, als er zugibt.

«Wenn sie deine Schwester war, dann ist diese Aussage zumindest …, naja, eine schreckliche Kindheit wäre doch noch schlimmer gewesen, oder?»

Ich nicke und schüttele den Kopf im Wechsel. «Sonst hat die Reinigungskraft nichts gesagt?»

«Die von Burckheims befinden sich zurzeit am Niederrhein, um die Hochzeit ihrer Tochter zu feiern. Wenn sie in ein paar Tagen zurück sind, kann ich noch mal anrufen. Aber viel mehr wüssten die auch nicht.»

«Rufst du an?», betteln meine Augen.

Er nickt. Sein Blick streift kurz über die dahinschmelzende Schaumdecke. «Ich bringe Mia jetzt ins Bett.» In der Tür dreht er sich um. «Brauchst du noch was? Einen heißen Tee vielleicht?»

Mir ist warm genug. Richtig heiß wird mir in dem Moment, als ich den aufgelösten Schaum bemerke. Schnell sacke ich tiefer. «Keinen Tee. Einen Rotwein bitte.»

Eine viertel Stunde später kuschele ich mich, in mein Badetuch gewickelt, in die Sofaecke. Daniel hat in der Zwischenzeit meine Sachen weggeräumt. Auf dem Tisch stehen zwei Gläser Rotwein. Ich stürze die Hälfte meines Glases nahezu in einem Zug runter.

«Sorry, das musste sein», erkläre ich auf Daniels erstaunten Blick hin. Ich ziehe den Laptop heran, öffne mein Postfach und lasse ihn Frau Sievers E-Mail lesen.

«Hört sich vielversprechend an, nicht wahr?»

«Ja, durchaus.»

Ich nippe an meinem Weinglas. «Können wir da noch mal nachhaken? So ein Familiendrama muss doch einen Auslöser haben.»

«Wenn die Polizei den Grund nicht herausgekriegt hat, wie sollen wir das schaffen?»

«Wir wissen jetzt etwas, was die Polizei nicht gewusst hat.»

«Es ist erst mal nur eine Vermutung.»

Ich trinke mein Glas leer. «Es ist eine Vermutung, ja, aber auch ein Ansatz. Bitte Daniel. Die kindliche Leiche ...», ich zögere. «Das Kind müsste exhumiert werden. Anhand der DNA lässt sich feststellen, ob es Hanne ist.»

«Ja doch, Luca. Ich werde mich kümmern.» Er deutet auf mein Glas. «Möchtest du noch etwas?»

Ich nicke, obwohl mir der Alkohol bereits nach dem ersten Glas zusetzt. Ich habe seit dem Frühstück nichts mehr gegessen. Nach neun Monaten Schwangerschaft und einem halben Jahr Stillzeit ist dies heute der erste Tropfen, den ich mir genehmige. «Nur noch einen Schluck», korrigiere ich mich. «Sonst finde ich nicht in mein Bett.»

«Da sollte dir zu helfen sein.» Früher hätte er über mein Problem gegrinst, heute ist sein Blick über den Glasrand hinweg undefinierbar. Ich bin verunsichert.

«Daniel, es tut mir leid wegen gestern. Ich habe überreagiert.»

Er winkt ab. «Ich kann von Glück reden, dass du nicht gleich zur Höchststrafe geschritten bist.»

«Höchststrafe?»

«Linsensuppe», erklärt er. «Lass gut sein, Luca. Ich hätte es nicht auf die Spitze treiben müssen. Du hattest mit dem Alleinelaufen ganz Recht. Aber es hat mich gewurmt, dass du so wenig Vertrauen hast. Ich hatte es doch versprochen.»

Ich nicke in mein Weinglas. «Da war was mit dem gebrannten Kind. Ich werde mich bessern.»

«Das brauchst du nicht.»

Erschrocken schaue ich auf. Ist es tatsächlich zu spät? Zieht er schon aus? Verdammt. Ich trinke das zweite Glas leer.

«Erst das gebrannte Kind, gleich das betrunkene Kind.» Er lacht und zupft an meinem kleinen Finger. Ich werde es so vermissen. Und wie kann er jetzt so sorglos lachen? Fällt ihm der Auszug so leicht?

«Und wenn ich verspreche, nie wieder rumzumaulen, wenn du mit ihr läufst?»

Er senkt den Kopf. «Erinnerst du dich noch daran, was ich von der Frau gesagt habe, die zu mir passen könnte?»

Und ob ich mich daran erinnere. Es ist noch nicht lange her. Wir hatten mal wieder rumgealbert; uns gegenseitig eine Prachtfamilie gezeichnet. Ich hatte ihm die Superlative seiner Zukünftigen geschildert. Üppige Oberweite, Wespentaille, drei Meter lange Beine. Er hatte sich dazu lachend auf die Schenkel geklopft.

Ich halte mir die Hand vor den Mund und unterdrücke einen leisen Hicks. «Die muss noch gebacken werden», zitiere ich seine Worte von damals.

«So ist es.»

«Und jetzt ist das Prachtexemplar fertig und wartet im Nachbarhaus auf dich. Wann ziehst du um?»

Daniel gluckst amüsiert auf. Kann er nicht wenigstens so tun, als täte es ihm leid? Wenigstens ein bisschen?

Meine Enttäuschung ertrinkt in zwei Gläsern Rotwein. «Ich glaube, ich muss ins Bett.» Ich unterdrücke meine aufsteigenden Tränen, klemme das Badetuch unter die Achseln und stehe auf. Der Boden schwankt unter mir. Schnell lasse ich mich aufs Sofa zurückfallen.

Er ist ebenfalls aufgestanden, sieht auf mich herab. «Bist du sicher, dass du es allein schaffst? Kann ich noch irgendwas für dich tun? Eine Wärmflasche? Soll ich dich rüberbringen?»

Ich kämpfe mich wieder hoch. «Ja, du kannst was tun: Würdest du mich bitte nicht immer am kleinen Finger zupfen?»

Er zieht die Augenbrauen hoch.

«Würdest du mich bitte nicht immer am kleinen Finger zupfen», wiederhole ich, «sondern einmal richtig in den Arm nehmen. Und festhalten. Nur einmal?»

Er schaut mich verdutzt an. Damit hat er nicht gerechnet. Ich selbst auch nicht. Wieso sage ich so einen Blödsinn? Es passt überhaupt nicht zu mir. Es ist der Alkohol. Der Tag hat seine Spuren hinterlassen. Und gleich kommt seine Abfuhr obendrauf. Aber schlimmer kann es sowieso nicht mehr werden. Ich wende mich ab, will mich allein meinem Kummer hingeben.

«Moment.» Daniel schlingt seine Arme um meine Taille. «So einfach kommst du mir nicht davon.» Er zieht mich zurück und drückt mich sanft an sich. Ich spüre seinen Atem an meinem Hals. «Ich traue dir nicht, Luca. Wo ist die versteckte Kamera?»

Ich lache bei dem Gedanken, gefilmt und später womöglich in eine Kategorie eingeordnet zu werden. «Zählt diese Situation denn zu einem vorhersehbaren Ereignis?» frage ich und drehe ihm mein Gesicht zu.

«Nicht vorhersehbar», seine Lippen berühren meine, «aber erträumt.» Ein Zittern rieselt über meine Haut als er mich küsst. Hat er das gerade wirklich gesagt? Ich versuche, in seinen Augen zu lesen.

Er legt die Hände um mein Gesicht. Seine Daumen streichen über meine erhitzten Wangen. «Das Prachtexemplar», nimmt er den Faden von vorhin wieder auf, «es tanzt die ganze Zeit vor meiner Nase herum. Es ist nur ab und zu als Kratzbürste verkleidet. Deshalb habe ich eine Weile gebraucht.»

Ich stöhne leise unter seinen Berührungen. Das Badetuch rutscht. Meine alten Feinde, Schwangerschaftsstreifen und Co, klopfen leise an. Ich will das nicht. Ich will den Moment genießen und nicht daran denken, dass ich ihm nicht genügen könnte.

Ich schmiege mich an ihn. Aber es muss raus, ich kann nicht anders. «Daniel?»

«Hm?»

«Ich habe ein Kind gekriegt.»

«Ich hab's mitgekriegt.»

«Aber man sieht es, Daniel.»

Jetzt rückt er doch ein Stück von mir ab. «Was willst du mir sagen, Luca?»

«Ich habe Schwangerschaftsstreifen.»

«Und ich habe zwei Zahnruinen im Mund.» Eh ich mich versehe, nimmt er mich hoch. Auf dem Flur dreht er sich einmal um die Achse. «Zu dir oder zu mir?»

«Zu mir.»

«Wenn wir da jetzt reingehen, wirst du mich so schnell nicht wieder los, Luca.»

«Das will ich auch gar nicht, Daniel.» Als er mich sanft auf mein Bett legt, fühle ich mich leicht wie eine Feder – und Jennifer Lopez tritt endlich von der Bühne ab.

Erstes Dämmerlicht dringt durch die Jalousien. Ich habe wunderbar geschlafen. Meine Hand tastet zur anderen Betthälfte. Daniel ist nicht da, aber die Wäsche hält noch seine Körperwärme. Aus dem Bad kommen Stimmen. Mia quietscht vergnügt. Daniel klingt weniger begeistert – als

197

habe Mia Linsensuppe ausgeschieden. Ich gluckse in meine Decke. Armer Daniel. Ich ziehe mir sein Kopfkissen an die Brust und schlafe wieder ein.

Als ich das nächste Mal wach werde, kitzeln Sonnenstrahlen auf meiner Nase. Es ist bereits taghell. Nach dem gestrigen Weltuntergangswetter erscheint mir der Sonnenschein wie ein strahlender Willkommensgruß in ein neues Leben. Ich strecke mich behaglich und lasse die letzte Nacht Revue passieren. Womit hatte ich mich damals getröstet, als Daniel für mich unerreichbar schien? Daniel – ein fantasieloser Langweiler im Bett! Oh shit! Ich spüre die Hitze noch jetzt heiß und rot in meinen Wangen. Ich hatte nicht wirklich an meine Version geglaubt, aber dass ich dermaßen danebenliegen konnte …

Wieder höre ich seine Stimme. Er telefoniert. Kurz drauf kommt er ins Zimmer. Mia hängt mit dem Bauch über seiner Schulter. Sie jauchzt, weil er so tut, als würde er sie Stück für Stück nach hinten fallen lassen.

«Wenn du sie gerade gefüttert haben solltest, darfst du dich nicht wundern, wenn sie dir in dieser Stellung lang am Rücken runterspuckt», warne ich lachend.

«Wehe, Mia.» Schnell nimmt er sie ab, setzt sie mir auf den Bauch und legt sich neben mich. «Hast du gut geschlafen?»

«Wie ein Baby.»

Er schmunzelt. «Deine Tochter hat mir gerade erzählt, dass sie heute wieder mit Moritz spielen will.»

«Du willst sie wohl loswerden, hm?»

«Nur für ein paar Stunden.» Er fährt mit der Fingerspitze die Kontur meiner Lippen nach. «Der Schlappschwanz hat im Moment allerdings keine Zeit, die Kratzbürste zu bändigen.»

«Nicht?»

«Nein. Wir haben in einer guten Stunde einen Termin im

Burckheimschen Forst.»

«Waaas?»

«Ich habe gerade mit dem Förster telefoniert. Er muss sowieso im Forsthaus nach dem Rechten sehen und will sich dort mit uns treffen.»

«Und Mia darf solange zu Steffi?», frage ich auf der Suche nach meinem Badetuch.

«Carsten und Steffi wollen sie zum Babyschwimmen mitnehmen.»

«Du bist ein Schatz, Daniel. Und über den Schlappschwanz reden wir noch.»

«Das hoffe ich doch.»

Ich beuge mich über ihn und gebe ihm einen raschen Kuss. «Ich springe schnell unter die Dusche.»

So euphorisch ich über die Wende bin, so ängstlich hämmert mein Herz bei dem Gedanken, gleich wahrscheinlich einen endgültigen und traurigen Schlussstrich unter das Leben meiner Schwester ziehen zu müssen. Ein tödlicher Autounfall – so hart es klingt – wäre einfacher zu verkraften. Ein Drama, das eine ganze Familie ausrottet, ist an Tragik kaum zu überbieten. Ich bin so froh, dass ich den Weg nicht allein gehen muss.

Kapitel 18

«Ist das derselbe Wald wie gestern?» Verwundert drehe ich mich in meinem Sitz. Wie sich das Bild einer Landschaft bei günstigen Wetterbedingungen ändert. Drohte der Wald gestern mit unheimlichen Gestalten und zähem Nebel, so kommt er heute wie eine unerschlossene touristische Attraktion daher. Die Sonne lacht vom Himmel. Das ist schon die halbe Miete. Dazu lassen zweistellige Minustemperaturen Bäume und Sträucher zu eisigen Kunstobjekten erstarren. Was gestern die Katastrophe schlechthin war, lockt heute zu ausgiebigen Wanderungen in der Natur.

«Diese Abgeschiedenheit wäre trotzdem nichts für mich», kommentiert Daniel meine verblüfften Ausrufe. «Ich würde wahnsinnig, müsste ich hier leben.»

Je näher wir unserem Ziel kommen, desto nervöser knete ich die Finger. Was auch immer gleich zum Vorschein kommen mag, ich muss danach abschließen. Und was ich meiner Mutter zumuten darf, muss ich kurzfristig entscheiden. Die beste Nachricht kann es nicht mehr sein und es lässt mein Herz schwer werden.

Der Boden ist gefroren. Wir müssen langsam fahren, aber es geht trotzdem viel besser als gestern.

«Hier lebt übrigens ein Waldschrat», flüstere ich.

«Ja klar.»

«Doch. Er hatte etwas auf der Schulter. Das Fell von einer Katze oder so.»

«Ich liebe deine Fantasie, Luca. Vielleicht kann er auf Old McDonald's Farm einziehen?»

Ich seufze und gebe auf. Womöglich haben mir meine Augen tatsächlich einen Streich gespielt. Aber es hatte verdammt echt ausgesehen. Wir rumpeln über eine Brücke. «Hat der Förster noch irgendetwas am Telefon gesagt?», frage ich.

«Er kommt nicht aus dieser Gegend und ist erst vor einem Jahr hergezogen. Was er weiß, weiß er vom Hören-Sagen. Aber es hat ihm gereicht.»

«Gereicht?»

Hinter der nächsten Kurve öffnet sich der Wald. Das Tal liegt vor uns – der Stille Grund. Der Frost hat sich als eisige Kruste auf die Wiesen gelegt. Es blitzt und blinkt soweit das Auge reicht.

«Okay», staunt Daniel, «als Wochenenddomizil wäre es nicht zu verachten.»

Er hält an. Das Gras knackt unter unseren Füßen, als wir aussteigen. Weiß steigt unser Atem auf. Ich schirme die Augen vor der tiefstehenden Sonne ab. Mein Blick wandert am Waldrand entlang. «Dort hinten ist es.»

Das Forsthaus duckt sich unter eine Gruppe tiefhängender Fichtenzweige. Sein Fachwerk wirkt grau, alt und schief. «Es hat bestimmt mal hübsch ausgesehen», rede ich mir laut ein und stelle mir vor, wie aus dem Schornstein weißer Rauch emporkringelt. «Wie aus einem Märchenbuch.»

«Fehlen nur noch Hänsel und Gretel. Immerhin gibt es schon einen Waldschrat.» Daniel weicht lachend meinem Ellenbogen aus. Ich weiß, dass er mir ein wenig die Anspannung nehmen will, aber das flaue Gefühl lässt sich nur kurz beiseiteschieben. Ich mache ein paar Fotos mit dem Handy. Um diese Jahreszeit wird die Sonne das Tal nicht lange erhellen, dann wird sie hinter dem Kamm verschwunden sein. Aber im Moment schenkt sie diesem Flecken Erde all ihr Licht und ihre Kraft und ich bin ihr dankbar dafür.

Hinter uns nähert sich ein Fahrzeug. «Der Förster kommt.» Daniel winkt dem Wagen zu. Wir steigen ein und folgen ihm zum Forsthaus.

Je näher wir kommen, desto mehr ist das Ausmaß der Verwahrlosung erkennbar. Aus der Ferne betrachtet hatte die Sonne das Häuschen ein wenig aufgehübscht. Aber nun lassen sich die Zeichen des Verfalls nicht mehr verleugnen. Es steht seit Jahrzehnten leer; das macht ein Haus nicht attraktiver. Mit den letzten Bewohnern ist seine Seele ausgezogen.

Daniel begrüßt den Förster. «Wir hatten telefoniert. Schön, dass Sie Zeit für uns haben.» Er weist auf mich. «Luca Baumann. Sie ist auf der Suche nach ihrer verschwundenen Schwester und hat einen Hinweis bekommen, dass sie hier im Tal gewesen sein könnte.»

Der Förster begrüßt mich. «Peters. Ja, Sie sprachen am Telefon davon. Sollte in dem Fall nicht die Polizei eingeschaltet werden?»

«Das werde ich tun», beruhige ich ihn. «Aber ich hätte gerne konkrete Hinweise, die ich der Polizei bieten kann. Wir sind schon zu oft dubiösen Andeutungen aufgesessen.»

Peters nickt und zieht ein Schlüsselbund aus der Hosentasche. «Sie haben Glück, dass es noch steht. Der Graf will es bald abreißen lassen, noch in diesem Winter.»

«Das wäre aber schade. Es liegt so idyllisch. Als Förster könnten Sie es doch gut bewohnen, wenn es renoviert würde», schlage ich vor.

Der Förster lacht spöttisch auf. «Keine zehn Pferde würden meine Frau in dieses Haus kriegen. Der Kollege vor mir hatte sich auch schon geweigert. Nein, wir haben eine Dienstwohnung auf dem Gut und das ist gut so.»

«Nur wegen dieses Unglücks?», drücke ich mich bewusst ahnungslos aus.

«Sie sind gut. Mal ganz davon abgesehen, dass ich meiner Familie den langen Weg in die Zivilisation nicht zumuten möchte, hat dieses Haus eine Vergangenheit, die an Tragik kaum zu überbieten ist.»

«Was war denn los?» Das Häuschen wird mir, noch bevor ich es betreten habe, immer unheimlicher.

«Schon vor dieser schlimmen Sache mit der toten Familie sind Dinge passiert, die zumindest einen sensiblen Menschen hier nicht unbekümmert leben lassen.» Peters fummelt nach dem richtigen Schlüssel an seinem Bund. Zwischendurch sieht er auf und deutet auf die Jahreszahl, die über der Tür in den Holzbalken geritzt ist. «Das Haus ist 1889 erbaut. Die Frau des ersten Försters ist hier verrückt geworden. Sie hat die Einsamkeit nicht ertragen und ist während eines nächtlichen Schneesturms in Nachthemd und Schlappen aus dem Haus.»

«Und weiter?», frage ich, als er endlich den richtigen Schlüssel ins Schloss steckt.

«Man fand sie erst im darauffolgenden Frühjahr, als der Schnee weggeschmolzen war. Sie hatte es achthundert Meter weit geschafft, bevor sie erfroren ist. Oben, auf der Hochwiese.» Er deutet wage den Hang hinter dem Haus hinauf. «Der Kollege nach ihm ist in die Tierfalle eines Wilddiebes getreten. Er hat überlebt – zunächst – ist aber später qualvoll an Wundbrand gestorben. Na ja, und dann die Knochen ...»

«Welche Knochen?» Mein Respekt vor dem Beruf des Försters steigt immens, hatte ich doch, wie so viele, diesen Beruf bisher immer als romantisch und gesund angesehen.

«Hier im Tal tauchen immer wieder skelettierte Menschenschädel auf, die die Tiere am Schandfriedhof ausbuddeln und herumschleppen.» Peters deutet in die andere Richtung. «Ist auch nicht so idyllisch. Die derzeitige Wildschweinplage macht es nicht besser.»

Okay. Nun weiß ich, was dem Förster gereicht hat und habe vollstes Verständnis.

Die Tür schwingt knarrend nach innen auf. Sie gibt den Blick auf einen kleinen Flur und eine Holztreppe ins obere Stockwerk frei. «Warten Sie bitte einen Moment. Ich werde die Fensterläden öffnen, damit wir etwas sehen können. Der Strom ist abgeschaltet.»

Sonnenstrahlen schieben sich ins Haus. Staub wirbelt wie aus dem Winterschlaf geschreckt auf und tanzt in ihrem Licht. Daniel rümpft die Nase. Es riecht nach modrigem und faulem Holz. An den Wänden lebt der Schimmel. Aus dem oberen Stockwerk zieht es wie Hechtsuppe. «Das Dach ist undicht», erklärt Peters auf mein Frösteln hin. «Mit jedem Sturm werden mehr Pfannen abgedeckt.» Ich nicke. Der Graf hat sich etwas dabei gedacht, einen Abriss zu erwägen.

Peters weist nach links und rechts. «Hier war die Küche, dort das Wohnzimmer. Hinter der Treppe befindet sich eine Toilette mit Bad.»

Ich werfe einen kurzen Blick in die Zimmer, versuche mir eine Familie vorzustellen, die am zerkratzten Küchentisch sitzt und bei einem Gesellschaftsspiel lacht – denn so stelle ich mir die von Frau Sievers beschriebene glückliche Kindheit meiner Schwester vor.

«Ja, und dort oben …», Peters tritt einen Schritt zur Seite und zeigt auf eine Luke, die sich über der Treppe im Dachboden befindet, «dort oben hat sie gehangen.»

Mein Herz stolpert. Darauf war ich nicht vorbereitet. Ich war noch mit der Zimmeraufteilung beschäftigt, sah die Menschen hier wohnen. Und plötzlich habe ich das Drama bildhaft vor Augen. Es zeigt sich von seiner hässlichsten Seite – zeigt einen am Strick baumelnden Menschen mit hervorquellenden, schreckensweiten Augen. «Wer?», keuche ich und bete, dass es nicht das Kind war.

«Die Mutter. Sie hat die Luke zum Dachboden geöffnet und

den Strick am Balken darüber befestigt. Wer das Haus betrat, musste sie sofort dort oben in der Luke hängen sehen.» Ich schaue mich hilfesuchend nach Daniel um. Er steht hinter mir und starrt ebenfalls hinauf. Ich greife nach seiner Hand. «Wusstest du das?», frage ich ihn leise.

Er schüttelt den Kopf. «Dann hätte ich dich besser vorbereitet. Die Reinigungskraft sprach schlecht Deutsch. Das konnte ich nicht daraus entnehmen.»

«Und das Kind?», frage ich ängstlich den Förster.

«War auch oben.» Peters steigt die Treppe hinauf. «Lassen Sie uns nacheinander gehen. Die Stufen sind morsch.»

«Dort im Kinderbett soll es gelegen haben.» Peters weist in ein komplett leeres Zimmer.

Ich bebe am ganzen Körper. Und das liegt nicht allein an der Kälte und dem Durchzug. «Woran ist es gestorben? Ein Kind bringt sich nicht selbst um.»

Peters zuckt mit den Schultern. «Tut mir leid, das weiß ich nicht.»

«Wer hat die Toten gefunden?», fragt Daniel. «War es der Vater?»

Wieder zuckt der Förster mit den Schultern. «Da kursieren sehr unterschiedliche Gerüchte. Ich weiß es wirklich nicht.»

Ich stehe im Kinderzimmer, die Hand auf dem Mund und drehe mich langsam im Kreis. So werde ich es meiner Mutter niemals erzählen können. Ich bin froh, dass ich noch immer keinen Beweis dafür habe, dass es sich bei dem Kind um Hanne handeln könnte.

«Was ist mit dem Vater?», frage ich und bereite mich auf das nächste Zimmer mit grausigem Fund vor.

Der Förster geht zum Fenster. «Von hier können wir es nicht sehen. Kommen Sie.» Er geht ins Nachbarzimmer, drückt den Fensterladen auf und lehnt sich hinaus. «Sie müssen hier herausschauen.» Er überlässt mir die Öffnung und schaut über mich hinweg. «Sehen Sie dort hinten am Hang das große Kreuz? Das Schandkreuz?»

Meine Augen suchen den Waldrand ab. Gerade in diesem Moment verschwindet die Sonne hinter dem Kamm und taucht das Tal in winterliches Dämmerlicht. Ein letzter Sonnenstrahl streift das Kreuz.

«Er hat sich eine Kugel durch den Kopf gejagt. Sein Jagdhund lag neben ihm – auch erschossen. Unterm Schandkreuz.»

«Wie schrecklich.» Ich ziehe mich zurück und lasse Daniel schauen. «Was kann denn nur der Auslöser für diese Tragödie gewesen sein? Gibt es überhaupt keinen Anhaltspunkt?»

«Fragen Sie zehn Leute, dann bekommen Sie zehn unterschiedliche Antworten. Jeder reimt sich etwas zusammen, aber keiner weiß wirklich etwas Genaues. Manche sagen, der Vater habe noch gelebt, als man ihn fand. Er habe etwas wie *Das war der Wolf* geröchelt. Eigentlich Quatsch. Damals hat es gewiss noch keine Wölfe in dieser Gegend gegeben. Andere meinten, sie hätten eher ein *Das habe ich nicht gewollt* verstanden.» Der Förster hebt die leeren Hände. «Die Menschen haben hier draußen so abgeschieden gelebt. Da dichtet sich jeder etwas zusammen, aber die Wahrheit liegt meist meilenweit entfernt. Auch der Graf, der seinen Förster nahezu täglich gesehen und gesprochen hat, sei völlig ahnungslos gewesen. Ahnungslos und fassungslos. Vielleicht finden Sie im Dorf jemanden, der Ihnen Genaueres sagen kann, aber ich bezweifele es.» Er sieht auf die Uhr. «Ich möchte sie ungern drängen, aber ich habe noch einen Termin mit einem Holzkäufer.»

Ich sehe mich verzweifelt um. Außer, dass ich nun um das schreckliche Ende der Familie Weber weiß, bin ich kein

Stück weiter. Die paar alten Möbelstücke, die noch herumstehen, verraten mir nichts. Bald wird hier alles in Schutt und Asche stehen. Wahllos ziehe ich eine Schublade des Vertikos auf. «Ich hatte gehofft, noch etwas Persönliches von den Webers zu finden, beziehungsweise von dem Kind.»

«Falls Sie sich noch etwas umsehen wollen, lasse ich Ihnen den Schlüssel hier», schlägt Peters vor, da er mir meine Enttäuschung ansieht. «Lassen Sie ihn einfach von außen stecken, wenn Sie gehen. Hier draußen kommt nichts weg. Da wird höchstens noch was dazugestellt. Ich werde ihn auf dem Rückweg mitnehmen. Und seien Sie gleich vorsichtig auf der Treppe.»

Wir reichen ihm die Hand. «Das ist sehr nett. Vielen Dank.»

Als er weg ist, sehen wir uns ratlos an. «Und nun?»

Daniel inspiziert vorsichtig die Holzbalken über sich. Es rieselt auf uns herab. «Mich irritiert das leere Kinderzimmer.» Er deutet mit dem Daumen über seine Schulter.

«Wie meinst du das?»

«In allen Räumen stehen Möbel. Nichts Privates, aber das Mobiliar ist ziemlich vollständig. Nur das Kinderzimmer ist komplett ausgeräumt.»

Ich hebe fragend die Schultern. Er hat Recht, aber was soll man damit anfangen? Der einzige Raum in diesem seelenlosen Haus, der einen Hinweis auf Hanne hätte geben können, ist wie leergefegt, als hätte hier nie ein Kind gelebt.

Wir trennen uns und durchforsten die einzelnen Zimmer. Am Ende treffen wir unter der Luke zum Dach wieder aufeinander. Stumm starren wir hinauf. Ich reibe fröstelnd meine Oberarme. «Wenn wir jetzt fahren, kann ich immer noch mit der Hoffnung leben, dass es nicht Hanne war, die in diesem Haus auf so schreckliche Weise ums Leben gekommen ist. Ich glaube, ich habe noch nicht einmal mehr den Mut, um eine Exhumierung zu bitten. Ich will einfach nicht, dass dieses tote Kind Hanne ist.»

In der Ecke steht eine Stange mit Eisenhaken. Daniel nimmt sie und dreht sie in den Händen. «Ich kann dich verstehen. Aber es wird dir keine Ruhe lassen, Luca. Ich kenne dich. Morgen, spätestens übermorgen, machst du dir Vorwürfe, dass wir die Sache nicht zuende gebracht haben.» Er klopft mit der Stange gegen die Luke. «Ich kann alleine oben nachschauen. Bestimmt wird der Dachboden genauso wenig hergeben wie all die anderen Räume. Aber dann brauchen wir uns wenigstens nichts vorzuwerfen.»

Ich nicke tapferer als mir zumute ist. «Keine halben Sachen. Ich komme mit.»

Daniel steckt den Haken in die Öse an der Lukentür und zieht daran. Ein steiles Treppchen kommt zum Vorschein und schiebt sich vor unsere Füße. Wir halten das Licht unserer Handys nach oben. Der Balken, an dem die Frau hing, schwebt über unseren Köpfen.

Der Dachboden ist niedrig. Ich höre Daniel leise fluchen, als er sich den Kopf stößt. «Kannst du was sehen?», frage ich von unten.

«Mehr riechen.» Er hält sich die Hand vor Nase und Mund. «Hier oben lebt ein Tier», näselt er. «Ein Marder oder ein Iltis, keine Ahnung. Überall liegen Küttel rum. Und Aas scheint auch irgendwo vor sich hinzugammeln.»

Ich steige ihm nach. Es ist bitterkalt. Eiszapfen hängen wie Stalaktiten von den Dachbalken. In der Hocke lasse ich den Schein der Taschenlampe wandern. Bretter, zerbrochene Kleinmöbel, leere Pappkartons. Nichts Verwertbares, und alles bedeckt von diesen kleinen dunklen Kotkütteln.

Daniel kramt in der hintersten Ecke herum, rückt und schiebt an altem Gerümpel.

«Ich glaube, es hat keinen Sinn», rufe ich ihm zu und streiche angewidert ein Spinnennetz aus den Haaren.

Er antwortet nicht, kramt und wühlt unbeirrt weiter.

«Was machst du noch, Daniel? Lass uns runtergehen.»

«Warte. Hier hat gerade im Licht der Taschenlampe etwas geschimmert. Das muss doch irgendwo sein.» Er hustet und flucht im Wechsel.

«Was soll schon geschimmert haben? Ein Eiszapfen oder ein rostiger Kleiderbügel.» Ich streife meine Kapuze über und taste mich vorsichtig an ihn heran.

«Ah.» Er zieht und ruckt an einem Gegenstand, der hinter den Holzstreben festklemmt. «Immerhin …», freut er sich über das erste Teil im Haus, das eine persönliche Note hat. «Eine alte Ledertasche. Diese kaputte Schnalle hat geschimmert.»

Ich betaste sie. Ihr Leder ist im Laufe der Jahrzehnte hart und rissig geworden. Im Winter eisige Kälte und im Sommer brütende Hitze, solche Temperaturunterschiede hält das beste Leder nicht aus, zumindest nicht ohne Pflege. Die Schnalle baumelt wie an einem seidenen Fädchen herab. «Es ist etwas drin», murmele ich. «Etwas Weiches.»

Vorsichtig schlage ich die Klappe zurück und spähe hinein. Ich kann den entsetzten Schrei nicht unterdrücken und stoße die Tasche von mir. Kein Wunder, dass es sich weich anfühlt. Das gräuliche Fell eines Kleintieres plustert sich hervor.

«Das ist grausig, Daniel. Da ist ein Tier drin gestorben.» Ich krabbele so schnell wie möglich rückwärts. Polternd kippt ein dreibeiniger Stuhl um. «Kein Wunder, dass es hier so stinkt.»

Daniel schaut ebenfalls hinein. «Nein, warte doch.» Er zieht das Bündel vorsichtig heraus. «Es ist doch nur ein Fell – ohne Tier. Schau, es ist eine Mütze.» Er lacht mir aufmunternd zu.

«Sowas tragen die Trapper in Kanada oder die Bärenfelljäger in Sibirien. Naja, kalt genug ist es hier ja wirklich.»

Er zieht den Verschluss auseinander, späht in den Hohlraum und verstummt. Ich kann das Geräusch, das er von sich gibt, unmöglich deuten und schiebe mich wieder vor. «Was ist?»

«Luca …» Er zögert, wendet sich mit der Mütze etwas ab.

«Daniel, bitte. Was ist so tragisch an einer Fellmütze?» Ich ziehe ihn an der Schulter herum und nehme ihm die Mütze aus der Hand. Ich habe nicht die geringste Ahnung, was mich erwartet. Schlimmer als ein totes Tier kann es nicht sein. Neugierig schaue ich hinein.

Kapitel 19

Mein Verstand arbeitet langsam – als weigere er sich zu akzeptieren, was meine Augen ihm suggerieren. Der Beweis, dass es Hanne war, die hier lebte und starb, nun ist er da. Ich hatte so gehofft, dieses finstere Haus unverrichteter Dinge verlassen zu können.

Das Wimmern kommt tief aus meiner Brust. Ich kann nichts dagegen tun. Es bricht sich Bahn. Meine Stirn sinkt auf Daniels Schulter. Ich weine haltlos. Weine um meine Schwester, die ich gerade gefunden und sofort wieder verloren habe, den türkisfarbenen Strampler mit Tiroler Teddybären an die Brust gedrückt. Wie soll ich das alles meiner Mutter erklären?

Auf der Rückfahrt ist es still im Auto. Ich halte die Ledertasche in meinen verschränkten Armen.

«Geht es wieder?», fragt Daniel.

Ich schniefe und reibe mir das Sprunggelenk. Eine der morschen Treppenstufen war unter mir weggebrochen, als ich fluchtartig das Haus verließ. Ich hatte mich mit einem Sprung retten können, war aber falsch aufgekommen und umgeknickt.

Er reicht mir eine zweite Packung Tempos. «Wir hätten die Tasche da lassen sollen. Die Polizei wird uns Vorwürfe machen. Immerhin sind es Beweisstücke.»

«Das ist mir egal. Sollen sie Ärger machen. Ohne uns wären sie so schlau wie vorher und gar nicht auf Hannes Spur gekommen. Außerdem machen die kommenden Ermittlungen sie auch nicht mehr lebendig. Sie bessern nur die Statistik auf.» Meine Finger streichen unablässig über das rissige Leder. Ich stutze. «Hier steckt noch was drin.» Vorsichtig greife ich in die Vortasche und taste nach einem kleinen länglichen Gegenstand. Er ist widerspenstig und lässt sich nicht gleich aus der Falz herausfriemeln.

«Ein Bleistift?», fragt Daniel, als ich ihn endlich herausziehe und begutachte.

«Nein. Hier ist ein kleines Fensterchen. Ich schätze, das war einmal ein Schwangerschaftstest.» Ich drehe und wende ihn, kneife ein Auge zu und versuche, etwas im Fenster zu entziffern, aber es ist zwecklos. Falls es jemals etwas angezeigt haben sollte, so ist das Ergebnis im Laufe der Jahre erblindet.

Daniel schnalzt mit der Zunge. «Eine Tummelwiese für den Gerichtsmediziner.»

«Wahrscheinlich konnte diese Frau Weber nicht schwanger werden», ich wackele mit dem Stäbchen in der Luft, «und hat sich daraufhin entschieden, mal eben einen Säugling zu klauen.» Ich weigere mich, in ihrem Fall noch einmal das Wort Mutter in den Mund zu nehmen.

«Was hast du mit der Tasche vor?»

«Ich weiß es noch nicht.» Ich starre durch die Frontscheibe, ohne etwas wahrzunehmen. Die verzauberte Winterlandschaft ist noch immer da, aber sie kann keine Begeisterung mehr in mir wecken.

«Du hast immer noch die Aussage dieser Petra Sievers, dass deine Schwester eine glückliche Kindheit hatte. Das waren gestern deine eigenen Worte.»

«Kannst du dir das vorstellen, Daniel? Wie soll das gehen? Mit Eltern, die sich und ein Kind umbringen?»

«Das muss ja nicht heißen, dass sie die ganze Zeit unglücklich waren. Wer weiß, was geschehen ist, dass sie in eine solch verzweifelte Lage geraten sind.»

«Das ändert nichts an der Tatsache, dass sie ein Kind geraubt und umgebracht haben.»

«Wir können uns drehen und wenden wie wir wollen, sie haben das Geheimnis um ihren Tod mit ins Grab genommen.» Ich lasse den Satz auf mich wirken. Daniel hat es auf den Punkt gebracht. Er passt im wahrsten Sinne des Wortes. «Ich möchte nach Haaren, Daniel. Ich möchte an Hannes Grab.» Er schaut kurz in den Rückspiegel, dann wendet er auf der Straße und fährt zurück.

Schwarzgekleidete Menschen verlassen den Friedhof. Paarweise untergehakt gehen sie die Dorfstraße hinunter. Manche reden leise miteinander, andere bedecken ihr Gesicht mit einem Tuch und tupfen Tränen fort.

Als nur noch ein alter Mann im Rollstuhl vor einem Grab steht und mit dem Toten Zwiesprache hält, steigen wir aus. Wir suchen zwischen den Reihen nach den Jahreszahlen der Verstorbenen von 1994 oder 95. Ein schwieriges Unterfangen, da mittlerweile die meisten Toten in Familiengruften liegen und unterschiedliche Sterbedaten aufweisen. Um schneller voran zu kommen, teilen wir uns auf. Nach fünf Reihen schaue ich auf und suche nach dem alten Mann. Vielleicht kann er uns weiterhelfen. Aber die Position seines Kopfes – er scheint eingeschlafen zu sein – lässt mich zögern. Ich suche nach Daniel. Er kniet zwischen zwei Reihengräbern und kratzt festgefrorene Blätter von den Steinplatten. Plötzlich hebt er den Kopf und winkt mir zu.

«Hartmann Weber, geboren 29. Januar 1945, gestorben 4. Dezember 1994, Förster vom Burckheimschen Forst», lese ich, als ich atemlos neben ihm zum Stehen komme. «Evelyn Weber, geboren 3. Juli 1956, gestorben 4. Dezember 1994.»

Kein Blumenschmuck, keine Kerze – nichts, was auf einen trauernden Angehörigen schließen lässt. Zwei schlichte, verwitterte Steinplatten, deren Inschrift mit Grünspan bedeckt ist.

«Das müssten ihre Gräber sein.» Daniel reibt sich den Schmutz von den Händen.

Ich trete zurück, schaue nach rechts, schaue nach links. «Und wo ist jetzt Hanne? Hier liegt ein Heribert Glauser und dort ein Franz Holtissek mit Gattin.»

«Sie heißt nicht Hanne. Ich meine, sie hieß ja damals anders», verbessert sich Daniel schnell. «Sie nannten sie Marie. Lass uns bei den Kindergräbern suchen.» Wieder geht er voraus. Ich werfe den Steinplatten der Webers einen düsteren Blick zu und folge ihm.

In den neunziger Jahren ist in Haaren überhaupt kein Kind gestorben, auch nicht am 4. Dezember. Zweimal laufen wir die wenigen Gräber ab. Schließlich stehen wir wieder bei den Webers und starren ratlos. Sekunden vergehen. Wir wagen beide nicht, unsere Gedanken in Worte zu fassen.

«Zwei Möglichkeiten.» Daniel traut sich als erster. «Entweder, Hanne ist woanders beerdigt, oder …?»

«… oder sie lebt noch», flüstere ich, als könnte das zu laut gesprochene Wort die winzig kleine Hoffnungsblase zum Platzen bringen. Ich möchte den Glauben daran nicht zu groß werden lassen. Noch eine Enttäuschung wäre schwer zu verkraften.

«Das könnte das leere Kinderzimmer erklären», überlegt Daniel. «Peters sagte zwar, er habe gehört, dass das Kind tot sei, aber er sprach auch von einer wilden Gerüchteküche.»

Er schaut sich nach dem alten Mann im Rollstuhl um. «Fragen kostet nichts», ruft er mir zu und ist schon auf dem Weg zu ihm. Er räuspert sich leise, um den Mann nicht zu erschrecken. «Entschuldigung. Darf ich Sie etwas fragen?»

Der Alte hebt den Kopf, lauscht, als habe jemand aus den Tiefen des Grabes zu ihm gesprochen.

Margarete Hausten, lese ich. Sie ist schon seit fünfunddrei-
ßig Jahren tot.

«Ich hatte meiner Grete versprochen, dass ich sehr bald
nachkommen werde», sagt er plötzlich mit belegter Stimme
und ohne Einleitung. «Jetzt sind über dreißig Jahre vergangen, und ich komme einfach nicht von der Welt.»

Wir schauen uns an. Was soll man darauf sagen, zumal er
mehr zu sich selbst spricht.

«Ich habe versucht, mich im Alkohol zu ertränken», fährt der
Alte fort. «Aber dann hat sich unsere Tochter in den Kopf
gesetzt, mich am Leben zu erhalten und ist zu mir gezogen.»
Er lacht freudlos.

Wir wollen uns leise zurückziehen, da sieht er auf. «Was hatten Sie gefragt?»

Ich zeige ein paar Reihen zurück. «Die Gräber dort hinten,
von Hartmann und Evelyn Weber ...»

Die wässrigen Augen unter den Brauen werden groß und
rund. «Was ist damit?»

«Wir suchen das Grab der, äh, eigentlich ...»

«... der Tochter Marie Weber», beendet Daniel den Satz und
ruckt an meiner Hand.

Der Alte setzt seinen elektrischen Rollstuhl zurück und tu-
ckelt uns voraus an Webers Grab. «Solange sie tot sind, hat
kein Huhn und kein Hahn nach ihnen gekräht. Kein Grab ist
so verwahrlost wie das der Webers. Und nun kommen Sie
und fragen nach der Tochter.» Mit einem Ruck bleibt er vor
den Gräbern stehen.

«Genau. Wissen Sie, was mit ihr ist? Sie soll damals auch
gestorben sein.»

«Sie war ein nettes Kind. Immer freundlich, ebenso die Eltern. Sie haben kein Tamtam um die Gesundheit ihres Kindes
gemacht. Die anderen Mütter sind für jedes Kinkerlitzchen

zum Kinderarzt gelaufen. Je weiter sie fahren konnten, umso besser waren anscheinend die Ärzte. Als wenn ich nicht auch ein Kind hätte behandeln können, oder impfen.» Er beugt sich vor und liest andächtig die Inschriften auf den Gräbern. «Ja, wo ist denn die Marie?»

Gute Frage. Anscheinend hat sich all die Jahre niemand dafür interessiert, dass dort ein Name fehlt.

«Wenn sie damals zusammen mit ihren Eltern ums Leben gekommen ist, dann sollte sie doch eigentlich hier oder zumindest bei den Kindern begraben sein», fordert Daniel ihn zum Nachzudenken auf.

«Ja, das sollte sie.» Der Alte reibt sich grübelnd die Stirn. «Wir haben damals nie mehr etwas gehört. Bis dass wir hier mitgekriegt haben, was sich da draußen abgespielt hat, war ja schon alles vorbei.» Er ist ehrlich bemüht, sich zu erinnern. Aber wenn es sich zu jener Zeit abgespielt hat, als er seinen Kummer im Alkohol ertränkt hat, werden wir kaum etwas Verwertbares aus ihm herauskriegen. «Wissen Sie, mir fehlen ein paar Jahre», gibt er prompt diesen Aspekt zu. «Sie sind wie weggespült.» Ärgerlich rückt er sich in seinem Rollstuhl zurecht. «Hier hieß es immer nur, sie seien alle tot.»

«Wer hat sie gefunden?», fragt Daniel. «Ein Forstangestellter?»

«Nein, nein. Wenn es jemand aus der Gegend gewesen wäre, dann wüssten wir mehr. Es war ein Fremder. Ich hatte ihn noch nie gesehen.»

«Und weiter?»

«Ich hatte mich gerade zum Frühschoppen an die Theke im Braunen Hirschen gesetzt, da kam die Polizei und setzte ihn in der Kneipe ab. Er sollte dort auf seine Eltern warten. Der Bursche war vollkommen fertig. Ich sehe ihn noch dort sitzen, auf der Ofenbank neben dem Kamin, den Kopf auf dem

Tisch. Auf die Frage, was denn los sei, hat er nur gesagt, dass sie alle tot seien und dass es ihm leid tue. Immer nur, dass es ihm leid tue. Mehr war nicht aus ihm rauszukriegen.»

«Hatte er denn etwas damit zu tun? Traf ihn eine Schuld?»

Der Alte zuckt mit den Schultern. Die Phase der Erinnerung ist vorbei. «Das weiß ich nicht. Wir haben nie mehr von ihm gehört.»

«Aber wo könnte das Kind sein? Vielleicht hat es ja doch überlebt.»

Der Alte greift sich mit beiden Händen an die Schläfen, als könne er so die flüchtigen Gedanken beisammenhalten und in die richtige Reihenfolge bringen. «Ich war damals nicht zur Beerdigung der Webers. Ich lag im Krankenhaus, war im Suff gestürzt und hatte mir den Schenkelhals gebrochen.» Ehrlich war er, das musste man ihm lassen.

Hinter uns fällt die Tür der Friedhofskapelle ins Schloss. Der Pastor schließt ab. «Dort», der Alte zuckt mit dem Kopf zum Kirchturm, «dort ist die Kleine getauft worden, die Marie.» Plötzlich wird er munter. «Es war damals ein Pate dabei!», ruft er aus, als stünde er auf einer Kanzel und habe eine plötzliche Eingebung. «Wenn jemand weiß, was aus einem Kind geworden ist, dann doch wohl sein Pate. Oder sehe ich das falsch?»

Sein Rollstuhl ist auf dem Weg zum Pastor verdammt schnell. «Was ist die Funktion eines Paten?», ruft er über die Schulter zu uns zurück.

Mir fallen auf die Schnelle nur Geburtstagsgeschenke von meiner Tante Francis ein und zur Einschulung eine Schultüte mit rosa Glitzerdelfinen.

«Er kümmert sich!», ruft der Alte und rumpelt über den Schotterweg. «Wenn ein Kind plötzlich Vollwaise wird, sollte ein Pate da sein und helfen, nicht wahr?»

«Ja, stimmt», antworte ich und komme atemlos vor dem Pastor zum Stehen.

Wenn ich bedenke, wie zäh und enttäuschend sich die Recherche bisher gezogen hat, so hat sie in der letzten Stunde rasant an Fahrt aufgenommen. Keine fünfzehn Minuten später sitzen wir wieder im Auto und befinden uns auf dem Weg nach Hannover. Der Kirchenmann war sehr bemüht und hatte uns innerhalb kürzester Zeit den Namen von Maries Paten aus dem Taufregister gesucht. Bei der Adresse hatte er sich zunächst gezogen und etwas von Datenschutz gemurmelt. Aber auf mein Betteln hin hatte er schnell resigniert.
«Brav. So geht's eine Sprosse weiter auf der Himmelsleiter», hatte der alte Hausten ihm zugeschmunzelt.
«Hubertus Eschenbach», lese ich auf meinem Zettel. Falls Hanne das Drama von damals überlebt haben sollte, könnte er tatsächlich Derjenige sein, der etwas über sie weiß, womöglich auch ihren Aufenthaltsort kennt. Noch immer gestatte ich mir nicht, der Hoffnung auf ein gutes Ende Raum zu geben. Aber das Feld jetzt der Polizei zu überlassen, ist undenkbar. Daniel hat erst gar nicht den Versuch unternommen, mich von der Fahrt nach Hannover abzuhalten.
«Ich will es aus erster Hand hören», sage ich, während ich die Anschrift ins Navi eintippe. «Bis der Polizeiapparat anläuft, kann ich nicht warten.»
Ich telefoniere mit Steffi und frage, ob Mia noch ein wenig bei ihr bleiben kann. Sie hat einen Schlüssel zu meinem Haus und kann sich jederzeit holen, was sie für Mia braucht. Ich höre Carsten im Hintergrund rufen, dass er sich zusammen mit Mia und Moritz für die Seepferdchen-Prüfung angemeldet hat. «Du bist so tapfer, Carsten.» Ich lache und beende das Gespräch.

«Über eins musst du dir im Klaren sein, Luca», sagt Daniel, während ich ungeduldig mit den Fingern auf der Ledertasche trommele. «Du kannst nicht gleich mit der Tür ins Haus fallen. Dieser Hubertus Eschenbach ist zum einen vielleicht nicht mehr der Jüngste und zum anderen wird er aus allen Wolken fallen, wenn wir ihn mit Hannes Herkunft konfrontieren.»

«Ich falle nie mit der Tür ins Haus», empöre ich mich.

«Ach, da ist mir der Tag meines Einzugs aber ganz anders in Erinnerung.»

«Da habe ich nur die Rahmenbedingungen für ein friedliches Zusammenleben gesteckt.»

«So kann man es auch nennen. Auch wenn dir nicht danach zumute ist, sei bitte gleich etwas diplomatischer. Zwei eingeschlagene Zähne reichen mir.»

Ich lache und tätschele ihm das Knie. Aber er hat schon Recht. Wir haben keinen Schimmer, was uns erwartet und auf was für Menschen wir treffen werden. Ich gehe für den Rest der Fahrt in mich und werde mit jedem Kilometer, den wir uns nähern, nervöser.

Nach einer knappen Stunde sagt das Navi, dass wir in zweihundert Metern das Ziel erreicht haben. «Haben wir das wirklich?», seufze ich.

«Noch fünf Minuten länger, und deine Finger wären nicht mehr aus dem Knoten zu lösen.» Daniel drückt meine Hände. «Wir können es noch immer der Polizei überlassen», schlägt er vor. «Psychologische Unterstützung täte bestimmt beiden Seiten gut.»

Er parkt das Auto am Straßenrand. Gegenüber befindet sich die Einfahrt zu einer Baumschule. Das Wohnhaus liegt etwas erhöht. Wir haben freien Blick auf einen Wintergarten. Drei Kinder und zwei junge Frauen sitzen am Tisch. Sie spielen ein Würfelspiel. Es geht munter hin und her. Eine der Frauen spielt mit, die andere scheint eher eine Art Schiedsrichter zu sein. Immer wieder legt sie die Hand auf den Arm eines Spielpartners, um die kindlichen Gemüter zu beruhigen.

«Die Frau, die mitspielt …» Daniel verstummt, schiebt den Kopf vor und beobachtet.

«Die Frau, die mitspielt, hat rote Haare», hauche ich. «Genau wie ich. Aber es sind nicht nur ihre roten Haare, die uns in Atem halten. Unsere Augen folgen ihren Bewegungen, lauern darauf, dass sie uns ihr Gesicht zuwendet.

Ich kenne meine Schwester nicht. Keiner weiß, wie sie heute – mit gut dreißig Jahren – aussieht. Und dennoch, ich spüre, dass das Ziel greifbar nah ist, auch wenn ich zwischen Hoffen und Zweifel schwanke. Der Weg war bis zu diesem Zeitpunkt steinig und mit bitteren Enttäuschungen gepflastert, sodass meine Schwester jetzt unmöglich einfach vor mir sitzen kann, dazu noch quietschfidel. Kann es tatsächlich sein, dass sie der Mensch ist, um deren Verlust ich vor zwei Stunden noch geweint habe?

Daniel löst seinen Anschnallgurt. «Luca?»

«Ja?»

«Irgendwas ist komisch. Ich kann mich täuschen, aber …»

Ja, ich glaube ich ahne, was er meint. Ich schlucke unbehaglich. Vielleicht hätten wir doch psychologische Unterstützung anfordern sollen.

Kapitel 20

Neben uns hält ein Auto. Der Fahrer schaut herüber, deutet einen Nicken an und biegt in die Einfahrt. Der Hausherr ist da. Sein Wagen verschwindet in der Garage. Wir sollten weiterfahren, wenn wir keinen Argwohn erzeugen wollen – oder aussteigen.

Wir schauen uns kurz an – und steigen aus.

Eschenbach schließt das Garagentor. Er wartet, als er uns den Weg hinaufkommen sieht. Ich muss mich zwingen, dem Menschen ohne Vorurteil zu begegnen. Vielleicht weiß er mehr als wir und ist ein Eingeweihter. Vielleicht weiß er aber auch gar nichts. Im Moment zeigt seine Miene eher Neugier als Feindschaft.

«Suchen Sie jemanden?», fragt er.

Ich halte die Ledertasche wie ein Schutzschild vor der Brust. «Wir möchten zu Hubertus Eschenbach.»

«Das ist mein Vater.» Er schaut irritiert auf die alte Tasche in meinen Armen. «Ich bin sein Sohn, Benedikt Eschenbach. Mein Vater ist letztes Jahr im Herbst gestorben.»

«Das tut mir leid.»

Er nickt. Seine Augen kehren wie hypnotisiert zur Ledertasche zurück. «Entschuldigen Sie bitte, aber wie kommen Sie an diese Tasche? Und wer sind Sie?»

«Mein Name ist Luca Baumann, das ist Daniel Rothehus.» Die Männer nicken sich zu. «Wir hatten uns erhofft, von Ihrem Vater etwas über meine Schwester in Erfahrung zu bringen.»

Eschenbach starrt mich an. «Sie müssen verzeihen, wenn ich Sie so anschaue», entschuldigt er sich, «aber Sie haben eine frappierende Ähnlichkeit mit meiner Schwester.» Er deutet mit dem Daumen über die Schulter zum Wintergarten.

«*Ihrer* Schwester?»

«Ja, genauer meiner Halbschwester Marie. Sie ist dort drüben im Wintergarten und spielt mit meinen Jungs.»

Mir wird schwindelig. Ich taumele, und plötzlich hänge ich zwischen Daniel und Eschenbach.

«Luca.» Daniel klopft mir leicht die Wange. «Luca, komm schon, nicht schlapp machen.»

Eschenbach stellt schnell seinen Aktenkoffer ab. «Um Himmels Willen, was ist denn los?»

«Ein kleiner Schwächeanfall in Kombination mit einem Freudentaumel», erklärt Daniel dem verdutzten Mann. «Luca sucht seit einer Ewigkeit nach ihrer Schwester. Und jetzt ist sie anscheinend am Ziel.» Seine Augen deuten zum Wintergarten.

Eschenbach folgt seinem Blick. Er setzt mehrmals zu einer Frage an, bleibt aber immer auf halber Strecke stecken und formuliert sie um. Nicht nur ich, auch er ist überfordert. Meine Ähnlichkeit mit seiner vermeintlichen Halbschwester und besonders die alte Ledertasche faszinieren ihn in höchstem Maße.

Ich rappele mich auf und murmele eine Entschuldigung.

«Wir sollten ins Haus gehen», schlägt er vor und weist zögernd zur Tür. Daniel greift mich am Ellenbogen und schiebt mich voran.

Eschenbach geht zügig am Eingang zum Wintergarten vorbei in sein Büro. «Bitte. Nehmen Sie Platz. Ich besorge schnell etwas zu trinken.»

Eilig kommt er mit einem Tablett zurück, gießt Mineralwasser in ein Glas und drückt es mir in die Hand.

«Danke, es geht schon wieder.» Ich lächele und nippe daran.

«Es ist so, wie Daniel bereits gesagt hat: der Schrecken und die Freude. Seit Jahren heißt es, meine Schwester sei tot. Aber wenn die Frau, die nebenan fröhlich spielt, Marie Weber ist, dann ist sie nicht Ihre, sondern meine Schwester.»

Eschenbach ruckt mit dem Kopf zurück. «Und mir wurde immer gesagt, dass Evelyns erstes Kind eine Totgeburt war. Das ist unglaublich, wirklich unfassbar.» Er kommt wieder vor und schaut mich an, als wäre ich eine vom Aussterben bedrohte Insektenart. «Mein Gott, konnte mir das nicht jemand sagen? Wo haben Sie nur all die Jahre gesteckt?»

«Wo ich gesteckt habe?», wiederhole ich aufgebracht und richte mich auf.

Daniel zieht mich an meiner Jacke zurück und gibt beruhigende Zischlaute von sich. Er hat Angst um seine verbliebenen Zähne, das ist mir schon klar, aber Eschenbach macht keinen schlagwütigen Eindruck. Im Gegenteil, seine Mimik spiegelt eher Erstaunen wider. Entweder, er ist tatsächlich völlig ahnungslos, oder er ist ein guter Schauspieler.

«Ich habe mit der Familie Weber nichts zu tun. Zum Glück. Bis gestern wusste ich gar nicht, dass es sie gibt. Und ich bin genauso wenig Evelyns Tochter wie Marie es ist.» Ich deute zum Fenster hinaus in den Garten, wo die Kinder sich jetzt johlend einen Ball zukicken.

«Ich fürchte, ich kann Ihnen nicht folgen. Diese Ledertasche lässt schon die Vermutung zu, dass Sie in irgendeiner Verbindung zu Evy stehen.»

Ich schüttele den Kopf. «Wenn es Ihnen nichts ausmacht, möchte ich Sie bitten, einen Zeitungsartikel durchzulesen.» Ich suche in meinem Postfach nach dem Artikel der FAZ. «Es ist vielleicht etwas mühsam, auf dem Handy zu lesen. Soll ich es Ihnen schicken?»

«Es geht schon.» Eschenbach beugt sich über das Display und vertieft sich in den Text. Die Kuppe seines Zeigefingers streicht über den Bildschirm. Ab und zu hält er den Text an, um sicher zu sein, dass er sich nicht verlesen hat. Schließlich schiebt er das Handy zurück. «Das ist schlimm, sehr schlimm, Frau Baumann. Aber ich sehe keinen Zusammenhang. Und vor allem kann ich Evelyn nirgends unterbringen. Evelyn eine Kindesentführerin? Und das alles in Frankfurt? Niemals! Sie hatte noch nicht einmal einen Führerschein.»

«Moment.» Ich öffne ihm Frau Sievers Brief und lasse ihn wieder lesen.

Eschenbach bleibt willig. Ich bin sicher, gäbe es die Ähnlichkeit zwischen uns Schwestern nicht, und die Ledertasche, er wäre nicht so zugänglich. Er stockt an einer Stelle, liest sie noch einmal, sogar laut: «Aber wenn ich mich recht erinnere, hat mein Onkel Wolff behauptet, Frau Weber könne nicht Maries Mutter sein. Er habe damals eine Unterhaltung mitbekommen, aus der hervorging, dass eine weitere Schwangerschaft bei ihr ausgeschlossen sei.» Verblüfft schaut er auf, liest dann still weiter. «Ich kann das nicht glauben. Das ist nicht meine Evelyn», stöhnt er am Ende des Textes.

Ich bin über das *meine* überrascht. Es hört sich an, als spreche er von seiner Mutter. Ich ziehe meinen letzten Joker, stelle die Ledertasche zwischen uns auf den Tisch. «Wir waren heute Vormittag im Forsthaus im Stillen Grund. Auf dem Dachboden, gut versteckt hinter altem Gerümpel, haben wir diese Tasche gefunden. Sie scheinen sie zu kennen, sehr gut zu kennen, nicht wahr?»

«Ja, sie gehörte Evy. Alles, was sie besaß, hatte sie damals bei ihrem Auszug in diese Tasche gepackt. Ich hätte nicht gedacht, dass sie noch existiert. Und die kaputte Schnalle ist immer noch nicht abgerissen.» Er lächelt wehmütig, streckt die Hand danach aus, zieht sie aber wieder zurück.

Ich hole die Bärenfellmütze heraus. «Sie haben gelesen, was

meine Schwester zum Zeitpunkt ihrer Entführung trug?»

«Einen türkisfarbenen Strickstrampler mit Tiroler Bär.»

«So ist es.» Ich ziehe den Strampelanzug aus dem Fell und falte ihn auseinander. «Eigentlich hätte ich sofort die Polizei informieren müssen», setze ich ihn bewusst unter Druck. Auch, wenn er sich nicht strafbar gemacht hat, so soll er sich mit der Wahrheit auseinanderzusetzen und dieser Evy endlich den Heiligenschein abnehmen. «Bis heute Mittag war ich noch immer davon ausgegangen, dass Hanne tot ist. Nur weil ich auf dem Friedhof kein Grab fand und der Pastor mir den Namen Ihres Vaters als Taufpaten nannte, bin ich jetzt hier.»

Eschenbach ist blass geworden. Er legt seine Hand auf den Strampler, streicht ihn vorsichtig glatt. «Ich weigere mich, zu glauben …» Er schluckt und setzt neu an: «Ich weigere mich, zu glauben, dass Evy so etwas getan hat. Mein Gott, wie gut, dass mein Vater dies nicht mehr erleben muss.»

Draußen auf dem Rasen entsteht ein Tumult. «Marie hat gefoult, das war kein Tor!», schreit einer der Jungen. «Marie, du musst auf die Strafbank.»

«Marie muss auf die Strafbank!», johlen die anderen ihm nach.

Meine Schwester freut sich über den gelungenen Schuss und hüpft wie ein Flummi umher, was die Jungen noch wütender macht.

Eschenbach geht zum Fenster. Aber der Zank der Kinder interessiert ihn nicht. Er schaut ins Nichts. Was war diese Evy für ihn, dass er seine Hand schützend über sie hält? Er muss zum Zeitpunkt der Entführung noch ein Kind gewesen sein.

«Der Beweis ist erdrückend», versuche ich ihn aus seiner Lethargie zu reißen. «Haben Sie eine Vorstellung, wie und warum sich die Webers Hanne bemächtigt haben? Wie kommt meine Schwester in dieses einsame Tal?»

«Für mich war Marie immer Evys kleines Mädchen.» Eschenbach wendet sich vom Fenster ab und kommt zurück. Schwer lässt er sich in seinen Stuhl fallen. «Ich kann es Ihnen nicht beantworten. Ich bin genauso ratlos wie Sie – und entsetzt.»

«Haben Sie eine Ahnung, wie es zu diesen Todesfällen im Forsthaus gekommen ist?», fragt Daniel nach einer Weile des Schweigens. «Und warum man im Dorf erzählt, Hanne, beziehungsweise Marie, sei tot?»

Eschenbach zieht die Schultern hoch, als würde ihm frösteln. Er gießt uns Wasser nach und trinkt sein Glas in einem Zug leer. «Ich kann versuchen, zu rekonstruieren. Aber ob das Ihre und auch meine Fragen beantwortet?»

Ich nicke aufmunternd.

«Ich kenne Evy von Kindesbeinen an. Anfang der Achtziger hatte mein Vater sie im Rahmen eines Förderungsprojekts in der Baumschule eingestellt. Als meine Eltern merkten, dass sie ein Händchen für Kinder hat, ist sie immer öfter zur Unterstützung meiner Mutter im Haus geblieben.» Eschenbach lächelt. «Ich muss zugeben, ich habe mehr an ihr als an meiner Mutter gehangen. Meine Mutter war durch und durch Geschäftsfrau. Immer in Eile, immer gestylt, immer von uns Kindern leicht genervt. Evy war anders. Sie hatte eine sanfte, liebe Art und konnte uns bändigen ohne ständig Strafe anzudrohen. Es war für mich ein echtes Drama, als sie wegen dieses ...», er bemüht sich um eine halbwegs neutrale Formulierung, «kauzigen Försters wegging. Ich fühlte mich in meinem kindlichen Empfinden von ihr verraten. Die Erklärung meines Vaters, dass sie schließlich noch eine Chance auf eigene Kinder habe, zählte für mich nicht. Sie hatte doch mich. Wozu brauchte sie eigene Kinder? In meiner Wut habe ich ihr alles erdenklich Schlechte an den Hals gewünscht.» Er

226

reibt sich über die Stirn. «Dass es tatsächlich so schlecht für sie laufen würde, als ihr Kind im Mutterleib starb ...» Er bricht ab und lässt den Kopf in die Hände sinken.

«Oh.» Ich rutsche unbehaglich auf meinem Sitz. «Sie waren ein Kind!», versuche ich ihn zu trösten. «Was meinen Sie, wie oft ich meinen Mitmenschen schon die Pest an den Hals gewünscht habe, allen voran meiner Nachbarin.»

Eschenbach lächelt traurig. «Ihre Wünsche sind aber nicht in Erfüllung gegangen, oder? Vielleicht hat Ihre Nachbarin eine Strafe verdient. Aber Evy doch nicht! Ich hatte es ihr zwar nicht in der Form gewünscht – soweit hatte ich als Kind gar nicht gedacht – aber schlimmer hätte es für sie nicht kommen können. Ich kann mich an jenen Morgen erinnern, als der Förster anrief und uns die traurige Nachricht überbrachte. Danach war für mich nichts mehr wie zuvor. Das tote Kind ging auf meine Kappe. Mit dieser Schuld konnte ich nicht umgehen. Meine Eltern schoben mein Verhalten auf die Pubertät. Die kam natürlich noch erschwerend hinzu. Der plötzliche Anruf, dass sie nach zwei Jahren endlich ein kleines Mädchen geboren habe, bescherte mir eine halbwegs erträgliche Wende. Aber ich mied es trotzdem, mit ihr Kontakt aufzunehmen, ihre Briefe zu beantworten oder ihre Einladungen anzunehmen. Ich war ein feiger Idiot.»

«Sie und Ihre Eltern wussten also nichts von einer erneuten Schwangerschaft?»

«Nein. Mein Vater fand die Zurückhaltung der Webers aber auch einigermaßen verständlich, nach dem, was vorgefallen war.»

Ich nicke nachdenklich und sehe mich nach meiner Schwester um. Die Eschenbach-Jungs fordern mittlerweile, für Hanne den Elfmeterpunkt auf fünfzehn Meter zu verlegen, um eine bessere Chancengleichheit zu gewährleisten. Meine

Schwester scheint das nicht zu stören. Sie lacht fröhlich und donnert den nächsten Ball zwischen den als Tor dienenden Wäschestangen hindurch.

«Hanne macht einen sehr ...», ich ringe um die richtige Beschreibung, «unbekümmerten Eindruck.» Eigentlich hätte übermütigen Eindruck besser gepasst. Sie wirkt fast schon albern. Jedenfalls zu albern für eine erwachsene Frau.

«Das haben Sie sehr freundlich ausgedrückt.» Eschenbach verrät keine Erklärung auf meine Feststellung.

«Ich frage mich, warum man sie in Haaren für tot hält. Und warum sind die Webers eigentlich tot?»

«Ich fürchte, an der Fehlinformation über Maries Tod bin ich auch Schuld. Was die Eltern angeht, da kann ich Ihnen nur sagen, was die Polizei vermutet, aber es gibt keine Beweise.»

«Ja, bitte.»

Wieder steht Eschenbach auf. Er geht an seinen Aktenschrank und holt eine alte Zigarrenschachtel heraus. Er schiebt sie eine Weile hin und her, als müsse sie im genauen Winkel zur Ledertasche stehen. «Es war am Morgen meines neunzehnten Geburtstags, der zweite Adventssamstag», beginnt er schließlich und lässt endlich von der Schachtel ab. «Mein Vater brachte ein Päckchen herein. Der Postbote hatte es für mich abgegeben. Ich erkannte schon an der Schrift, dass es von Evy war, wie jedes Jahr zu meinem Geburtstag. All die Jahre hatte ich es nicht über mich gebracht, ihr zu antworten oder mich zu bedanken. Trotzdem gratulierte sie mir unbeirrt, wie einem bockigen Kind, das man nicht verloren geben will. Sie schickte mir ein paar Süßigkeiten und ein weiteres Matchboxauto. Ich sammelte sie als Kind.» Er deutet hinter sich auf eine Vitrine, wo fein säuberlich eine Karawane von Matchbox-Exemplaren aufgereiht ist. «Ich habe sie wie einen Schatz gehütet, sie waren mein Heiligtum. Sie sind

228

es noch heute. Meine Söhne dürfen damit spielen, aber sie müssen sehr sorgsam damit umgehen und sie nach dem Spiel wieder in die Vitrine zurückstellen. In jenem Jahr waren neben dem üblichen Geburtstagsgruß ein Foto und ein längerer Brief dabei. Auf dem Foto war Evy mit ihrer Tochter abgebildet. Allem Anschein nach war es an Maries erstem Schultag aufgenommen. Es zeigte ein stolzes Kind mit einer Schultüte und einer ebensolch stolzen Mama an seiner Seite. In dem Brief teilte Evy mir mit, dass sie eigentlich vorgehabt hatte, sich mit ihrer Tochter in den Zug zu setzen und mir zum Geburtstag einen Überraschungsbesuch abzustatten. Leider war Marie erkrankt, sogar schlimm erkrankt, sodass der Besuch nicht klappte. Sie schrieb nicht, was ihre Tochter hat, aber man konnte aus jedem Wort ihre Sorge herauslesen. Die Schrift war an mehreren Stellen verwischt. Ich glaube, sie hat während des Schreibens geweint. Es rührte mich, ja, ich war geschockt. Evys zweites Kind – und auch dies schien in Gefahr. Ich hing über dem Brief und heulte. Ich wusste plötzlich nicht mehr, was all die Jahre in mich gefahren war, warum ich mich wie ein Volltrottel benommen hatte. Aber ich wollte es wieder gutmachen. Wenn Evy nicht zu mir kommen konnte, dann wollte ich zu ihr fahren. Ich schnappte mir den Autoschlüssel, rief meinem Vater zu, dass ich zu Evy in den Stillen Grund fahren würde und war auch schon weg. Was die ganze Zeit wie ein zähes Ringen um Vergessen und Verzeihen in mir getobt hat, es war plötzlich wie weggeblasen. Ich konnte nicht schnell genug zu ihr kommen. Ich glaube, ich habe für die Strecke keine dreiviertel Stunde gebraucht. Als ich am Forsthaus ankam …» Eschenbach gerät ins Stocken, schließt für einen kurzen Moment die Augen und atmet tief durch. «Als ich an diesem Forsthaus ankam, hörte ich kurz hintereinander zwei Schüsse. Ich dachte mir nichts dabei. So tief im Wald hielt ich es für nichts Besonderes. Ich wunderte mich auch nicht über die geöffnete Haustür. Das Auto stand vor dem Haus. Evy würde sicher gleich auf mein Rufen kommen. Sie würde kommen und wir würden uns in die Arme fallen. Ich würde tausend Entschuldigungen stammeln und sie würde über mein Haar streichen und sagen, dass alles gut sei. Es kam aber niemand. Ich schob die Tür weiter auf und ging hinein.»

Ich sitze mit der Hand vor dem Mund und lausche mit großen Augen. Was hatte Förster Peters heute Vormittag gesagt? Wer das Haus betrat und den Blick hob, musste unweigerlich die Frau in der Dachbodenluke hängen sehen.

Es war Benedikt Eschenbach gewesen. Er hatte seine Evy gefunden, tot am Strick über sich baumelnd. Als für ihn endlich der Zeitpunkt da war, mit ihr ins Reine zu kommen, musste er diese grausame Entdeckung machen. Nicht nur, dass sie tot war, auch die Art und Weise ihres Sterbens musste schrecklich für ihn gewesen sein. Ja, ich sehe Eschenbach an, dass es so war. Er windet sich auf dem Stuhl, streicht unablässig über seine Stirn.

«Es war ein schlimmer Anblick. Ich war nicht darauf vorbereitet. Ich bin die Treppe rauf, weil ich dachte, ich könne noch etwas retten. Aber es war zu spät. Sie schaute mit großen, traurigen Augen auf mich herab. Mein Leben lang werde ich den Ausdruck ihrer Augen nicht vergessen. Als ich mich umdrehte, fiel mein Blick auf ein kleines Bett. Ich sah die Füße eines Kindes. Ich ging näher heran. Marie lag reglos da. Sie hatte Schaum und Blut vor dem Mund. Überall dieses Blut, es war zu viel für mich. Ich bin rausgestolpert und habe mich im Gras übergeben. Ich versuchte mit zitternden Fingern, über mein Handy Hilfe zu rufen. Aber ich hatte in diesem gottverdammten Tal keinen Empfang.»

Wem sagte er das? Ich kann seine Not im Tiefsten nachempfinden.

«Ich bin wieder ins Haus, um nach einem Telefon zu suchen. Ich konnte es zunächst nicht finden. Es lag auf der Erde, hinter dem Sofa. Aber auch hier war alles tot, kein Freizeichen, nichts. Später sagte mir die Polizei, dass die Leitung aus der Wand gerissen worden war. Aber das hatte ich in dem Moment nicht sehen können. Ich bin wieder raus und den Berg hinauf, bis ich endlich Empfang hatte. Ich rief die Polizei, den Notarzt und meinen Vater an. Dann habe ich auf dem Berg gehockt und gewartet, bis ich die Sirenen hörte. Nachdem die Polizisten alles aufgenommen hatten, brachten sie mich in den nächsten Ort. Unterwegs hörte ich über Funk, dass sie den Förster und seinen Hund an irgendeinem Kreuz gefunden hatten – erschossen. Ich hatte die Schüsse gehört. Ich hatte sie einem Jäger auf der Pirsch zugeordnet. Wäre ich nur ein paar Minuten früher da gewesen, hätte ich vielleicht noch etwas verhindern können. Ich fühlte mich nicht in der Lage, überhaupt einen Schritt vor den nächsten zu setzen. Ich saß in der Kneipe, wartete auf meine Eltern und habe vor mich hingelallt, dass sie alle tot seien und dass es meine Schuld sei.»

Es ist still geworden im Raum. Von draußen schallen Kinderstimmen. Torschüsse werden gefeiert.

Daniel räuspert sich. «Es tut uns leid, dass wir Sie zwingen mussten, sich daran zu erinnern.»

Eschenbach hebt die Schultern. «Im Traum kann ich die Erinnerung auch nicht verhindern. Niemals hätte ich gedacht, dass es noch mal einen Grund geben könnte, so explizit darüber sprechen zu müssen. Am meisten hat mich gequält, dass ich Evy nicht hatte sagen können, wie leid mir alles tut. Meine Eltern haben mir professionellen Beistand an die Seite gestellt. Mit Hilfe eines Psychologen habe ich mich berappelt. Aber die Erinnerung schmerzt. Das wird wohl nie ganz vergehen.» Er weist zum Fenster. «Ich versuche, es an Marie wieder gutzumachen. Sie ist ein echter Segen für mich und meine Familie.»

Es klopft leise an der Tür. Die junge Schiedsrichterin von vorhin steckt den Kopf herein. «Entschuldigung, Herr Eschenbach, die Jungs haben Hunger. Ist es in Ordnung, wenn wir in einer viertel Stunde Abendbrot essen? Oder sollen wir auf Ihre Frau warten?»

«Nein. Fangt ruhig schon an. Meine Frau hat noch ein Geschäftsessen. Ach, Linda, wir haben Besuch von, ja, wie soll ich sagen, alten Bekannten. Frau Baumann und Herr Rothehus. Ich werde ihnen gleich Marie vorstellen. Vielleicht kannst du sie schon mal mit in die Küche nehmen.»

«Ja, natürlich.»

«Darf ich Ihnen Linda vorstellen? Sie ist unser schwedisches Au-pair-Mädchen und unterstützt meine Frau und mich bei der Aufsicht der Kinder und Marie.»

Die junge Frau nickt uns freundlich zu.

«Sie ist ein Schatz», lobt Eschenbach die Schwedin, als sie gegangen ist. «Wir sind froh, dass wir sie haben. Ja, wo waren wir stehen geblieben?» Seine Finger streichen über die Zigarrenschachtel.

«Sie sind von Ihren Eltern an dieser Kneipe abgeholt worden», hilft Daniel ihm weiter.»

«Genau. Meine Mutter hat mich nach Hause gefahren. Mein Vater ist ins Tal. Er wollte sich selbst ein Bild machen. Aus meinem Gestammel ist er nicht schlau geworden. Als er ankam, wurde Marie gerade reanimiert. Der Notarzt konnte sie – ja, wie sagt man – wiederholen. Sie wurde mit einem Rettungshubschrauber weggebracht.»

«Hatte sie eine Schusswunde? Oder was war mit ihr passiert?»

«Nein. Sie war überhaupt nicht verletzt. Mein Vater hatte mit dem Notarzt und später mit den Ärzten im Krankenhaus gesprochen. Marie hatte einen Gehirntumor. Er war bereits in einem sehr fortgeschrittenen Stadium, zwar nicht bösartig, aber schnell wachsend. Durch den Verdrängungsprozess im Hirn ist es zu epileptischen Anfällen gekommen, sehr schlimmen Anfällen. Sie wäre gestorben. Es war sozusagen Rettung in letzter Sekunde. Sie musste schon seit einiger Zeit Probleme gehabt haben. Kopfschmerzen, Schwindel. Ein Tumor von solcher Größe kann nicht unbemerkt wachsen. Der Notarzt sagte, dass Patienten nach schweren epileptischen Anfällen wie diesen in einen Tiefschlaf fallen, aus dem sie nicht erweckbar sind. Wahrscheinlich habe ich sie deshalb für tot gehalten. Sie hatte sich im Krampf auf die Zunge gebissen, daher all das Blut in ihrem Mund. Wer weiß, vielleicht hatte auch Evy sie für tot gehalten. Wir werden es nicht mehr ergründen. Fest steht allerdings, dass jemand versucht hat, zu telefonieren. Wie gesagt, das Telefon lag auf der Erde. Warum die Leitung allerdings aus der Wand gerissen war …?»

«Hat der Förster etwas mit dem Tod seiner Frau zu tun? Sie sagten, Sie hätten die Schüsse gehört, bevor Sie das Haus betraten. Also ist er nach ihr gestorben.»

Eschenbach zieht die Zigarrenschachtel heran. «Laut Polizeibericht war der Förster an jenem Morgen nicht im Haus. Er musste einen Wildschaden auf der Landstraße bergen und hat das verendete Tier zum Gut gebracht. Es ist zeitlich dokumentiert, dass er gegen halb elf das Gut verließ. Die Fahrtdauer beträgt knapp zehn Minuten. Ich war kurz vor elf am Forsthaus. Es ist relativ unwahrscheinlich, dass er am Tod seiner Frau beteiligt war. Er hätte nur ein enges Zeitfenster gehabt. Man hat auch keinerlei Abwehrspuren an Evy gefunden, die darauf hinweisen könnten, dass sie sich gewehrt hat. Vermutlich war er im Haus, hat das Drama gesehen und ist mit dem Hund in den Wald. Aber wie gesagt, es sind Spekulationen. Es gibt allerdings zu denken, dass auf der herausgerissenen Telefonbuchse nur seine Fingerabdrücke waren, ausschließlich seine. Marie kann sich zum Glück nicht an den Tag erinnern. Sie weiß nichts. Wir haben ihr gesagt, dass ihre Eltern bei einem Autounfall ums Leben gekommen sind.» Eschenbach klappt den Deckel der Schachtel auf und blättert in ein paar Papierschnitzeln. «Dieser unbehandelte Gehirntumor wirft natürlich Fragen auf. Polizeirecherchen haben ergeben, dass Evy den Hausarzt und einen Augenarzt konsultiert hatte. Der Augenarzt habe dringend zu einem CT oder einer Röntgenaufnahme geraten. Wahrscheinlich ist jedoch in diagnostischer oder therapeutischer Hinsicht nichts passiert. Jedenfalls ist nichts bekannt.» Er zieht einen Zettel aus der Schachtel. «Nachdem man Evy vom Balken genommen hat, fand man dieses Papier in ihrer Hosentasche. Es ist ein Wunschzettel von Marie an das Christkind.» Er faltet den Zettel auseinander und schiebt ihn mir zu.

«Liebes Christkind», lese ich mit belegter Stimme und räuspere mich. «Ich muss meinen Wunsch, den ich dir Sonntag geschickt habe, zurücknehmen. Das Meerschweinchen kann ich mir erst nächstes Jahr wünschen. Vielleicht kannst du es solange für mich verwahren und füttern? In diesem Jahr wünsche ich mir eine Medizin gegen meine Kopfschmerzen. Es tut so weh, dass ich es nicht aushalten kann. Deine Marie.»

Ich sehe auf und blinzele, lasse den Wunschzettel in den Schoß sinken. «Sie hat noch an das Christkind geglaubt. Und

234

sie hat sich statt eines Meerschweinchens eine Medizin gewünscht.»

«Das lässt darauf schließen, dass die Probleme bei den Eltern bekannt waren. Evy schrieb ja auch davon. Warum sie trotzdem nicht gehandelt haben, weiß niemand.» Eschenbach legt den Zettel zurück in die Zigarrenschachtel. «Es passt auch nicht zu Evy, dass sie so etwas schludern lässt. Als ich damals Keuchhusten hatte, hat sie in meinem Zimmer geschlafen und streng darauf geachtet, dass ich meine Medizin einnehme.»

«Hier könnte die Tatsache reinspielen, dass es sich bei Marie um ein geraubtes Kind handelt», wirft Daniel ein. «Vielleicht hatten sie Angst, aufzufliegen.»

Eschenbach schüttelt den Kopf. «Sie mögen mich für vollkommen verbohrt halten, aber ich bleibe dabei, dass Evy niemals einer Mutter ihr Kind weggenommen hätte. Absolut ausgeschlossen.»

«Wie ging es weiter?», frage ich leise.

«Marie wurde noch am selben Tag in der Göttinger Uniklinik operiert. Es war eine schwierige Operation. Der Tumor hatte sich bereits in gesunde Hirnstrukturen ausgedehnt, sodass nach der OP Folgeschäden zurückblieben. Die Ärzte sagten, dass sie sich in kognitiver Hinsicht nicht mehr weiterentwickeln würde. Und so war es auch. Marie ist in ihrer geistigen Entwicklung nahezu stagniert. Sie ist im Grunde ein siebenjähriges Kind in einem Erwachsenenkörper. Wie Sie es vorhin bereits sehr treffend formuliert haben, lebt sie das unbekümmerte Leben eines Kindes mit all seinen Freuden und natürlich auch seinen kleinen Unannehmlichkeiten. Aber ich möchte behaupten, dass sie glücklich ist, vielleicht glücklicher als manch Erwachsener. Nachdem klar war, dass Marie niemals lernen würde, für sich selbst zu sorgen und zudem Vollwaise war, hat mein Vater sie adoptiert.» Eschenbach lächelt in sich hinein. «Er hatte sich schon immer ein kleines Mädchen gewünscht. Er hat sie vergöttert – und umgekehrt. Als mein Vater letztes Jahr starb, war Marie untröstlich. Sie weint noch immer, wenn wir uns Fotos von ihm ansehen. Um sicher zu gehen, dass sie nach Vaters Tod bei uns bleiben durfte, habe ich ihre Vormundschaft übernommen. Ja, und bei uns führt sie nun ein ganz normales Familienleben. Mithilfe eines Therapeuten, der dreimal die Woche mit ihr arbeitet, wird sie nach ihren Möglichkeiten gefördert. Sie kann leicht verständliche Texte lesen und im unteren Zahlenbereich rechnen. Ansonsten streitet und verträgt sie sich mit meinen Söhnen, wie in jeder Familie. Je älter meine Jungs werden, umso mehr wickelt sie sie um ihren kleinen Finger. Ausgenommen sind natürlich sportliche Ereiferungen, da verlieren sie ungerne. Aber spätestens beim Fernsehprogramm sind sich wieder alle einig. Natürlich tut es weh, wenn man bedenkt, was für ein Leben diese junge hübsche Frau würde führen können; was ihr alles versagt bleiben wird. Aber es ist nicht mehr zu ändern und wir müssen das Beste daraus machen.» Er schaut erschrocken auf. «Ich fürchte, Sie sind gekommen, um uns Marie wegzunehmen?»

Ich gerate angesichts des drastischen Themenwechsels ins Schleudern. Vor einer Stunde hätte ich die Frage noch mit einem klaren Ja beantwortet. Aber so einfach, wie ich mir das vorgestellt hatte, lässt sich über Hannes Verbleib nicht entscheiden. Ich habe keine Ahnung, wie ein Rechtsstreit zwischen einer leiblichen Mutter und einem Vormund ausgehen könnte. Ich bin aber auch weit davon entfernt, dies überhaupt in Betracht zu ziehen. Die Dinge haben sich in eine komplett andere Richtung entwickelt. Anstatt einer Polizei-Eskorte, die meine leidende Schwester aus den Fängen der Entführer befreit, sitze ich hier einem fürsorglichen Familienvater gegenüber, der mit der Entführung überhaupt nichts zu tun hat. Im Gegenteil – er und sein Vater haben ihr Leben gerettet und so schön und liebevoll gestaltet, wie es ihnen möglich war. Sie haben ihr ein neues Zuhause und ein zweites Leben geschenkt.

«Ich möchte eines zu bedenken geben», fährt Eschenbach fort. «Marie ist nicht in der Lage, zu verstehen, was ihr damals als Säugling zugestoßen ist. Für sie ist Evy ihre Mutter. Niemals wird sie jemand anderen akzeptieren. Diese Geschichte würde sie völlig aus der Bahn werfen. Ich verlange gar nicht, dass Sie auf mich oder auf meine Familie Rücksicht nehmen, obschon ich sie schmerzlich vermissen würde. Aber um Maries Willen bedenken Sie die Konsequenzen. Bitte.»

«Es geht hierbei nicht um mich, Herr Eschenbach. Wie Sie sich denken können, hat meine Mutter natürlich ein Recht auf ihre Tochter. Finden Sie nicht, dass sie genug gelitten hat? Dreißig lange Jahre. Und kein Tag ist vergangen, an dem sie sich keine Vorwürfe und Sorgen macht. Nur ihre Hoffnung, Hanne wiederzufinden – lebend wiederzufinden – hat sie davor bewahrt, vor Schmerz wahnsinnig zu werden.»

Eschenbach schweigt dazu. Wieder kramt er in seiner Schachtel. «Vielleicht ist dies ein kleiner Beweis, dass es Ihrer Schwester bei den Webers gut ergangen ist – bis zu jenem Unglückstag.»

Es ist das vorhin von ihm angesprochene Einschulungsfoto. Ja, ich sehe zwei offensichtlich glückliche Menschen. Vor allem das Mädchen strahlt über das ganze Gesicht. Frau Weber hat ihren Arm um die Schulter des Kindes gelegt. Auch sie lächelt. Ein Lächeln voller Wärme und Zuneigung. Ich muss es zähneknirschend zugeben. Und dennoch, sie hätte das

Kind sterben lassen. Warum will er es nicht wahr haben?

«Hanne wegnehmen, das trifft nicht den richtigen Ton», nehme ich den Faden auf. «Ich will ehrlich sein. Meine Mutter ist gar nicht in der Lage, für sie zu sorgen. Sie lebt in einem Pflegeheim und benötigt selbst Hilfe. Aber nichtsdestotrotz dürfen wir sie nicht im Unklaren darüber lassen, dass ihre Tochter lebt. Und dass sie, abgesehen von dem schlimmen Hirntumor und seine Folgen, ein wirklich schönes Leben führt.»

Ja. Das habe ich tatsächlich gesagt. Ich lausche meinen eigenen Worten. «Ich muss natürlich erst mit meiner Mutter sprechen. Aber könnten Sie sich vielleicht eine Art Zwischenlösung vorstellen?»

«Solange Marie nicht darunter leidet, kann ich mir alles vorstellen, Frau Baumann.»

«Wie es aussieht, werden wir aus Marie keine Hanne mehr machen können. Wir werden ihr ihre jetzige Identität lassen, so schwer es meiner Mutter fallen wird. Sie hat ihre Tochter gerade wiedergefunden und muss sie schon wieder hergeben, ein Stückchen hergeben. Aber um Hannes Wohl wird sie es sicherlich akzeptieren. Sehen Sie trotzdem eine Möglichkeit, dass meine Mutter regelmäßigen Kontakt zu ihr haben wird? Denn zumindest das sollte ihr vergönnt sein.»

«Natürlich.» Eschenbach atmet spürbar erleichtert auf. «Natürlich können wir das möglich machen. Wenn es Ihnen recht ist, werden wir Sie und ihre Mutter als alte Freunde der Familie vorstellen, die wir von nun an regelmäßig besuchen werden. Marie wird nicht nachfragen. Soweit denkt sie nicht.»

«Alte Freunde», stöhne ich. Ich sehe die gequälten Augen meiner Mutter, wenn sie Hanne als alte Freundin der Familie vorgestellt wird.

Daniel beugt sich vor. «Du und deine Mutter, ihr müsst immer bedenken, wie schlimm ihr euch Hannes Schicksal vorgestellt habt. Dass sie es letztendlich so gut angetroffen hat, war nicht zu erwarten. Meinst du nicht, dass deine Mutter ihr Wohlergehen über alles stellen wird? Ob Hanne jetzt *Mutter* zu ihr sagt oder sie bei ihrem Vornamen anreden darf? Lasst Hanne deine Mutter mit ihrem Vornamen anreden, nicht Tante oder gar Frau Baumann. Das ist persönlicher. Ich glaube, es könnte eine halbwegs gute Lösung sein – für beide Seiten.»

Ich nicke langsam und bedächtig. «Wenn sie sich ein wenig an uns gewöhnt hat, könnten wir sie vielleicht ab und zu für ein Wochenende holen?» Fragend sehe ich Daniel an.

«Das Gästezimmer soll frei geworden sein», grinst er.

Eschenbach scheint nahezu alles recht zu sein, was Hanne nicht aus ihrem gewohnten Umfeld reißt und durcheinander bringt.

«Morgen», sage ich plötzlich. Ich will nichts mehr auf die lange Bank schieben. Am liebsten würde ich Eschenbach und Hanne sofort ins Auto packen und mitnehmen. Aber ich darf das freudige Ereignis nicht durch vorschnelles Handeln gefährden. Ich muss meine Mutter vorbereiten. «Können Sie morgen mit Marie nach Paderborn kommen?»

«Sie haben gerade zum ersten Mal Marie gesagt.» Eschenbach lächelt und steht auf. «Kommen Sie, gehen wir zu ihr. Und ja, wir werden kommen.»

Ich bin wackelig auf den Beinen. Wir haben seit dem Frühstück nichts gegessen und die letzten Stunden haben mir zugesetzt. An Daniels Hand folge ich Eschenbach in die Küche. Linda steht mit Marie an der Spüle. Sie waschen Tomaten und Gurken für das Abendbrot.

«Marie, schau, wir haben Besuch.» Eschenbach lässt uns

eintreten. «Das sind, äh …»

«Daniel und Luca», stelle ich uns vor.

Marie dreht sich um. Linda trocknet ihr schnell die Hände mit einem Tuch ab.

«Hallo», sagt sie ohne Scheu.

«Hallo, Marie.» Ich strecke ihr die Hand entgegen.

Meine Schwester ist kleiner und zarter als ich. Sie trägt ihre langen, roten Haare zu einem kunstvoll geflochtenen Zopf, wie Linda. Die Ähnlichkeit zwischen uns ist unverkennbar, zumindest für alle Umstehenden.

Marie fallen andere Dinge auf. «Du hast auch Sommersprossen», stellt sie fest und tippt mit ihrem feuchten Zeigefinger auf meinen Wangenknochen.

«Ja.» Ich ringe um ein natürliches Lachen. «Im Sommer werden es noch mehr. Bei dir bestimmt auch, oder?»

Marie nickt eifrig. «Meine Mama hat immer gesagt, dass es Glückspünktchen sind, die die Sonne ganz besonderen Menschen geschenkt hat.»

Ich kann nicht anders, mir kullert eine Träne die Wange hinab. «Meine Mama sagt immer, dass Sommersprossen das Lächeln der Sonne auf dem Gesicht sind.»

Marie grinst breit. «Und warum weinst du? Hast du auch Zahnschmerzen? Tim hat Zahnschmerzen.»

«Tim hat immer Zahnschmerzen, wenn er ins Bett soll», korrigiert sie Eschenbach schmunzelnd.

In diesem Moment stürmen seine Jungs in die Küche und drängeln sich um die Aufschnittplatte. «Tim, Oskar und Fiete», stellt er seine Rasselbande vor und rettet die Platte vor den schmutzigen Kinderhänden. «Ab ins Bad zum Händewaschen.» Murrend ziehen die Kinder ab.

Ich schniefe und wische mir über die Augen. Mein Magen gibt ein verräterisches Knurren von sich.

«Hast du Hunger?», fragt Marie. «Willst du mit uns essen?»

«Das ist lieb von dir, vielen Dank. Aber wir müssen nach Hause. Meine kleine Tochter jammert bestimmt schon.»

«Du hast ein Kind?»

«Ja, ein Baby. Es heißt Mia. Möchtest du es einmal kennenlernen?»

Maries Augen leuchten. Fragend sieht sie sich zu Eschenbach um.

«Wir werden morgen Lucas Mama besuchen fahren. Vielleicht kann Luca ihr Baby mitbringen?»

«Ganz gewiss kann ich das. Ich freue mich auf euch.» Ich reiche meiner Schwester die Hand. «Bis morgen.»

Meine Schwester zupft an Eschenbachs Ärmel. «Wir müssen für Lucas Baby noch ein Geschenk einkaufen, nicht wahr?»

«Ja, das ist eine gute Idee. Das machen wir.» Eschenbach begleitet uns zum Auto. Ihm wie mir steht die Anstrengung, aber auch die Erleichterung, ins Gesicht geschrieben. Wir verabreden uns auf vierzehn Uhr am Pflegegeheim. Ich habe jetzt schon Herzklopfen, wenn ich daran denke, meiner Mutter die Nachricht zu überbringen.

Kapitel 21

Es ist soweit. Jetzt trennt uns nur noch Mutters Zimmertür. Ich stehe davor und hadere. Noch immer weiß ich nicht, wie ich es ihr beibringen soll. Ich hatte gehofft, mir würde über Nacht eine Erklärung zu Maries Zustand einfallen. Aber als Mia endlich eingeschlafen war, ist mein Gehirn augenblicklich in den Ruhemodus gesprungen. Daniel sagt, ich sei wie ein Kartenhaus im Bett zusammengeklappt.

Auf der Rückfahrt hatte ich auf ihn eingeredet. Und wenn ich nicht geredet habe, habe ich geheult. Er hat zweimal angehalten, damit ich mir etwas zu essen kaufen konnte. Aber wenn Frauen essen, heißt das noch lange nicht, dass sie dabei still sind – oder aufhören zu heulen.

Und jetzt stehe ich hier und bin keinen Schritt weiter mit meiner Erklärungstaktik. Wie bitte, sagt man einer Frau, dass ihr totgesagtes Kind nach dreißig Jahren lebt und wohlauf ist? *Ich habe eine Überraschung für dich! Mach mal die Augen zu. Tadaaa.*

Eigentlich bin ich noch nicht bereit, ihr Zimmer zu betreten. Aber als eine Altenpflegerin herauskommt und mir die Tür aufhält, bin ich dazu gezwungen. Ich wappne mich mit der alten Ledertasche und gehe hinein.

«Hallo Mama.»

Meine Mutter ist gerade auf dem Weg von der Nasszelle zu ihrem angestammten Fensterplatz. Schwer stützt sie sich auf den Rollator. «Hallo Luca. Ich habe dich gestern vermisst.» Sie hält mir ihre Wange zum Begrüßungskuss hin und tätschelt meine.

«Ich hatte dich doch angerufen und gesagt, dass ich etwas Wichtiges zu erledigen habe.»

«Ach ja, stimmt. Und wo ist unser Püppchen?» Sie lässt sich

in den Sessel sinken und schiebt den Rollator von sich.

«Mia kommt gleich mit Daniel nach.»

Tadelnd deutet meine Mutter auf die Ledertasche. «Aber du hast doch wirklich schönere Taschen als dieses ranzige Schlabberding, Luca. Warum hast du dir zu Weihnachten keine neue gewünscht?»

Ich schaue an mir herab, befühle die kaputte, rostige Schnalle. Ich glaube, meine Mutter hat mir gerade den perfekten Aufhänger geliefert. «Diese Tasche, Mama, ist die wertvollste, die ich je besessen habe, wenn du mich auch gerade für verrückt erklärst. Aber du wirst sehen …» Ich ziehe mir einen Stuhl heran und setze mich neben sie. «Bitte, schau hinein. Sie wird auch für dich von größtem Wert sein.»

«Luca, das erinnert mich daran, als du mir im Alter von sechs Jahren einen Schuhkarton von angeblich unschätzbaren Wert hingehalten hast und ich reinschauen sollte. Es war eine tote Ratte darin.»

«Da war ich sechs, Mama.» Damit meine Mutter keine falschen Schlüsse zieht, hole ich das Fell besser selbst heraus. «Dieser Inhalt ist auch der Grund, warum ich gestern nicht kommen konnte.» Ich halte ihr mit erwartungsvollem Blick die geöffnete Mütze hin.

Meine Mutter verzieht keine Miene beim Anblick des Stramplers. Sie starrt nur. Ihre Finger zucken. Sie reibt die Kuppen aneinander, als müsste sie sie vorwärmen. Gleichzeitig hebt sie beide Hände, taucht sie in den Stoff und fühlt. Sie schaut nicht hin, sie fühlt. Ungläubig dreht sie mir den Kopf zu. Ihre Augen stellen die Frage, nicht ihr Mund.

Ich nicke. «Ja, Mama. Das ist Hannes Strampler.»

Sie zieht ihn heraus, ganz langsam, als müsse sie jede Masche einzeln begutachten. Er ist vollkommen intakt. Kein Knöpfchen fehlt, kein Schmuddelfleck, kein Hinweis darauf, dass er überhaupt getragen worden ist.

Meine Mutter spricht noch immer nicht. Ich lege die Tasche und die Mütze beiseite und ziehe mir Hannes Fotoalbum heran. Auf der letzten Seite finde ich die Visitenkarte des Frankfurter Kommissars. «Du hast gut daran getan, sie nicht wegzuwerfen. Nun hast du einen Grund, Kommissar Gruber anzurufen.»

Ihr Blick huscht kurz zum Zettel. Dann vertieft sie sich wieder in den Strampler. «Du hast sie gefunden», flüstert sie, als traue sie sich nicht, es laut auszusprechen. «Du hast Hanne gefunden?»

«Ja, Mama. Ich habe sie gefunden. Sie lebt und es geht ihr gut.»

Wow. Welch schöner Satz. *Sie lebt und es geht ihr gut.* Die wahre Tragweite begreife ich erst jetzt, als meine Mutter den Kopf in den Strampler sinken lässt und lautlos zu weinen beginnt. Minutenlang. Ich lasse sie gewähren und streiche ihr sacht über den Rücken, während sie vor- und zurückwiegt.

Schließlich hebt sie den Kopf. «Nun habe ich ihn nass geweint.»

«Ja, nun hast du ihn nass geweint.»

Sie drückt den Strickstoff an die Brust, lacht und weint gleichzeitig. «Wo ist sie, Luca? Wo ist Hanne?»

Ich reibe meine Handflächen aneinander. Jetzt kommt der schwierige Teil. «Sie ist ganz in der Nähe. Sie wird gleich kommen. Aber ich muss dir vorher noch etwas sagen.»

Meine Mutter lacht noch immer. «Luca, ich weiß, dass sie uns nicht als ihre Familie kennt. Sie war ein Säugling. Du musst es mir nicht schonend beibringen. Ich verstehe das. Aber wir haben doch Zeit, uns kennenzulernen. Wir haben noch so viel Zeit.»

«Ja, das haben wir. Aber Hanne wird uns trotz aller Zeit, die wir ihr geben, nicht als ihre Familie akzeptieren können.» Ich nehme die Hände meiner Mutter in meine. «Sie war als Kind krank, sehr krank. Sie hatte eine schwere Kopfoperation. Seitdem hat sich ihr Gehirn nicht mehr altersentsprechend entwickelt. Bis auf diese schlimme Kopfsache ist es ihr all die Jahre gut ergangen. Warum auch immer sie geraubt wurde, sie ist liebevoll umsorgt und großgezogen worden. Heute lebt sie bei einer Familie in Hannover. Sie ist von ihr adoptiert worden.» Meine Mutter versucht, mir zu folgen. Aber es ist viel, was auf sie einstürzt. Ihre Pupillen huschen hin und her. «Was willst du mir sagen, Luca?»

«Ich will sagen, dass wir uns damit abfinden müssen, dass Hanne jetzt Marie heißt, bereits ihr ganzes Leben lang Marie heißt, und dass wir sie nicht aus ihrer gewohnten Umgebung reißen können. Sie würde das alles nicht verstehen. Sie lebt das Leben eines siebenjährigen Kindes. Aber sie ist glücklich. Sie kennt es nicht anders. Und ich finde, wir sollten ihr Leben so akzeptieren, wie es für sie am angenehmsten ist, auch, wenn es uns schwer fällt.»

Von meiner Mutter kommt keine Reaktion. Ich setze noch einmal an. «Wir haben sie dadurch nicht verloren, Mama. Wir werden sie von nun an regelmäßig sehen und an ihrem Leben teilhaben. Wir werden für sie nur nicht Mutter und Schwester sein, sondern liebe Menschen, die sie gern besuchen kommt. Wenn sie sich an uns gewöhnt hat, kann ich sie vielleicht am Wochenende nach Paderborn holen. Mama, was sagst du?»

«Was ich sage, Kind?» Sie greift nach meinen Händen und zieht sie an ihre nasse Wange. «Ich habe immer versucht, mir das Wiedersehen vorzustellen. Aber wie es jetzt aussieht, kann ich ihr nicht als Mutter gegenübertreten. Es fällt schwer und es tut weh. Aber was ist es im Vergleich zu einem toten

Kind? Es ist das größte Geschenk, das man einer Mutter machen kann. Wie heißt sie jetzt? Marie?»

«Ja. Marie Eschenbach.»

«Marie lebt, Marie geht es gut. Wir dürfen sie sehen. Es ist mehr, viel mehr, als ich zu hoffen gewagt habe. Ich bin alt, aber nicht zu alt, um mich nicht von Hanne auf Marie umstellen zu können. Ich frage mich nur die ganze Zeit, wo sie denn nun steckt.»

Ich muss Daniel nachher unbedingt fragen, ob er draußen den Riesenstein von meinem Herzen hat fallen hören. Das Gepolter müsste ganz Paderborn erschüttert haben. «Dein Ritual fehlt, Mama.» Ich lache übermütig.

«Welches Ritual?»

«Du hast immer gesagt, dass du am Fenster sitzen und schauen musst, weil du sonst nicht mitkriegst, wenn sie plötzlich daherkommt.»

«Das stimmt.»

«Dann wollen wir diesen Augenblick jetzt auch nicht verpassen. Du musst aus dem Fenster schauen.»

Ich ziehe die Gardine zur Seite und stelle mich hinter sie. Und da kommen sie auch schon. Daniel hat Marie den Kinderwagen überlassen. Stolz schiebt sie ihn die Straße hinauf. Herr Eschenbach geht neben ihr. Er hat einen Blumenstrauß in der Hand. Daniel schaut suchend an der Fensterfront empor. Als er uns entdeckt, tippt er Marie auf die Schulter und deutet zu uns hinauf. Ich winke ihnen zu. Marie erkennt mich und winkt stürmisch zurück. Eschenbach schwingt den Blumenstrauß. Es ist ein schönes Bild. Mein Herz schlägt Kapriolen.

Meine Mutter hebt die Hand, ganz langsam, und legt sie an die Scheibe. Sie hat immer an den Augenblick des Wiedersehens geglaubt, auch wenn es ihr im Moment gewiss wie ein

Wunder vorkommt.

Als sie unter uns im Eingang verschwinden, greift sie nach meinem Arm. Sie drückt ihn, immer und immer wieder, bis es mir wehtut. «Luca, du bist ein Teufelskind. Wie hast du das nur geschafft?»

Ich grinse. «Mit Geduld und Spucke, wie du es früher immer so nett formuliert hast.» Dass es mehr war, als diese alte Redewendung beinhaltet, wird sie sich denken. Aber ich will ihr im Moment nicht zu viel zumuten. Dreißig Jahre lassen sich nicht in die zwei Minuten packen, die uns verbleiben, bis sie gleich vor der Tür stehen. Ob die brennendste Frage nach dem Wie und Warum von der Polizei nun endgültig geklärt werden kann, bezweifele ich nach wie vor. Was hat das Ehepaar Weber bewogen, ihr einsames Tal zu verlassen, um im hunderte Kilometer entfernten unbedeutenden Örtchen Neudorf ein Kind zu rauben. Oder waren sie es womöglich gar nicht selbst? Haben sie die Tat in Auftrag gegeben? Ich fürchte, Daniel wird mit seiner Behauptung, die Wahrheit sei auf dem Haarener Friedhof begraben, Recht behalten.

Ich schiebe meine Mutter in ihrem Sessel herum, damit sie freien Blick zur Tür hat und drücke ihr ein Taschentuch in die Hand. «Falls Marie dich gleich fragt, warum du weinst, dann sagst du, dass du Zahnschmerzen gehabt hast. Das Problem ist ihr geläufig.»

«Ja, ist gut. Das mache ich.» Meine Mutter faltet die zittrigen Hände, um sie ruhig zu halten. Sie ist so tapfer.

Und jetzt höre ich draußen Geräusche. Ich gehe zur Tür, genieße mit geschlossenen Augen meinen Countdown von zehn runter und lasse das Wunder mit einem breiten Grinsen auf dem Gesicht eintreten.

Mehr von

Ludgera Vogt

Leseprobe aus dem Roman

Libori-Lüge

Erschienen im Emons Verlag

Prolog

Sie legte den Kopf auf die Seite und versuchte, ruhig und tief zu atmen, wie er es ihr gesagt hatte. Aber sie hatte das Gefühl, dass nicht genug Luft in die Lungen gelangte. Sie wollte ihn danach fragen. Aber er hatte demonstrativ den Kopf zur anderen Seite gelegt und schenkte ihr keine weitere Beachtung. Er hatte ihr die letzten beiden Tabletten gegeben, etwas musste damit nicht stimmen. Schweißtropfen traten ihr auf Stirn und Oberlippe und liefen sogleich wie kleine Sturzbäche in den Kragen ihrer Bluse. Ihr Herz flatterte wie ein gefangenes Vögelchen im Netz, müde und kraftlos, als habe es den Kampf ums Überleben aufgegeben.

Ein dumpfes Rauschen dröhnte ihr durch den Kopf. Sie hob die Hand, um an den rettenden Schalter zu gelangen, tastete jedoch ins Leere. Sie stöhnte. Dann endlich kehrte Ruhe ein.

Endgültig.

Heute war der perfekte Tag für einen Neustart. Der Wetterbericht hatte ein sonniges Herbstwochenende vorausgesagt, und damit war Kommissar Bela Aßmann zumindest wettertechnisch der Weg in einen neuen Lebensabschnitt geebnet. Aus dem kleinen Wäldchen am Ostfriedhof zwitscherten die Vögel gegen die dunklen Schatten der Nacht an. Irgendwo im Haus hatte ein Nachbar Kaffee aufgebrüht, dessen Aroma ihm in die Nase stieg.

Er war mit dem Inhalt einer letzten Flasche Rotwein und dem festen Vorsatz der Besserung zu Bett gegangen. Nach einer guten Nacht, unbehelligt von quälenden Träumen, wollte er es sich bei einem ausgiebigen Frühstück gemütlich machen und Pläne für das Wochenende schmieden. Im Geiste legte er sich eine Wanderroute durch den Haxtergrund zurecht. Hatte Radio Hochstift nicht erst kürzlich die alte Pilgerroute zur Kapelle der Hilligen Seele empfohlen? Stirnrunzelnd überschlug er die zu erwartende Kilometerzahl und entschied, dass er es mit den guten Vorsätzen nicht gleich übertreiben sollte, auch, wenn das Wald & Wiesen Café unterwegs mit erfrischenden Getränken lockte. Für den Anfang würde ein Spaziergang in die Stadt genügen. Im Café Röhren, dem urigen Kaffeehaus am Quelllauf der Pader, könnte er sich mit einem Milchkaffee und einem Stück Florentiner belohnen und dabei den Blick entspannt über die vielen Gäste schweifen lassen, die sich hier gern mit einem guten Buch in eine Ecke zurückzogen. Wenn sich seine gute Laune halten sollte, würde er auf dem Rückweg einen Abstecher über die Westernstraße machen und sich neu einkleiden. Für einen richtigen Neustart durfte ein Stilwechsel nicht fehlen, auch wenn er ein Shoppingmuffel war.

Er freute sich darauf, beim Frühstück ganz normal die Zeitung lesen zu können. Er würde nicht umständlich die Seiten sortieren müssen, weil Simone die Blätter auf der Jagd nach Schnäppchenanzeigen in der Küche und auf dem Klo verteilt hatte. Und vor allem würde er sich nicht rechtfertigen müssen, warum ihn statt der aktuellen Schlagzeilen zu Mord und Totschlag der Artikel über die Landesgartenschau in Bad Lippspringe interessierte. Oder warum der Kommentar über das Fiasko des SCP, der nach einem grandiosen Aufstieg in die erste Bundesliga einen glatten Durchmarsch in die Dritte Liga hingelegt hatte, lesenswert war. Er wollte entspannen und sich nicht auch noch am Wochenende mit den Abgründen der Gesellschaft beschäftigen müssen.

Aber genau dies kündigte ihm das hartnäckige Klingeln seines Handys an, denn um diese Uhrzeit und mit dieser Penetranz konnte nur sein Kollege Dominik stören. Er blinzelte mit halbem Auge auf das Display – «Dominik nervt» stand dort – und ließ das Handy stöhnend auf die Bettdecke fallen. «Bitte, lieber Gott, lass es ein Selbstmord sein.»

Simone hätte ihm in diesen frühen Morgenstunden des 15. Oktober mit gespielter Begeisterung wenigstens drei seiner Kommissarskollegen aus dem TV aufgezählt, denen es regelmäßig so wie ihm erging – mit einem Kater und ohne Frühstück zu einer Leiche gerufen zu werden.

Dass sie selbst der Grund für seinen Alkoholkonsum in den letzten Tagen gewesen war, hätte sie durchaus legitim gefunden. Schließlich hatten alle Tatortkommissare eine gescheiterte Ehe hinter sich, weil sie keine Zeit für ihre Familien gehabt hatten. Ständig waren sie mit irgendwelchen Fällen beschäftigt. Und selbst wenn sie zu Hause waren, konnte sich eine Kommissarsgattin nie wirklich sicher sein, dass sich das Gedankengut ihres Mannes um familiären Belange drehte.

«Die Frau des Stuttgarter Kommissars, du weißt schon, der Kollege von Richy Müller, hat sich von ihrem Mann getrennt und ist mit einem Querschnittsgelähmten zusammengezogen. Der war wenigstens zu Hause und hatte Zeit für seine Frau.»

«Ich kann bei der nächsten Verfolgung den Täter bitten, einen gezielten Schuss auf meine Wirbelsäule abzugeben. Wäre ab Bauchnabel okay für dich? Ich würde nämlich noch gern den Löffel selbständig zum Mund führen können.»

So oder ähnlich hatten ihre abendlichen Gespräche geendet, bevor sich jeder auf seine Seite gedreht und die Bettdecke über sich gezogen hatte. Nach fünfzehn Ehejahren waren sie an einem Punkt angekommen, an denen es nur noch darum gegangen war, dem Partner einen möglichst verletzenden Stich mitzugeben. Wobei die Stiche seiner Frau meistens besser gesetzt waren als seine.

Zum ultimativen Finale hatte sie ausgeholt, als sie ihm vor zwei Wochen eröffnet hatte, ihn verlassen und zu einer Freundin ziehen zu wollen. Am Anfang hatte er ihre Andeutungen über die besondere Art der Beziehung zu dieser «Freundin» noch nicht einmal wahrgenommen. Er war blind gewesen. Ihn, der beruflich bedingt präzise Rückschlüsse in Sachen zwischenmenschliche Beziehungen zog, hatte privat sein feines Gespür im Stich gelassen. Schlimmer, es hatte ihn zum Depp werden lassen.

Mit ihren spitzen verbalen Attacken hatte er sich im Laufe der Jahre arrangiert. Er hatte sie als vererbten Gendefekt seitens seiner Schwiegermutter verbucht und über sich ergehen lassen. Aber wie hatte sie seinen männlichen Vorzügen entgleiten und eine Kehrtwende zum gleichen Geschlecht hinlegen können? Eigentlich hätte er schon hellhörig werden müssen, als sie die Furtwängler zu ihrer Lieblingskommissarin gekürt hatte. Er hätte ein Jahreseinkommen auf Til Schweiger gesetzt. Aber nein – keiner ermittelte in ihren Augen so präzise und hartnäckig wie die Kommissarin aus Hannover. «Welch geniale Gedankengänge die Maria in ihrem blond gelockten Köpfchen konstruieren kann. So was kriegt nur eine Frau hin.»

Er ahnte, welche Gedanken ihm unter dem Kurzhaarschnitt seiner Frau all die Jahre verborgen geblieben waren. Dieses ganze Gejammer um seine Arbeitszeiten war nur vorgeschoben gewesen. Wahrscheinlich hatte sie sich sogar heimlich gefreut, wenn er weggerufen wurde, gerade, wenn er es sich mit ihr hatte gemütlich machen wollen. Eine Welle von Übelkeit war in ihm aufgestiegen, als er sich ausgemalt hatte, wie unerträglich ihr seine Berührungen in der letzten Zeit gewesen sein mussten. Er konnte nicht darüber nachdenken, ohne dass ihm die Schamröte ins Gesicht stieg. Im Moment war diese Vorstellung nur mit dem Inhalt einer Flasche Wein zu ertragen, der seine Nerven umspülte und in einen gnädigen Schlaf gleiten ließ. So bescheiden hatte noch kein Drehbuchautor seinen TV Helden im Regen stehen lassen. In dieser Angelegenheit war er seinen prominenten Kollegen aus dem Fernsehen unfreiwillig deutlich voraus. Geschiedene Kommissare gab es zuhauf, auch gehörnte, aber keinem war bisher die Gattin in die Homosexualität entschwunden.

Doch ab jetzt, das hatte er sich fest vorgenommen, würde Schluss mit der Selbstkasteiung sein. Er wollte kein Depp mehr sein, und er wollte auch nicht mehr jeden Morgen mit einem schweren Kopf aufstehen. Er würde sich ein Hobby zulegen, das ihn auf andere Gedanken brachte. Er hatte allerdings noch keine Vorstellung, was das sein sollte. Seine knapp bemessene Freizeit war bislang von den Vorstellungen und Wünschen seiner Frau bestimmt gewesen. Samstags hatte er sie meistens in die Stadt begleitet und beladen wie ein Packesel vor den Umkleidekabinen auf sie gewartet. An seinen dienstfreien Sonntagen war er ihr zuliebe mit in die Therme gefahren, obwohl stehendes Wasser nicht sein Element war. Das Chlor kribbelte ihm in der Nase und erinnerte ihn daran, dass womöglich gerade irgendwer ins Wasser pinkelte. Wenn sie am Abend die Wellness-Oase der Westfalen-Therme in Bad Lippspringe verließen, war seine Badehose meistens noch pulvertrocken. Er wanderte gern, aber dass ausgedehnte, einsame Spaziergänge geeignet waren, um auf andere Gedanken zu kommen, bezweifelte er.

Sein einziges Hobby waren Siegfried und Roy, zwei ihm zugelaufene Rennmäuse. Sie waren an einem klirrend kalten Märzmorgen orientierungslos auf seiner Terrasse herumgeirrt und hatten durch die Scheibe gelugt. Er hatte sich das erste und einzige Mal über den Willen seiner Frau hinweggesetzt und den frierenden Tieren Unterschlupf gewährt. Während Simone auf dem Couchtisch eine moderne Version der italienischen Oper zum Besten gegeben hatte, hatte er die Terrassentür geöffnet und die zwei Nager in eine leere Plätzchendose springen lassen. Er war mit ihnen in den nächsten Zoofachhandel gefahren und hatte sich vom dortigen Personal bestätigen lassen, dass es sich bei diesen Tieren nicht, wie von Simone deklariert, um Ratten handelte, sondern um zwei putzige Vertreter aus der Familie der Mongolischen Rennmäuse. Nachdem er erfolglos in der Nachbarschaft herumtelefoniert und auch ein Aushang im Supermarkt keine Resonanz ergeben hatte, war er nun seit einem halben Jahr der stolze Besitzer von Siegfried und Roy.

«Ich nehme sie als Ersatz für die Kinder, die du nie haben wolltest», hatte er Simone geantwortet, die sich mit den neuen Mitbewohnern nicht anfreunden wollte. Schließlich waren sie übereingekommen, dass die Mäuse bleiben durften, wenn er einen Paravent vor ihren Käfig aufstellte. Simone wollte die Tiere nicht sehen. Und damit sie sie auch nicht knabbern oder rascheln hörte, lief ständig das Radio hinter der Abtrennung. Der WDR-Kindersender beschallte die Nager mit einer Auswahl an Kinderliedern, Filmmusik aus Wickie, Heidi und Co. oder klärte sie in kindlich verständlichen Beiträgen über das Wetter und die Weltpolitik auf. Wenn Aßmann ankündigte, dass er am Wochenende den Mäusekäfig sauber machen wolle, war sie mit Sack und Pack zu ihrer Mutter gezogen. Oder neuerdings zu ihrer Freundin. Erst jetzt wurde ihm bewusst, warum sie sich in letzter Zeit immer häufiger über den angeblich stinkenden Käfig beschwert hatte, obschon er sicher gewesen war, ihn häufiger zu schrubben als sie das Badezimmer.

Sein Handy klingelte immer noch. Er tastete nach dem Gerät und räusperte seinen Namen hinein.

«Bela? Endlich, wo steckst du denn? Weißt du, wie lange ich schon durchschellen lasse?»

Stöhnend wälzte er sich zur Seite und versuchte, die Zahlen auf dem Wecker zu entziffern. «Drei vor sieben», gähnte er in den Hörer.

«Vielen Dank für die freundliche Zeitansage. Die Spurensicherung meinte auch schon, ich würde die Uhr noch nicht kennen. Kommst Du? Ich brauche dich hier.»

Kommissar Bela Aßmann strampelte mit den Beinen die Decke beiseite und quälte sich auf die Bettkante. «Mein Horoskop hatte mir für heute eigentlich einen angenehmen Tag prophezeit.»

«Was eine junge Dame nicht davon abgehalten hat, sich vom Hochhaus zu stürzen und von einem Forsythienstrauch aufspießen zu lassen. Kein schöner Anblick.»

«Großer Gott! Selbstmord?» Er sah im Geiste seinen Kollegen Dominik Gerke vor einem Hochhaus stehen und die Fassade hinaufstarren.

«Schwer zu sagen. Alles in höchstem Maße unappetitlich. Der Chinese macht mich jedenfalls schon ganz meschugge.»

«Welcher Chinese?» Aßmann stand auf, dehnte sich und schlurfte zum Rennmauskäfig.

«Im Erdgeschoss befindet sich ein China-Restaurant. Der Besitzer, Herr Wung, hat für heute Mittag auf einem riesigen Plakat neben seinem Eingang ‹Ente am Spieß› angekündigt und erwartet ein volles Haus. Ich kann verstehen, dass er die Tote so schnell wie möglich von seinem Grundstück weghaben will, bei dem Sonderangebot. Aber erst müssen unsere Leute ihre Arbeit hier tun. Deshalb würde ich es sehr begrüßen, wenn du dich auf die Socken hierher machst.»